지존 석산 평전

김대산 新무협 판타지 소설

FANTASTIC ORIENTAL HEROES

지존석산평전 1

김대산 新무협 판타지 소설

초판 1쇄 찍은 날 § 2007년 12월 14일
초판 1쇄 펴낸 날 § 2007년 12월 22일

지은이 § 김대산
펴낸이 § 서경석

편집장 § 문혜영
편집책임 § 심재영
편집 § 유경화

펴낸곳 § 도서출판 청어람
등록번호 § 제1081-1-89호
등록일자 § 1999. 5. 31
어람번호 § 제2-1368호

주소 § 경기도 부천시 원미구 심곡1동 350-1 남성B/D 3F (우) 420-011
전화 § 032-656-4452 팩스 § 032-656-4453
http://www.chungeoram.com
E-mail § eoram99@chollian.net

ⓒ 김대산, 2007

ISBN 978-89-251-1077-6 04810
ISBN 978-89-251-1076-9 (세트)

김대산 新무협 판타지 소설
FANTASTIC ORIENTAL HEROES

지존 석산 평전

至尊石山
評傳

1

기상천외(奇想天外)
무한중첩삼재심법(無限重疊三才心法)

도서출판
청어람

　천하는 벌써 십 년 이상이나 태평한 시절을 누리고 있었다.

　태평 시절임에도 불구하고, 아니, 어쩌면 태평 시절이기에, 세상 사람들은 진정한 천하제일인이 누구냐 하는 것 따위에 대해 한가로이 논쟁하기를 즐겼다.

　천하의 주인인 황제야말로 두말할 것도 없이 진정한 천하제일인이라는 사람도 있었다.

　팔종(八宗)에 대해 얘기하는 사람도 있었다.

　혹은 모든 분야에서 완벽하게 천하제일인 사람은 있을 수 없으니, 분야별로 천하제일을 가릴 수밖에 없다고 주장하는 사람도 있었다.

경륜과 지혜가 있다는 사람들은 그러한 논쟁 자체가 무의미한 것이라고 일축하였다.

"세상에 천하제일이란 것은 애초부터 존재할 수 없는 것이다. 만약 오늘 잠깐 천하제일의 소리를 듣는다고 해도 세상은 한없이 넓고 끊임없이 새로운 영웅호걸들이 탄생하는 곳이니 내일이면 이미 천하제일이 아닐 것이다. 그러니 천하제일을 논한다는 자체가 부질없지 않겠는가?"

*　　　*　　　*

세상에 알려지지 않았고, 스스로도 세상 밖으로 나아가려 하지 않는 은둔자들 중에도 경륜과 지혜가 뛰어난 사람은 있게 마련이다.

그러한 은둔현자들 중에는 세사(世事)에는 관심이 없으나 세상에 우뚝한 인걸(人傑)에는 유독 관심이 많은 사람들이 또한 있게 마련이다.

그들은 당금 천하의 천하제일인에 대해 별 고민 하지 않고 한 사람을 꼽았다.

"당금 천하에서 오로지 그 한 사람만이 명실 공히 천하제일지존(天下第一至尊)의 소리를 들을 수 있다!"

그러나 그 사람은 그 어떤 한 분야에서도 천하제일로 부각되어 본 적이 없는 사람이었다.

다만 그는 능히 천하제일을 다툴 만한 배경과 주변을 가졌다.

비록 세상에는 그러한 사실마저도 거의 알려진 바가 없었지만.

그가 가진 재산은 천하에서 능히 첫째, 둘째를 다툴 만큼이 되었다.

그 사람이야말로 대륙상가(大陸商家)와 함께 천하이대재벌(天下二大財閥)로 불리는 은둔의 재벌 석가장(石家莊)의 당대 가주였으니까.

그는 천하에서 가장 많은 절대자들을 식솔, 혹은 친구로 두고 있는 사람이었다.

우선 그는 세 명의 아내를 두었는데, 그 셋이 각각 후(后)의 칭호를 받고 있는 강호의 절대자들이었다.

하나는 천하제일미인인 동시에 천하제일검(天下第一劍)인 검후(劍后)이며, 또 하나는 천하제일독(天下第一毒)인 독후(毒后)이며, 나머지 하나는 천하제일약(天下第一藥)인 약후(藥后)였다.

하니 그 세 명의 부인들만으로도 그는 능히 천하를 죽이고 살릴 수 있는 능력을 가졌다고 할 수 있지 않겠는가?

그는 천하에서 가장 용맹한 두 사람을 직속 호위로 두었다.

이전까지 무림 최강의 전투 집단이라 불리던 전단(戰團)을 도끼 네 자루로 부수어 버린 무적쌍맹(無敵雙猛)이 바로 그들이다.

그는 당금 강호에 우뚝한 두 불세출의 영웅을 절친한 친구로 두었다.

그 하나는 무당 출신의 천하제일협(天下第一俠) 일준(一俊) 능운상(陵雲祥)이고, 다른 하나는 소림사 제일의 기재로 이미 소림 무학의 최고 경지에 달했다는 평가를 받고 있으며, 향후 소림 무학의 새로운 신기원을 이룰 것으로 기대받는 천하제일권(天下第一拳) 일승(一僧) 무무(無無)이다.

그는 당금의 황제인 융제(隆帝)와 호형호제(呼兄呼弟)하는 사이다.

천하의 어느 누구도 감히 자신의 권위에 조금이라도 비견되는 것을 용납하지 않는 절대권력의 철혈황제인 융제였지만, 그의 석가장에 대해서만큼은 기꺼이 천하제일가(天下第一家)의 칭호를 하사했다.

그가 가진 배경과 주변 중 다만 하나라도 가졌다면 천하의 그 누구도 감히 그 사람을 함부로 여기지 못할 것이다.

그러나 천하의 은둔현자들이 그를 두고서, 당금 천하에서 오로지 그 한 사람만이 명실 공히 천하제일지존의 소리를 들을 수 있다고 한 것은, 사실은 그러한 그의 배경과 주변 때문이 아니라 전적으로 그가 가진 신비 때문이었다.

그렇지 않고 다만 그가 가진 배경과 주변 때문만이었다면,

그는 다만 천하제일의 부와 명예, 혹은 권력, 또 혹은 행운아일 뿐이지, 진정한 천하제일지존의 소리를 들을 자격은 없다고 해야 하지 않겠는가.

자세히 밝혀진 바 없으며, 확인할 수 있는 방법은 더욱이 없어 다만 극히 일부에서 소문으로만 도는 것이었으나, 그에게는 몇 가지의 추측이 따라다녔다.

그중의 하나는 그의 본신무공이 이미 더 이상 올라갈 수 없는 궁극의 경지에 달해 그야말로 고금에 필적할 자가 없는 절대무적지경(絶對無敵之境)에 달해 있을 것이라는 추측이었다.

세상에 알려지지 않았지만 사실은 그가 팔왕(八王) 중의 인물들과는 물론 팔종(八宗) 중의 인물들과도 승부를 결한 바가 있다는 것이다.

결코 믿기 어려운 것은 그가 강호인들이 서슴없이 고금제일인이라고 인정하는 팔종 중의 수좌(首座)인 천공(天公)마저도 패배시켰다는 것이며, 더욱이 천공은 이후 진심으로 그에게 굴복해 나이와 배분을 초월한 평생지기로서 그의 곁에 머물고 있다는 것이었다.

물론 그런 사실은 전혀 실체가 없는, 다만 추측뿐이었고 그나마도 절대 다수의 천하인들은 소문으로라도 들어본 적이 없는 내용일 뿐이었다.

　팔종(八宗)!

　무림 유사 이래 이처럼 많은 일대종사 급의 개세고수가 동시대에 출현한 적은 없었다.

　그들은 이미 전설이었다.

　그러나 분명히 현존하는 전설이었다.

　그들 여덟 절대고수들은 지난 이백여 년간을 통틀어 강호무림에 하늘로 군림해 오고 있었다.

　그들 각자가 도달해 있는 무공의 경지는 능히 한 시대를 아우르기에 조금도 모자람이 없었기에, 강호인들은 그들 중에서 능히 고금제일의 호를 받을 만한 인물이 있다고 믿었다.

그러나 수천 년 강호무림의 근간이 되어온 유일불변의 철칙은 바로 강자존(强者尊)의 법칙이었다.

팔종의 각각이 모두 일대종사 급의 개세고수라고 하더라도, 그들이 동시대에 존재하는 한 그들 간의 고하(高下)는 필연적으로, 또한 어떤 식으로든 비교될 수밖에 없는 일이었다.

팔종 간의 무공을 비교하여 강호에는 이런 말이 전해지고 있었다.

'팔종 중의 최고는 단연 천공(天公)인데, 그는 능히 고금제일을 다툴 만하다. 지백(地佰)과 인극(人克)이 나란히 그 아래에 있는데 그들 둘 각자로는 천공을 당할 수 없되, 그들 둘이 합치면 능히 천공을 감당할 정도이다. 독제(毒帝), 화혼(火魂), 검신(劍神), 금괴(金怪), 무영귀(無影鬼)의 다섯은 서로 우열을 논하기 어렵되, 그들 중 둘이 합치면 능히 지백과 인극 중의 하나를 감당할 정도이다.'

그러나 그러한 비교가 완전하다고 할 수는 없었다.

팔종이 강호에 나온 시기가 근 이 갑자라는 긴 시간에 걸쳐 제각기 다르고, 또한 그들이 각자 지닌 무공에는 제각기의 장단점과 상대성이 있기 때문이었다.

다만 분명한 것은 팔종에 속한 인물들이 결국에 각자의 무공을 궁극의 경지로 완성시킨다면, 그때는 천하의 누구도 감히 그들 간의 고하를 논할 수 없게 될 것이라는 사실이었다.

그들 팔종은 각자가 지닌 경천의 능력만큼이나 자존광대(自尊廣大)하며, 또한 서로를 경계하고 저어하는 까닭에 강호 세사에 관여하지 않고 운중신룡(雲中神龍)과도 같이 은둔한 지가 이미 오래되었다.

그것은 강호무림을 위해 한편 다행하다고 할 것이나, 또 한편으로는 안타깝다고 하지 않을 수 없는 일이었다.

이 이야기는 지존(至尊)이라 불린 한 사람에 관한 것이다.

그는 스스로 지존이 되고자 한 바가 없었다.

오히려 그는 불완전한 인간이었고, 보통 사람보다 더한 결점을 지니고 있었다.

그러나 그는 언제나 자신이 원하는 것을 향해 나아갔고, 어느 순간에도 늘 조금씩의 진전을 이루었다.

그래서 그에 관한 이 이야기는 전기(傳記)라기보다는 평전(評傳)일 수밖에 없다.

지존석산평전(至尊石山評傳)!

이 이야기는 십수 년 전으로부터 시작된다.

*   *   *

작은 출입문 하나를 제외하고는 사방이 틈 하나 없는 두터운 석벽으로 완전히 밀폐된 방.

사내 하나가 깊숙이 부복하고 있었다.

그런데 천장의 야광주로 인해 사방이 그리 어둡지 않은데도 무언지 모를 묘한 모호함이 사내를 감싸고 있었다.

그 모호함이란 것은 사내가 바로 눈앞에 있는데도 불구하고 그 모습과 윤곽을 자세히 알아보기 어려운 흐릿함 같은 것이었다.

문득 어디선가 목소리 하나가 울려 나왔다.

"그들에게만 맡겨놓을 수가 없다! 그대가 직접 가라! 가서 가용(可用)한 모든 수단과 방법을 다 써서라도 반드시 물건을 회수해 오라! 이 일에 그대의 목숨을 걸어야 할 것이다! 지금 즉시 가라!"

어디에서 울려 나오는지 알 수도 없었으며, 웅혼한 위엄이 가득한 중에 사방 벽을 타고 윙윙거리는 기이한 목소리였다.

부복한 사내의 복명은 차갑고도 분명했다.

"존명!"

나직하였으나 추호의 여지도 없이 절대적인 복종의 염이

담긴 복명이었다.

동시에 방 안에서 사내의 모습은 흔적도 없이 사라져 버렸다. 언제 어떻게 사라졌는지도 모르게.

텅 빈 방 안에는 임자 없는 독백이 흐르고 있었다.

좀 전의 웅혼한 위엄 대신에 다분히 탄식과 초조함이 배인 독백이었다.

"아아! 지난 수십 년간 온갖 노력과 역량을 기울인 끝에 이제야 그 물건의 소재를 파악했건만, 손에 넣기 직전에 이런 뜻밖의 일이 생기다니……."

독백은 문득 뚜렷한 결의를 담아갔다.

"어떤 희생을 치르더라도 반드시 되찾아야만 한다. 그 물건에 전설에서 전하는 바대로 고금에 다시없을 무상(無上)의 비결이 실제로 기록되어 있는지는 알 수 없는 일이다. 아니, 전설이란 것이 대개 그러하듯이 다만 헛되이 전해 내려오는 한낱 허구이기 쉬울 것이다. 그러나… 그러나 지금으로서는 그것만이 유일한 희망이다. 그것만이 천공(天公)을 능가할 수 있는 유일무이한 희망인 것이다. 무(武)로써 그를 능가하지는 못하더라도 최소한 그를 견제하고 묶어둘 수 있는 방법을 모색해 볼 수 있는 마지막의 수단은 될 것이다."

그리고 방은 다시 원래대로의 완전한 침묵의 공간으로 되돌아갔다.

第一章
검군(劍君), 신비로운 동경을 얻다

지존
석산평전

　문사풍의 노인과 어린 여아(女兒) 하나.

　나란히 길을 걷고 있는 그들 두 사람은 조손 간으로 보였
다.

　백의 장삼에 가지런히 묶어 등 뒤로 늘어뜨린 노문사의 백
발이 단아해 보였다.

　문득 보니 노문사가 등에 진 작은 봇짐 사이로 삐죽이 솟아
오른 검자루가 보였다.

　그런데 노문사가 검을 메고 있는 모습은 그다지 어색해 보
이지를 않았다.

　그가 검을 메고 있다는 것이 뒤늦게 눈에 띈 이유는 그에게

서 단아한 문사의 기품이 풍기기 때문이기도 했지만, 검이 마치 그의 일부이기라도 한 것처럼 익숙하고도 자연스럽게 보인 때문이기도 했다.

여아는 이제 여덟이나 아홉 살쯤 되어 보였다.

몸에 꼭 맞게 차려입은 남빛의 무복이 참으로 깜찍하도록 잘 어울렸다.

자세히 보자니 초롱초롱한 눈망울에 귀여우면서도 선명한 이목구비, 그리고 백옥같이 윤기나는 뺨에 발그레하니 홍조가 떠올라 있는 모습에서 여아가 장차 보이게 될 미태(美態)를 능히 짐작해 볼 만했다.

노문사의 백의 장삼과 여아가 입은 남빛 무복의 색이 다소 바래 있는 것으로 미루어 짐작해 볼 때, 그들은 이미 꽤나 오랜 동안의 여정 중에 있는 듯했다.

그러나 여아의 얼굴에서는 그다지 피로한 느낌을 찾아볼 수 없었다.

어쩌면 그녀의 입가에서 시종 떠나지 않고 있는 귀여운 미소와 또한 지치지 않는 흥미와 호기심을 가득 담고서 연신 주변의 풍경을 살피느라 분주히 초롱거리는 눈빛 때문이리라.

"할아버지, 여긴 어딘가요?"

"흠! 여기쯤이면 아마도 찬황(贊皇)의 경계일 것이다."

"찬황이라고요? 왜 그런 이름이 붙여졌나요?"

빤히 자신을 바라보는 손녀의 맑은 눈빛에 맺힌 한없는 호기심에 대해 노문사는 흐뭇함과 약간의 당혹감을 동시에 가지게 되는 모양이었다.

"허허허! 영아(玲兒)야!"

"예?"

"너는 매번 지나는 곳마다 그곳의 지명과 또한 그 지명의 유래를 묻곤 하는데, 이 할아비는 그다지 식견과 견문이 넓은 편이 못 되는 터라 매번 무척이나 곤혹스럽구나."

그러자 영아라 불린 여아는 짜랑거리는 웃음소리를 냈다.

"호호호! 할아버지야말로 천하에서 가장 식견과 견문이 넓은 분이시라는 것을 영아는 벌써부터 알고 있는걸요?"

그 귀여운 칭찬과 부추김에 노문사는 그만 덩달아서 너털웃음을 터뜨리고 말았다.

"허허허!"

흔쾌한 웃음이었다.

노문사에게서는 손녀가 주는 귀여운 성가심을 즐기고 있는 태가 완연했다.

해는 어느새 서산마루에 겨우 턱걸이를 하고 있는 중이었다.

"허어! 지금쯤이면 못해도 난성(欒城)의 초입쯤에는 당도했어야 하는데, 아무래도 우리가 너무 여유를 부린 모양이다.

이러다가 자칫 밤이슬을 맞으며 노숙을 해야 하는 거 아닌지 모르겠구나."

노문사의 걱정에 영아는 오히려 좋아라 하며 웃음을 쏟아냈다.

"호호호! 뭐 어때요? 영아는 노숙도 재미있어요. 그러니 우리 천천히 구경하면서 가요. 아아! 저쪽을 좀 보세요. 해가 지고 있어요. 노을이 너무 아름다워요!"

그러고는 폴짝 한발을 앞서 가는 손녀를 보며 노문사는 빙그레 웃음을 떠올리고 말았다.

"허허허! 그렇구나."

그때 노문사의 안색이 돌연히 굳어들었다.

그리고 곧바로 그의 신형이 미끄러지듯이 앞으로 이동해가서 손녀를 자신의 등 뒤로 세웠다.

이어 노문사는 전방을 향해 날카롭게 외쳤다.

"누구냐?"

노문사의 기세는 일변해 있었다.

시종 온화하고 넉넉한 모습이더니, 일단 한번 기세를 세우고 나자 삼엄하기 이를 데 없는 위엄이 전신에서 뿜어져 나왔다.

노문사의 날카로운 시선은 오 장여 앞쪽의 우거진 풀숲에 면한 커다란 바위 뒤를 향하고 있었다.

"으음!"

바위 뒤쪽에서 한가닥의 미약한 소리가 흘러나왔다.

희미한 중에도 그 소리에는 참을 수 없는 고통과 막막한 절망이 스미어 있었다.

"할아버지, 누가 다쳤나 봐요. 어서 가봐요."

여아가 등 뒤에서 앞으로 돌아 나오며 금방이라도 폴짝거리며 뛰어갈 듯하자 노문사는 다급히 여아의 어깨를 잡아챘다.

"아서라, 영아! 이제부터 너는 내 곁에서 조금도 떨어지면 아니 된다."

손녀를 다시 자신의 뒤로 돌려세우고 나서 노문사는 등의 봇짐을 고쳐 메었다.

기실은 등 뒤의 검을 좀 더 용이하게 뽑을 수 있도록 봇짐을 고쳐 멘 것이었다.

바위 뒤쪽.

초라한 행색의 흑의노인 하나가 힘겨운 모습으로 바위에 등을 기대고 앉아 있었다.

갸름한 턱에 기른 한 가닥의 염소수염이 사뭇 얄팍하고 계산에 빠를 듯한 인상을 풍기는 데가 있었다.

흑의노인은 지금 오른손으로 자신의 왼 가슴 어림을 움켜잡고서 가쁜 숨을 몰아쉬고 있었는데, 거친 호흡을 따라 손아귀 사이로 뭉클거리며 선혈이 새어 나오고 있었다.

뿐만 아니라, 그의 입과 코에서도 가늘게 피가 흐르고 있는 중이었다.

노문사의 눈이 빠르게 흑의노인의 상태를 읽었다.

'중수(重手)에 당했다. 눈과 귀 쪽에도 혈기가 비치고 있다.'

그랬다.

이른바 칠공출혈(七孔出血)이었다.

흑의노인의 상세는 한눈에 보이는 것만으로도 이미 목숨이 경각에 이르러 있다고 단언할 수 있을 정도의 중상이었다.

그런 중에도 노문사를 조심스럽게 만드는 것은, 흑의노인이 그 정도의 치명적 중수에 당하고도 즉사하지 않고서 버티고 있다는 점이었다.

그것은 곧 그가 어느 정도 이상의 경지에 오른 내공의 소유자라는 의미였고, 나아가 그와 얽힌 전후 사정이 결코 간단치 않다는 것을 말해주는 것이기 때문이었다.

자신과 무관한 일에는 간섭을 하지 말라는 강호도상의 불문율을 굳이 되새기지 않더라도, 어린 손녀를 동반하고 있는 노문사로서는 조심스럽지 않을 수 없는 입장인 것이었다.

"저 할아버지 많이 다치셨나 봐요? 어떡해요?"

조부와 흑의노인을 번갈아 쳐다보면서 영아는 이윽고 눈물까지 글썽거리고 있었다.

어리고 순수한 마음에 앞뒤 따질 것 없이 흑의노인에 대한

동정심부터 솟구친 것이리라.

손녀의 안타까운 눈망울 때문에라도 노문사는 마지못해 흑의노인의 맥문을 잡아갔다.

흑의노인은 본능적으로 흠칫 몸을 움츠렸으나, 이내 포기한 듯 순순히 맥문을 내어주었다.

잠시 손끝으로 전해지는 기혈의 흐름을 살피던 노문사의 얼굴이 슬며시 찌푸려졌다.

흑의노인의 상태는 짐작했던 것보다 더욱 심각하여서, 그의 내부 손상 정도는 그 어떤 의술의 대가가 온다고 해도 이미 어떻게 손을 써보기가 불가능할 정도였던 것이다.

찌푸린 인상을 펴지 못하면서도 노문사는 애써 부드러운 어조로 물었다.

"어쩌다 이렇게까지 되었소?"

사실 물어서 대답을 듣는다고 무엇을 해줄 수 있는 상황은 아니었다.

그럼에도 노문사가 그렇게 물은 것은 다만 곧 죽어갈 사람에 대한 최소한의 위로에서일지도 몰랐다.

흑의노인은 고통으로 일그러진 중에도 희미한 미소를 떠올렸다.

"가망이 없다는 것은 노부 스스로가 더 잘 알고 있소."

그리고 흑의노인은 잠시 애처로운 눈빛으로 자신을 바라보고 있는 여아에게로 눈길을 돌렸다가 곧 답답한 침음성을 흘리며 말을 이었다.

"으음! 노형(老兄)은 어서 이곳을 떠나는 것이 좋을 것이오. 그 지독스러운 놈들이 노부의 흔적을 쫓아 금방 이곳까지 당도할 테니까 말이오."

순간 노문사의 안색에 짙은 우려의 기색이 스쳤다.

그러나 노문사는 자신의 곁에 바짝 붙어 서서 걱정 가득한 눈망울로 흑의노인을 지켜보고 있는 손녀를 흘깃 보고 나서, 가만히 나직한 한숨을 불어 내쉬며 물었다.

"귀하를 쫓는 자들이 누구요?"

그 순간 흑의노인의 눈빛으로 한가닥 답답한 절망이 떠올랐다.

"노부도 모르오."

그 간단하고도 사뭇 퉁명스럽게까지 들리는 대답에는, 그러나 지극한 분노와 동시에 은은한 공포가 묻어나고 있었다.

"허?"

노문사가 의아한 기색을 띨 때 흑의노인은 문득 극렬한 고통이 밀려오는 듯 잔뜩 인상을 찡그렸다.

잠시 후, 가만히 숨을 한 번 몰아쉰 다음 흑의노인은 힘겹게 말을 이었다.

"노부는 강호에서 야묘(夜猫)라는 부끄러운 이름으로 불리는 사람이오."

순간 노문사의 눈에서 반짝하고 희미한 빛이 일었다가 이내 스러졌다.

야묘라면 예전 한때 신투(神偸)로도 불렸을 만큼 강호에서는 제법 알려진 도둑이었다.

야묘의 무공은 도둑으로서는 흔하지 않게도 능히 일류고수급에 드는 것으로 알려졌지만, 역시 무공보다는 그 행적의 은밀함으로 더욱 알려진 인물이었다.

야묘의 힘에 부치는 듯한 목소리가 이어지고 있었다.

"제기랄! 노부는 우연한 기회에 물건 하나를 취하였을 뿐이오. 그런데 재수에 옴이 붙었는지 바로 그때부터 정체도 알지 못하는 무리로부터 지독히도 끈질긴 추격을 당하게 되었소. 처음에 노부는 왜 쫓기게 되었는지 그 이유조차 알지 못했소. 니미랄! 그런데 쫓기면서 아무리 생각해 봐도 그 물건 외에는 노부가 누구에게 쫓겨야 할 이유가 전혀 없었소."

나름의 억울함과 울분을 토해내듯 하던 야묘는 호흡이 거칠어지는 바람에 잠시 숨을 돌리고 난 다음에야 다시 말을 이어갔다.

"노부가 비록 남의 물건을 훔치는 것을 업으로 삼고 사는 처지이긴 하나 결코 아무 물건에나 손을 대는 사람은 아니오. 노부가 처음에 우연히 발견하였을 때, 그 물건은 분명 임자가 없었소. 제기랄! 노부는 몇 년 만에야 다시 강호에 나오는 길이었기에, 다만 그냥 버리고 지나치기에 아깝다는 정도의 생각으로 그저 가볍게 그 물건을 취했을 뿐이란 말이오. 제기랄! 그런데 무슨 대단한 보물이기는커녕 그깟 물건 같지도 않은 물건 하나 때문에 이토록이나 지독스럽게 사람을 궁지로 몰다니… 육시랄 놈들!"

연신 욕설을 섞어가며 말을 뱉어내던 야묘는 어느 순간 새삼 어이없다는 듯 문득 음침하고도 사나운 웃음소리를 흘리며 다시금 투덜거렸다.

"흐흐흐! 다른 건 몰라도 숨고 도망치는 재주에 있어서만큼은 자신이 있는 노부였는데… 제기랄! 그렇게 지독한 놈들인 줄 미리 알았다면 그까짓 돈도 안 되는 물건 진작에 던져줘버릴걸. 크으윽!"

순간적으로 격동이 치민 때문인지 고통스러운 신음을 뱉는 야묘의 입과 코에서는 뭉클거리며 피거품이 솟아오르고 있었다.

거칠어진 호흡을 애써 가라앉히는 중에 야묘의 표정 한구석으로 언뜻 공포가 스쳤다.

"휴우! 참으로 끔찍스럽게도 치밀하고 지독히도 끈질긴 놈들이었소."

"그 물건은 어떻게 생긴 건가요? 예쁜가요?"

불쑥 끼어든 목소리는 바로 영아의 것이었다.

"영아?"

노문사가 흠칫 안색을 굳히며 얼른 손녀의 말을 끊었다.

그러나 그는 곧 실소를 흘리고 말았다.

자신을 보는 손녀의 눈에 잔뜩 맺혀 있는 초롱초롱한 호기심과 흥미를 보았기 때문이다.

하지만 노문사는 표정을 풀지 않았다.

아무리 어린아이의 천진한 호기심이라고 할지라도 바로 그 물건 때문에 목숨이 경각에 달해 있는 사람에게 그 물건에 대한 호기심을 나타낸다는 것은 결코 도리가 아닐 것이다.

더욱이 자칫 쓸데없는 오해를 살 수도 있는 일이었다.

잠시 물끄러미 영아의 모습에다 시선을 놓아두고 있던 야묘가 문득 노문사를 보며 물었다.

"괜찮다면 노형이 누구신지 알려주실 수 있겠소?"

노문사는 순간적으로 망설이는 기색이 되었다.

그러나 그때 야묘의 얼굴이 지금까지의 고통스러운 표정과는 사뭇 다르게 기이한 편안함으로 은은한 홍조를 띠어가고 있는 것을 보고는 노문사는 문득 안타까운 눈빛이 되며 입을 열었다.

"노부는 예둔(芮芚)이라고 하오."

"예둔! 음! 예둔이라면……?"

가만히 중얼거리다가 야묘는 문득 힘에 겨운 중에도 두 눈을 크게 떴다.

"혹시 팔왕(八王) 중 검왕(劍王)의 후예인 바로 그 검군(劍君) 예둔이시란 말이오?"

노문사는 야묘의 말 중 '팔왕 중 검왕의 후예'란 대목에서 설핏 불편한 기색을 보였으나 이내 가만히 고개를 끄덕였다.

　그러자 야묘가 길게 탄식하며 중얼거렸다.

　"아아! 이 야묘가 그래도 아주 박복한 팔자는 아니로구나. 죽음을 앞둔 순간에 강호의 인걸 중 한 사람과 인연을 맺는 홍복을 다 누리는 것을 보면⋯⋯."

　그때 야묘가 격렬하게 허리를 뒤틀더니 한 모금 선명한 진홍의 피를 게워냈다.

　"와아악!"

　그런데 그의 입가를 흘러내리는 핏속에는 거뭇거뭇한 조각들이 섞여 있었다.

　노문사 예둔이 급히 야묘의 등에 손바닥을 밀착시키고 한 가닥의 부드럽고도 따뜻한 진기를 흘려주며 말했다.

　"호흡을 가다듬고 마음을 편히 가지시오."

　잠시 후.

　한결 편안해진 안색이 된 야묘가 문득 눈길을 돌려 검왕 옆에 바짝 붙어 서서 걱정과 애처로움이 가득한 얼굴로 있는 영아를 보았다.

　야묘의 눈빛에 일시 어색한 부드러움이 떠올랐다.

　그러나 그는 곧 길게 탄식을 흘려냈다.

　"아아!"

　이어 야묘는 힘겹게 품속으로 손을 넣어 무언가를 꺼냈다.

그것은 어른 손바닥만 한 크기였는데, 아마도 동경(銅鏡)인 듯했다.

그러나 언뜻 보기에도 오랜 세월을 풍상에 시달린 듯 전체적으로 푸르스름하게 변색되어 있었다.

"일생 동안 숱한 기보들을 보아왔기에 노부가 그래도 보물 보는 안목은 좀 있다고 꽤나 자부하는 바이오. 그러나 이 동경은 비록 오래되어 약간의 색다른 느낌은 있으나, 결코 보물이라 할 만한 가치는 없는 물건이라고 단정해 말할 수 있소. 아아! 모든 것이 노부의 미련한 오기 때문이었소. 진작에 집어 던졌어야 할 물건을 이 지경이 되도록까지 놓지 않고 있다니……."

자조와 후회의 염을 가득 담아 중얼거리던 야묘가 문득 예둔을 바라보며 말을 이었다.

"대협께서 이 미천한 늙은이의 황천 가는 길을 지켜주신 호의가 크거늘, 지금 노부의 처지로는 달리 보답해 드릴 것이 없소. 하여 노부는 이 보잘것없는 물건이나마 마지막 성의를 담아 대협께 드리고자 하오."

야묘가 마지막 힘을 다한다는 듯이 힘겨운 몸짓으로 동경을 예둔 쪽으로 내밀었다.

순간 예둔은 크게 당황스러워했다.

"아… 아니… 이것은……!"

바로 그때, 이윽고 마지막 한가닥의 힘마저도 풀려 버린 야묘의 손에서 막 흘러내리는 동경을 냉큼 집어 드는 작고 귀여운 손 하나가 있었다.

바로 영아였다.

"영아!"

당혹스러워하는 예둔의 나직한 외침에 영아 역시 당황스러운 표정이 되어 있었다.

"저는 다만 동경이 바닥으로 떨어지려 하기에……."

그때 야묘는 거칠게 숨을 몰아쉬고 있었는데, 그런 중에도 억지로 웃음을 짜내며 힘겹게 말했다.

"허허허! 그래, 아가야. 이제부터… 그 물건은 네 것이다. 가지든지 버리든지… 네 임의대로 처분하거라. 다만… 필시 놈들이 뭘 한참이나 잘못 알고 덤빈 것이겠지만… 한편으론 그런 대단한 놈들이 이토록이나 집요하게 노리고 있는 걸 보면… 혹시 그 물건에 어떤 대단한 내력이 있는지도 모를 일, 노부는 황천에 가서라도 네게 천운이 있기를 빌어주마!"

*　　　*　　　*

십여 리 넘게 신법을 전개해 달리고 나서야 예둔은 문득 멈추어 섰다.

그리고 그제야 품에 안고 있던 손녀를 내려놓으며 멀리 뒤쪽을 돌아보았다.

야묘는 호흡이 멎기 직전에 잠시 고통스러워했다.

그러나 마지막 순간에는 편안한 미소를 머금으며 그 험난하고도 고단했을 일생을 마침내 마감했다.

예둔은 야묘의 시신을 간단히 나뭇가지와 덤불로 만든 가묘(假墓) 속에 안치하였다.

시간이 허락되었다면 제대로 된 무덤을 만들어주었을 것이나, 한시라도 빨리 그 자리를 떠나야 한다는 은근한 불안감에 나중을 기약할 수밖에 없었던 것이다.

그리고 마지막으로 자신들의 흔적이 남아 있는지 주변을 세심히 점검한 예둔은 손녀를 품에 안고서 전력으로 신법을 전개하여 십여 리 길을 멈추지 않고 달려왔던 것이다.

달려오는 동안 내내 품속에 갇혀 있느라 답답했을 터인데도 별 내색을 하지 않았던 손녀를 기특하게 바라보다가 예둔은 문득 생각이 나는 김에 소매 속에서 예의 그 동경을 꺼냈다.

잠시 살펴보자니, 동경의 표면은 잔뜩 부식된 탓에 이미 거울로서의 용도를 말할 수는 없는 상태였다.

더구나 동경의 표면에는 오랜 세월에 걸쳐 긁히고 상한 것으로 보이는 가느다란 흠집들로 온통 가득하였다.

그러한 흠집들은 어지럽고 무질서하게 보였지만, 또 어찌 보자니 마치 원래부터 새겨져 있었던 일종의 무늬처럼 보이기도 했다.

어떤 대단한 내력이 있을지도 모르겠다던 야묘의 말을 문득 떠올리며, 그 무질서한 흠집들의 배열에 혹시 어떤 의미가 있을까 하여 예둔은 잠시간 동경을 들여다보았다.

그러나 잠깐 바라보는 동안에 그 흠집들은 마치 바람에 흔들리는 물결의 파동과도 같이 수없이 다양한 형태로 중첩되며 번져 나가는 듯하여서, 이윽고는 들여다보고 있는 사람을 어지럽게 만드는 데가 있었다.

피식 실소하며 동경에서 눈길을 거두던 예둔은 다시금 미소를 떠올리고 말았다.

바로 곁에서 말똥거리는 눈망울로 유심히 동경을 살펴보고 있는 손녀를 보았기 때문이다.

사실 동경은 그다지 호감이 가는 물건이 아니었으므로 손녀에게 주기는 썩 마뜩하지 않았다.

그러나 손녀의 표정에 이미 가득히 서려 있는 관심과 호기심을 어찌하랴.

'아이들의 호기심이란 오래가지 못하는 법이니 금방 싫증을 내고 내던지고 말 것이다. 그때 버리면 될 일이다.'

내심 그렇게 작정한 예둔은 빙그레 웃으며 손녀에게 동경을 건네주었다.

"와아! 할아버지! 이것 정말로 제가 가져도 되나요?"

동경을 받아 든 영아는 그것이 확실히 자신의 소유가 되었다는 것에 대해 예둔에게 다시 한 번 확약을 받아놓고 싶은 모양이었다.

예둔으로서는 쓴웃음을 지으면서도 고개를 끄덕여 줄 수밖에 없는 일이었다.

하긴 다소간의 우려와 찜찜함이 있다고는 해도, 그렇다고 그런 정도를 크게 두려워할 그가 아니었다.

그는 검군이었다.

팔왕 중의 일인인 검왕을 배출한 검의 가문, 검가(劍家)의 당금 가주가 바로 그인 것이다.

더욱이 그가 세상에서 가장 소중한 존재로 여기며, 또한 그를 세상에서 최고라고 여기고 있는 손녀에게 조금이라도 위축된 모습을 보여줄 수는 없는 일이었다.

"오냐. 그 노인이 죽어가면서 네게 준 물건이다. 그러니 이 동경은 당연히 네 것이다."

"와아!"

다시금 짜랑한 환호성을 터뜨리며 좋아라 하는 손녀를 보면서 예둔은 기꺼운 미소를 떠올리지 않을 수 없었다.

그가 흐뭇하게 미소 짓고 있는 동안, 영아는 어느새 동경에 집중해 있는 모습이었다.

잠시 후.

동경에다 박아놓은 눈길을 떼지도 않은 채 영아가 사뭇 호들갑스럽게 목소리를 높였다.

"엇! 할아버지! 가만히 들여다보고 있으니까 이 이상한 무늬들이 막 움직여요."

무언가 진기한 것이라도 발견한 양 자못 흥분의 기색까지
띤 손녀의 말에 예둔은 그저 허허거리며 웃음 짓고 말았다.

'허허허! 아이들의 무한한 상상력으로 무엇이건 만들어내
지 못할까?

*　　　　*　　　　*

칠흑 같은 어둠 속이었다.

팟!

슛!

춧!

돌연 세 가닥의 차갑게 정제된 예기가 좌우 방위와 바로 머
리 위 허공으로부터 쇄도해 들어오고 있었다.

"갈!"

한소리 노갈(怒喝)을 터뜨리며 예둔은 발검하는 기세 그대
로 팔방풍우의 검세를 떨쳐 냈다.

차차창!

격렬한 쇳소리가 터져 나오면서 일단의 불꽃이 찰나적으
로 주위를 밝혔다가는 이내 스러졌다.

"윽!"

아주 약간의 시차를 두고서 어둠 속 어디에선가 희미한 신

음 소리 하나가 들렸다.

그러나 그것뿐이었다.

사위는 금방 원래대로의 적막으로 되돌아가 버렸다.

"분명 야묘가 말한 자들일 것인데… 과연 평범한 자들은 아니로구나!"

다소간 거칠어진 호흡을 가다듬으며 예둔은 나직이 중얼거렸다.

방금 적과의 격돌에서 그는 부딪치는 순간의 충격을 해소하기 위해 두 걸음이나 뒤로 물러서야만 했는데, 적들이 물러가고 난 다음에야 놀라움을 추스르고 있는 것이었다.

이목을 돋우어 다시 한 번 사방을 살피고 난 다음, 그제야 예둔은 가슴에 안긴 영아를 내려다보았다.

영아는 지금 그의 가슴에 안겼다기보다는 넓고 긴 천으로 아예 단단히 동여매 놓은 상태였다.

그때 영아는 고개를 들어 초롱초롱한 눈빛으로 그를 올려다보고 있는 중이었다.

"괜찮으냐?"

영아가 희미하게 미소를 떠올리며 고개를 끄덕였다.

"전 괜찮아요."

이럴 때는 또 아이답지 않은 차분한 면을 보이고 있는 손녀에 대해 예둔은 문득 흐뭇한 마음이 드는 것이었다.

'다급하고 험악한 지경에 처해서 오히려 더욱 침착해지고

의연해진다. 내 혈육이어서가 아니라 이 아이야말로 과연 검사(劍士)의 기질을 타고났다고 해야 하지 않겠는가?

예둔은 입가에 빙그레한 미소를 떠올렸으나, 한편으로는 근엄한 눈빛이 되어 말했다.

"좋다. 너로 하여금 본 가의 후계를 잇기로 결정한 그 순간부터 너는 평생 검을 잡을 운명이 되어버린 것이다. 그렇다면 비록 아직 어리다 하나, 지금 이런 정도의 험난함에 대해 조금도 두려워하는 마음을 가져서는 아니 될 것이다. 무릇 검의 길이란 언제든지 고초와 고난을 겪을 각오를 해야만 하는 길이고, 나아가 언제라도 생사를 초월할 수 있다는 마음으로 되어야만 진정한 도에 이를 수 있는 법이니라. 지금의 이 상황 또한 검을 연마하는 수련 과정의 하나라고 생각하면 될 터. 모쪼록 너는 끝까지 의연함을 잃지 말아야 할 것이니라."

"예, 할아버지!"

영아는 곧바로 또랑또랑한 목소리로 대답했고, 예둔은 내심의 기꺼움을 참지 못하고 가만히 손녀의 머리를 쓰다듬어 주었다.

그러나 정작 예둔의 내심은 다급해져 있었다.

그는 벌써 반 시진째 미상의 적들에게 쫓기고 있는 중이었다.

처음에 예둔은 그들이 바로 야묘가 말한 자들이라고 곧바로 짐작할 수 있었으므로 일단 그들에게 전후 사정을 들어보아 타당한 사유가 있다면, 그리고 그들의 목적이 과연 그 오래된 동경에 있는 것이라면 조금의 미련도 없이 동경을 돌려줄 용의가 있었다.

그러나 적들은 예둔에게 그럴 조금의 기회조차 주지 않았다.

동경에 얽힌 전후 사정이나 자신들의 입장에 대한 설명은 커녕, 한마디의 말도 없이 다짜고짜 살수부터 펼쳐 왔던 것이다.

처음에 예둔이 적들에게 등을 보인 것은 무모한 살생을 피하겠다는 마음에서였다.

그러나 얼마 지나지 않아 그는 더 이상 그런 여유를 부릴 수 없는 처지로 몰리고 말았다.

우선 적들의 무공은 그로서도 감히 함부로 경시할 만한 것이 결코 아니었다.

게다가 적들은 너무도 집요하고 악착같았다.

마치 예둔이 자신들에게 불공대천의 원수라도 된다는 듯, 검에 맞는 그 순간에도 거의 신음 소리를 흘리지 않고 외려 검을 되찔러 낼 정도의 지독함을 보이는 것이었다.

불시에 기습적으로 덮쳐드는 적을 다섯쯤 베고 났을 때 예둔은 심각한 위기감을 느끼게 되었다.

그때쯤 날은 이미 어두워지고 있었고, 게다가 뒤를 쫓는 적들의 세(勢)는 점차로 커지고 있었다.

예둔이 그때까지 상대한 것은 다만 적들의 선봉일 뿐이고, 이제 점차로 적의 본진이 가까이 다가오고 있음을 직감적으로 느낄 수 있었던 것이다.

급기야 예둔은 봇짐을 풀어 그 천으로 영아를 자신의 품에다 단단히 동여매었다.

한바탕의 악전고투를 각오하지 않을 수 없게 되었기 때문이다.

그리고 사위에 완연한 어둠이 내려앉았을 때부터, 과연 적들의 공격은 본격화되기 시작했다.

모르는 사이에 예둔은 적의 포위망 안에 놓이게 된 것 같았다.

적들은 더욱 치열하게, 그리고 점차 조직적으로 예둔을 핍박해 들고 있었다.

급기야 예둔은 매순간 생사의 기로를 걸어야 하는 다급한 처지로 몰리고 말았다.

짙은 어둠 속.

예둔은 지치고 긴장한 기색이 역력한 채 한 그루 커다란 고목 둥치에 잠시 의지해 있었다.

자신과 손녀의 몸을 한데 묶은 천의 매듭을 다시 한 번 단단히 조이면서 예둔은 새삼 탄식을 금할 수가 없었다.

생각할수록 어이없는 일이었다.

아무리 창졸지간에 당한 일이고, 또한 어린 손녀의 안위 때문에 제대로 전력을 발휘하지 못한 처지였다 하더라도, 자신이 이렇게 정신을 차리지 못할 지경으로 일방적인 쫓김을 당하는 처지에 놓일 때가 있으리라고는 상상조차 해본 적이 없었다.

그러나 현실이었다.

적의 규모에 대해 그는 벌써 몇 번째나 스스로의 판단을 수정하고 있는 중이었지만, 여전히 짐작조차 하기 어려웠다.

더욱이 이제 적들 중에는 가히 절정고수급이라 해도 좋을 자들까지 간간이 출현하고 있는 중이었다.

검가의 당대 가주인 그로서도 둘까지는 겨우 상대할 만하되, 그 이상이면 감당하지 못할 정도의 고수급들이었다.

예둔은 이제 진정으로 두려움을 느끼고 있었다.

그는 이미 지쳐 가고 있는 중이었고, 적의 조직적이고도 집요한 추격에서 벗어날 수 있다는 자신을 상당 부분 잃어가고 있는 중이었다.

무엇보다도 그를 두렵게 만드는 것은, 그가 이제 손녀의 안위를 지켜낼 수 있다는 확신을 가질 수 없게 되었다는 점이었다.

침울하게 얼굴을 굳히고 있던 예둔은 문득 나직하게 중얼거렸다.

"이대로 가서는 안 된다. 염치없지만… 지금의 다급한 형편으로는 아무래도 그곳의 도움을 기대해 볼 수밖에 없는 일이다. 그곳이라면 예기치 못한 불청객들을 맞는다 하더라도 분명 어떤 방도를 낼 수 있을 것이다. 재벌(財閥) 석가장(石家莊)이라면……."

그리고 예둔은 고개를 들어 밤하늘을 보았다.

흐리기까지 한 탓에 잔뜩 어두운 천공에는 겨우 몇 개의 별만이 희미한 자취를 남기고 있었다.

그러나 그것만으로 예둔은 대강의 방향을 가늠할 수 있었다.

'저쪽이다!'

동북향을 가늠하고 나서 예둔은 이를 악물었다.

이제부터 그쪽을 향해 일직선으로 포위망을 돌파해 나갈 작정을 세운 것이다.

그것은 조금의 변명할 여지도 없이 적에게 온전히 등을 보이고서 도주를 하겠다는 작정이었다.

차라리 죽을지언정 치욕을 당하지 않는 것이 검사의 마지막 자존심이라고 하지만, 지금 예둔의 굳은 표정에서는 결코 수치 따위의 기색은 없었다.

지금 그의 품에 손녀가 안겨 있는 이상, 그 자신의 체면이나 치욕 따위는 어떻게 되어도 좋았다.

지금 그에게 단 하나 중요한 것이 있다면, 그것은 오로지 손녀의 안위뿐이었다.

第二章
재벌(財閥) 석가장(石家莊)

지존
석산평전

　천하에는 부(富)로 이룬 하나의 신화와 또한 하나의 전설이
존재한다.

　바로 천하이대재벌로 일컬어지는 대륙상가(大陸商家)와 석
가장(石家莊)이다.

　그들이 소유한 부를 추정하는 것조차 어려웠기에 단순한
부자와는 차원을 달리한다 하여 재벌(財閥)이라고 하였다.

　대륙상가의 기원은 당금 황조의 건국과 그 궤를 같이한다.

　황조의 태동과 창업에 대륙상가의 부가 근간이 되었다는
소리가 정설로 여겨지고 있는 만큼, 지금에 이르러 대륙상가
의 부는 명실상부한 부의 신화가 되었다.

대륙상가의 부가 황실의 부를 몇 배나 능가할 정도라는 소문이 공공연히 인정될 정도였다.

또한 대륙상가가 황조 창업 이후 줄곧 국가 재정의 중추를 담당해 오고 있는 것이 사실이기도 한 만큼, 그들의 부를 일러 곧 국부(國富)라고 한다 해도 크게 틀린 말은 아닐 것이다.

대륙상가가 부의 신화라고 한다면, 석가장의 부는 전설이다.

대륙상가의 명실상부한 지위와 명성에 비해, 천하 사람들은 석가장에 대해 은둔의 재벌이라고 불렀다.

석가장은 그 기원을 자세히 알 수 없도록 오랜 역사를 지닌 곳이다.

석가장의 기원에 대해 서진(西晉) 시대의 석숭(石崇)을 말하는 이들도 있다.

만고일부(萬古一富) 석숭.

별호 그대로 만고에 하나뿐인 부자라 불린 인물이다.

석숭의 사치와 호사는 지금까지도 갖가지 일화가 전해질 정도로 유명하다.

그의 집에는 화장실까지도 그 바닥에 최고급 양탄자를 깔고 시중을 드는 십수 명의 미녀들이 항상 대기하고 있었기에, 화장실에 들른 손님들 중에는 그곳을 침실로 착각하여 당황하기 일쑤였다고 하는 일화도 있다.

그러나 보다 많은 사람들은 석가장의 기원을 석숭보다도

훨씬 더 오래전으로 보고 있다.

다만 석숭의 사치와 불인(不仁)한 행위들, 그리고 비참한 말로 등으로 인해 석가장의 이름이 비로소 천하에 알려지게 되었다고 보는 것이었다.

석가장을 은둔의 재벌이라고 하는 것은 그들의 존재가 명확하게 드러나는 법이 없기 때문이었다.

석가장의 근거지가 어딘지조차 알려져 있지 않았다.

소문에 의하면 석가장은 어느 한곳에 정착하여 있는 것이 아니라, 때와 상황에 따라 천하 각지로 그 근거지를 옮겨 다닌다고 했다.

그리고 그들이 관여하는 사업이 무엇인지, 주요 수입원이 무엇인지에 대해서도 세상에 알려져 있는 것은 없었다.

그럼에도 불구하고 석가장의 부가 대륙상가에 비해 못할 것이라고 여기는 이는 거의 없었다.

*　　　　*　　　　*

"저곳이다."

사위가 어슴푸레 밝아오는 신새벽.

어둠을 뚫고서 쾌속하게 허공을 날아온 노인 하나가 깃털처럼 가볍게 바닥으로 내려서며 중얼거렸다.

노인의 목소리에는 모진 간난을 겪은 끝에 마침내 한가닥

마지막 희망을 발견한 사람의 그것과도 같은 불안한 안도가 녹아 있었다.

그런데 자세히 보니 둘이었다.

노인은 품에 아이 하나를 안고 있었던 것이다.

바로 검군 조손이었다.

그들은 암중 추격자들의 끈질긴 추격을 따돌리며 마침내 석가장 인근까지 도달한 것이었다.

사실 예둔은 석가장의 초청을 받은 바가 있었다.

그 초청은 검가와 석가장 간의 혼사에 관한 정중한 제의이기도 했다.

곧 예둔의 손녀와 석가장의 장손과의 혼담을 논의했으면 한다는 것이었다.

그 안에 어떤 연유가 있는지는 정확히 알 수 없었으나, 예둔이 추측하기에 아마도 석가장에서는 어떤 경로를 통해서 손녀인 영아의 영민함과 총명함에 대해 알게 되었음이 분명했다.

처음에 예둔은 망설이지 않을 수 없었다.

갑작스러운 제안인데다, 더욱이 평소에 무가(武家)가 아닌 상가(商家)와의 혼사는 생각해 본 적이 없는 그였다.

아니, 사실 그는 영아에 대해 가문을 이을 후계자로서, 나아가 그 타고난 총명과 빛나는 재질로 가문의 영광을 재현할 기재로서는 늘 생각을 해왔어도, 아직까지 단 한 번도 혼사에 관해서는 생각을 해본 적이 없는 터였다.

그러나 일언지하에 거절할 수 있는 제안은 결코 아니었다.

비록 손녀의 혼담에 예둔 자신의 욕심과 나아가 검가의 야망이 개입되는 것 같아 거리껴지는 측면이 없지는 않았으나, 만약 석가장과의 혼사가 정말로 이루어진다면 그것이야말로 검가의 앞날을 지금의 불확실하고 암울하기만 한 것에서 한순간에 밝고 환한 것으로 바꾸어놓게 될 것이다.

바로 부(富)의 전설인 재벌 석가장과의, 그것도 그곳의 다음번 주인이 될 장손과의 혼사인 것이다.

수없이 많은 갈등과 망설임 끝에 예둔은 결국 손녀와 함께 하는 강호행도를 택했다.

즉, 석가장의 초청에 응하기 위함이 아니라, 자신과 손녀의 수행을 위한 강호행도를 주목적으로 잡고 가문을 나선 것이다.

다만 강호행도 중에 석가장에 관련된 여러 가지 상황과 주변 정황들을 충분히 알아보고, 또한 세상에 전혀 알려진 바 없는 석가장 장손의 인물됨에 대해서도 가능한 데까지 알아볼 작정이었다.

그런 연후에 석가장의 초청에 응할 것인지, 아니면 정중히 거절을 할 것인지를 결정할 생각이었다.

그러나 우연히 얽혀 버린 야묘와의 인연 때문에 어떻게 해볼 수조차 없는 다급한 지경에 몰리는 처지가 되고 말았고,

급기야는 석가장의 도움을 기대하고 이곳까지 도주해 오게
된 것이었다.

예둔은 잠시 이십여 장 앞쪽을 살피고 서 있었다.

그곳에는 장원 한 채가 새벽의 차가운 대기 속에 고즈넉한
자태로 버티고 서 있었다.

그 크기로 보자면 꽤나 규모가 있다고 해야 할 장원이었으
나, 담장이며 그 안쪽으로 솟은 전각들의 형체는 어슴푸레한
새벽의 풍경으로 보기에도 왠지 허름하다는 인상을 주는 데
가 있었다.

예둔이 그런 인상을 받고 있는 것은 어쩌면 그곳이 바로 재
벌 석가장임을, 아니, 보다 정확하게는 석가장이 지금 저 허
름한 장원에 위치하고 있다는 것을 전제하고 있기 때문일 것
이다.

사실 그 어떤 화려한 장원이라도 그곳이 석가장의 장원이
라면 그 전설적인 이름에 눌려 조금쯤은 초라해 보이지 않을
까?

팟!

한순간 예둔의 신형이 바닥을 차고 허공으로 치솟았다.

그리고 허공에서 직각으로 방향을 꺾어 쭉 앞으로 날아갔
다.

높이가 근 일 장여에 이르는 담장이었다.

그런데 간단히 담장 위에 내려선 예둔의 표정으로 일시 당황스러운 기색이 떠올라 있었다.

첫 번째 담장에서 약 칠 장여의 간격을 두고 하나의 담장이 더 있었고, 그 너머에 다시 칠 장여의 간격을 두고 또 하나의 담장이 서 있었던 것이다.

삼중(三重)의 담장이었다.

바로 그때 그가 날아온 뒤쪽으로부터 한가닥의 날카로운 소성(嘯聲)이 신랄하게 새벽 공기를 깨워놓고 있었다.

삐이익!

순간 예둔의 표정으로 반사적이다시피 다급한 기색이 떠올랐다.

"지독한 놈들!"

이어 그는 망설일 조금의 여유조차 없이 곧바로 신형을 날렸다.

예둔의 신형은 비조와도 같이 허공을 쏘아가서 두 번째의 담장 위에 이르렀고, 가볍게 담장을 찍은 후 다시금 탄력을 붙여 곧장 세 번째의 담장을 향해 날아갔다.

그런데 예둔의 신형이 막 두 번째와 세 번째 담장의 가운데쯤 허공에 이르렀을 때였다.

돌연 세 번째 담장의 안쪽에서 십여 개의 검은 그림자가 불쑥 솟구치며 모습을 드러냈는데, 그들의 손에는 팽팽히 장전

된 쇠뇌와 또한 여타의 암기류 발사 장치로 보이는 기구들이
예둔을 겨누고 있었다.

순간 예둔은 허공에 뜬 그대로 다급하게 외쳤다.

"노부는 검가의 예둔이오! 사정이 여의치 못하여 결례를
범하는 것을 용서하시오!"

그러는 통에 잠깐 내력이 흐트러져 버린 예둔의 신형이 주
춤하면서 아래로 떨어졌다.

그러나,

"타앗!"

한소리 급한 기합을 토한 예둔의 신형은 간신히 추락을 면
하여 다시 앞으로 날아갔다.

동시에 어디선가 중후한 목소리 하나가 나직이 울렸다.

"대응 중지! 원위치!"

그리고 그 즉시 담장 안쪽에서 솟구쳐 올랐던 십여 개의 그
림자는 다시 담장 아래로 자취를 감추었다.

예둔은 넓은 마당의 한가운데에 서 있었다.

그의 앞으로는 곧바로 확 트인 대청마루가 보이는 다소 특
이한 형태의 전각 한 채가 서 있었다.

대청은 텅 비어 있었다.

뿐만 아니라 마당에도 예둔 조손 외에는 아무도 없어서 바
로 좀 전에 그의 앞을 제지하였던 십여 명의 매복조차도 한낱

환상이 아니었던가 하는 생각을 들게 만들었다.

그러나 그것이 매복인지 혹은 어떤 종류의 기관 같은 것인지는 확실히 알 수 없었지만, 어쨌든 장원 내에 외부의 침입을 방비하기 위한 어떤 억지력이 있다는 것은 분명하였다.

바로 직전에 예둔이 넘어온 세 번째 담장 위에 마치 원래부터 그곳에 있었다는 듯이 조용히 서 있는 이십여 명의 흑의복면인들이 지금 그것을 증명하고 있었다.

그들이야말로 지난밤 그토록 집요하게 예둔을 쫓던 자들이었다.

그러나 그들은 지금 예둔을 바로 눈앞에 두고 있으면서도 감히 함부로 경동하지 못하고서 사뭇 조심스럽게 사방을 경계하고 있는 모습들이었다.

한편 예둔 역시도 바로 등 뒤에다 그토록 지독스러운 추격자들을 두고 있으면서도 어떤 뚜렷한 행위를 취하지는 못하고 있었다.

아무리 위급한 지경에 처해 있다 하더라도 주인의 허락도 없이 함부로 대청 안으로까지 난입해 들어가는 무례를 범할 수는 없는 일이었기 때문이리라.

예둔은 천천히 자신과 손녀를 묶고 있던 천을 풀고 손녀를 안아 내렸다.

그리고 조용히 대청 안에서 어떤 반응이 나타나기를 기다렸다.

'이제는 석가장의 저력을 믿어보는 수밖에 없는 일이다.'

그렇게 속으로 뇌까리면서도 예둔의 안색은 어쩔 수 없이 딱딱하게 굳어지고 있었다.

아마도 지금쯤 흑의복면인들은 석가장의 주변을 완전히 포위하고 있을 공산이 컸다.

그리고 예둔이 다만 돌이켜 생각하는 것만으로도 치 떨릴 만큼 지독한 그들의 치밀함과 집요함으로 볼 때, 만약 석가장이 그가 기대하는 만큼의 저력을 지니고 있지 못하다면 그들 조손은 물론이고 아마도 석가장마저도 오늘 이 액운의 희생자가 되어야 할 것이다.

문득 장원이 깨어나고 있었다.

그것은 딱히 어떤 기척으로 나타나는 것이라기보다는, 그냥 조용히 다가오는 느낌 같은 것이었다.

그리고 그런 느낌은 예둔에게뿐만이 아니라, 못 박힌 듯 담장 위에 늘어서 있던 흑의복면인들 또한 마찬가지인 모양이었다.

그들에게서도 확연한 긴장이 감돌고 있었다.

화악!

아직도 어둠의 잔재가 남아 있던 대청이 불현듯 밝아진 것은 바로 그때였다.

언제 누구에 의한 것인지, 대청마루의 천장에 달려 있던 커다란 화등(火燈)에 불이 밝혀져 있었다.

비록 여전히 아무도 없는 대청이었으나, 예둔은 정중하게 포권을 하며 말했다.

"노부는 검가의 예둔이오. 석 노야께 노부가 초대에 응해 왔음을 아뢰어주시오."

그리고 예둔은 곧바로 양해를 구하는 말을 덧붙였다.

"비록 피치 못할 사정이 있긴 하였으나, 이렇듯 이른 시간에 불쑥 귀 장원을 찾아온 결례에 대한 사죄의 말씀을 함께 아뢰어주시길 바라오."

바로 그때, 대청에 한 사람의 중년인이 나타났다.

중년인은 예둔을 향해 정중히 읍하여 답례하며 말했다.

"소생은 석가장의 총관 유숙(柳熟)이라고 합니다. 폐장의 장주님께서는 진작부터 귀한 손님을 기다리고 계시는 중이니 예 대협께서는 어서 안으로 드십시오!"

그제야 예둔은 딱딱하게 굳히고 있던 표정을 다소나마 풀었다.

"고맙소!"

이어 예둔은 손녀를 다시 품으로 안아 올리며 성큼 대청 쪽으로 걸음을 옮겼다.

뒤쪽 담장으로부터 한소리 충만한 내력이 실린 목소리가 터져 나온 것은 그때였다.

"멈추시오!"

동시에 날카로운 파공성을 동반한 작은 물체 하나가 예둔의 등을 향하여 쇄도해 들었다.

쾌애액!

순간 예둔의 오른쪽 어깨가 움찔하였으나, 그는 검을 뽑는 대신에 대청을 향해 전력으로 신형을 쏘아가는 쪽을 택하였다.

동시에 그의 등 뒤로 한소리 쩌렁한 금속음에 이어 격렬하기 이를 데 없는 일련의 금속음이 잇달아서 터져 나왔다.

채앵!

차차차창!

막 대청에 도달하여 예둔이 뒤를 돌아보았을 때, 마당의 형세는 일변하여 있었다.

마당에는 새로이 다섯 명의 회의인(灰衣人)이 나타나 있었는데, 그들과 이십여 명의 흑의복면인들은 방금 짧으나 격렬하기 이를 데 없는 일장의 격돌을 치른 뒤, 지금 대략 일 장여의 간격을 두고서 서로 검을 마주 겨누어 팽팽히 대치하고 서 있는 중이었다.

예둔의 표정으로 일순 놀란 빛이 지나가고 있었다.

'겨우 다섯으로 흑의복면인들 스물을 능히 대적하였다!'

흑의복면인들의 무공 수위와 그 조직적 역량이 어떠한지를 이미 절실하게 경험해 본 예둔이었다.

그러기에 또한 방금 그들을 막아낸 다섯 회의인들의 무위가 어떠한지를 능히 짐작하고도 남음이 있었다.

'과연 석가장은 와호장룡(臥虎藏龍)의 복마전(伏魔殿)이었던가?'

석가장의 총관이라고 자신을 밝혔던 유숙은 사뭇 냉랭한 기색으로 흑의복면인들을 향해 입을 열었다.

"이곳은 석가장이오. 본 장은 귀하들을 초청한 바가 없으니 이만 물러가 주시기 바라오. 만약 그리하지 않을 시에 본 총관이 다시금 취할 바는 결코 방금 정도의 경고 수준은 아닐 것이오."

차분하고 침착한 가운데서도 단연 장내의 분위기를 장악해 가는 유숙의 차갑고도 당당한 기세에서 예둔은 비로소 유숙 또한 결코 평범한 인물이 아니란 것을 깨닫고 있었다.

그런데 바로 그때였다.

"와하하하하!"

담장 바깥에서 들려왔음에도 불구하고 대청마루를 부르르 진동시키는 한소리 웅혼한 광소와 함께 다시 일단의 무리가 장내로 날아 들어오고 있었다.

그들은 장원의 바깥으로부터 장내로 날아오는 중에, 다만 두 번째의 담장을 가볍게 찍음으로써 단 한 번 탄력을 빌었을 뿐, 세 번째의 담장을 넘어 마당의 한가운데 지점까지 족히

십여 장이 넘는 거리를 단번에 비행해 왔다.

실로 놀라운 경신 재간이 아닐 수 없었다.

그리고 그러한 경신 재간 하나만으로도 그들이 모두 절정의 고수자들임은 의심할 여지가 없었다.

그들, 새로이 나타난 십여 명의 은의(銀衣)복면인들이 마당에 내려서자마자 이십여 흑의복면인이 일제히 허리를 숙였다.

사뭇 엄격해 보이는 데가 있는 흑의복면인들의 그러한 예는, 은의복면인들 중에서도 유일하게 허리에 금대(金帶)를 맨 자를 향한 것이었다.

그때 석가장 측의 다섯 회의인들은 일렬로 벌려 선 대열의 폭을 더욱 넓히며 기존의 흑의복면인들에다 새로이 가세한 은의복면인들까지를 한꺼번에 막아서는 형세를 취하였다.

그러나 은의금대인(銀衣金帶人)은 그런 회의인들에 대해 힐끗 일별하고 난 다음, 그들 너머 대청 안의 유숙과 예둔을 향해 차가운 코웃음을 날렸다.

"흥! 우리 흑의대(黑衣隊)의 추격을 지난밤 내내 따돌린 대단한 인물이 누군가 했더니 바로 검가의 당대 주인이었군. 한데 지난날 천하를 떨어 울린 검왕의 명성이 아직도 쟁쟁한 터에, 검가가 언제부터 남의 물건에 욕심이나 부리는 처지로 전락하게 되었소?"

잠시 은의금대인을 세밀히 살피고 있던 예둔이 천천히 입을 열었다.

"말을 삼가시오. 귀하는 그런 말을 하기 전에 먼저 자신의 정체를 밝히고 또한 귀하가 말하는 물건이 대체 무엇인지에 대해서부터 먼저 밝혀야만 할 것이오."

비록 담담하였으나 예둔의 목소리에는 은은한 노기와 위엄이 감돌고 있었다.

그러나 은의금대인은 곧바로 또 한 번의 차가운 코웃음으로 예둔의 말을 받았다.

"흥! 기왕에 여기까지 쫓겨온 마당인데 이제 와서 딴청을 부릴 셈인가? 그렇다면 그대는 과연 야묘에 대해 모른다고 할 것이며, 또한 야묘에게서 하나의 동경을 습득한 바가 없다고 할 것인가?"

순간 예둔의 얼굴에는 어쩔 수 없이 일시의 당혹감이 스치고 있었다.

바로 그때였다.

그의 곁에서 앳된 목소리 하나가 뾰족한 외침을 토해냈다.

"야묘 할아버지는 우연히 주인 없는 동경을 얻었다고 하셨어요. 그리고 돌아가시기 전에 제게 그 동경을 주신다고 분명히 말씀을 남기셨으니 그 동경은 어디까지나 제 물건이 된 것이에요. 그런데 이제 당신들이 동경의 원래 주인임을 주장하고 있으니, 그렇다면 당신들은 동경의 원래 주인임을 입증할 만한 증거를 보여줄 수 있나요?"

바로 그의 손녀인 영아, 곧 예령(芮玲)이었다.

순간 예둔은 문득 번쩍하고 정신이 드는 느낌이었다.

예령의 아이답지 않은 당돌함과 옹골참이 당혹스러워서 그런 것만은 아니었다.

당돌한 중에도 예령의 말 중에는 그의 생각을 일시에 확 전환시켜 놓는 중요한 의미 하나가 들어 있었던 것이다.

사실 지금까지 예둔은 야묘가 강호의 이름난 도둑이었다는 선입감에 쭉 사로잡혀 있었다고 할 수 있었다.

그러기에 야묘로부터 얻은 동경에 대해서도 당연히 부정한 경로로 입수된 물건일 것이라는 생각만 해왔다.

그런데 방금 예령의 말을 듣는 순간, 그 동경이 최소한 저들 복면인들의 것은 아닐 수도 있다는 당연한 의심 내지는 의혹에 퍼뜩 생각이 미치게 되었던 것이다.

'그렇구나! 만약 동경이 원래부터 저들의 것이었다면, 저들은 왜 이처럼 정체를 감춘 채 은밀하게 물건을 쫓고 있다는 말인가? 그것은 비록 동경이 한때 그들의 물건이었다고 하더라도 필시 그들 역시도 외부에 당당히 밝힐 수 없는 부정한 방법으로 그것을 얻었기 때문이 아니겠는가?

생각이 거기까지 미치자 예둔은 침중하게 안색을 굳히며 은의금대인을 향해 입을 열었다.

"노부의 생각 또한 이 아이의 생각과 같소. 귀하들이 노부에게 그 동경을 요구하려면 그전에 먼저 귀하들이 그 동경의 원래 주인이며, 또한 정당한 주인임을 증명해 보이시오. 그리하면 노부는 즉시 동경을 돌려줄 용의가 있소. 그러나 만약 그렇지 못하다면 노부는 마지막 죽음의 순간에 노부의 손녀에게 동경을 선물한 한 노인의 성의를 생각해서라도 끝까지 물건을 지킬 것이오."

은의금대인이 문득 음침한 웃음을 흘리며 말을 뱉었다.

"흐흐흐! 좋다. 정녕 관을 봐야 눈물을 흘리겠다면 그렇게 해주지. 그렇지 않아도 검왕을 배출한 검가의 검학이 과연 어떤 것인지 궁금하던 차다."

은의금대인은 이어서 좌우에 도열한 은의복면인들을 향해 날카롭게 명령을 내렸다.

"은의대(銀衣隊)는 가서 물건을 회수해 오라!"

"존명!"

복명과 함께 은의인 중 넷이 앞으로 걸어나왔고, 나머지 다섯은 그 뒤를 받치듯이 진형을 이루며 따랐다.

그들의 앞을 가로막고 있던 석가장 측의 회의인들이 조용히 검을 겨누었으나, 은의복면인들은 조금도 걸음을 늦추지 않고 그대로 앞으로 나아갔다.

다음 순간,

누구도 입을 열어 경고하지 않는 가운데, 곧바로 한 무더기의 검기와 검광이 어지러이 일어나 사방 몇 장의 공간을 한순간에 뒤덮었다.

그리고 찰나간의 시차가 있고 난 다음에야 일련의 격렬한 금속음이 터져 나왔다.

차차차창!

일장의 격돌이 가져온 결과는 한눈에 보기에도 확연하였다.

석가장 측 회의인들이 일제히 대여섯 걸음씩을 주르르 밀려나고 만 것이다.

한순간 유숙과 예둔의 얼굴로 각각 놀란 기색들이 스치고 있었다.

은의복면인들의 무위는 그들의 처음 짐작을 한참이나 넘어서는 참으로 놀라운 것이었다.

"호장무위(護莊武衛)들은 물러나라!"

유숙의 나직한 명령에 회의인들은 곧바로 신형을 날려 전각의 후위 쪽으로 사라져 갔다.

그리고 돌연히 저지선이 없어진 상황에 대해 은의복면인들은 오히려 잠시간의 멈칫거림을 보이고 있었다.

그때를 틈타 유숙이 은의복면인들 뒤쪽의 은의금대인을 향해 담담한 목소리로 말했다.

"마지막으로 다시 한 번 경고하겠소. 이곳은 석가장이오. 귀하들은 함부로 경동하지 않는 것이 좋을 것이오."

방금 은의복면인들의 무위를 보고서도 여전히 조금도 동요하는 기색을 보이지 않고 있는 유숙의 태도 때문이었을까.

은의금대인은 부지불식간에 주위를 한번 살피고 있었다. 그러나 그는 곧 반발이라도 하듯이 차가운 웃음소리를 흘렸다.

"흐흐흐! 천하이대재벌의 하나인 석가장이 이런 외지고 궁벽한 곳에 터를 잡고 있을 것이라고 누가 감히 짐작이나 할 수 있겠는가?"

은의금대인의 그 말에는 이곳이 바로 석가장이라는 사실 자체를 믿지 못하겠다는 의심과 더불어, 비아냥거리는 의미가 다분하였다.

안광을 돋우며 그가 냉랭하게 덧붙였다.

"그러나 아무리 석가장이 대단한 곳이라고 해도, 만약 우리의 일에 함부로 간섭하려 한다면… 흐흐흐!"

비록 말끝을 흐렸으나 은의금대인의 말에는 위협의 의미가 확연하였다.

그리고 그 의미를 뒷받침이라도 하듯이 은의복면인들은 다시금 대청을 향해 걸음을 옮기기 시작하였다.

유숙은 담담하게 웃었다.

그리고 역시나 담담한 목소리로 중얼거렸다.

"충분히 경고하였으나 듣지 않으니 어쩔 수가 없구나!"

바로 그 순간, 유숙이 그렇게 중얼거리기를 기다리고 있기라도 했다는 듯이 전각의 후방으로부터 허공을 찢는 날카로운 파공성이 잇달아 생겨나고 있었다.

쐐애애액!

쾌애애액!

이십여 발의 화살이었다.

화살은 날카로우면서도 차라리 육중하다고 해도 좋을 무거운 기세로 허공 일대를 장악하며 은의복면인들을 향해 쇄도해 갔다.

그러나 은의복면인들은 대청을 향해 움직이고 있던 걸음을 결코 늦출 수 없다는 듯 화살을 피하는 대신에 검을 휘둘러 쳐내는 쪽을 택하고 있었다.

그때 은의금대인이 짤막한 경고의 소리를 발하였다.

"신중하라!"

그리고 거의 동시에 격렬한 금속성들이 다발적으로 터져나왔다.

땅!

따당!

따다다당!

이어 몇 마디의 묵직한 신음 소리가 뒤따랐다.

"음!"

"으음!"

그리고 은의복면인들의 걸음은 멈추어졌다.

사방 바닥으로 흩어진 이십여 발의 화살은 그 굵기나 길이가 언뜻 보기에도 보통의 화살보다 최소 배 이상은 더 커 보였다.

아울러 그 화살들에 단순히 궁사(弓射)된 화살의 위력을 월등히 능가하는 놀랍도록 강력한 힘이 담겨 있었던 것으로 미루어 짐작하건대, 만약에 그 이십여 발의 화살을 쏜 활이 모두 세상에 드문 신궁(神弓)이거나, 혹은 신묘한 기관장치에 의해 발사가 된 것이 아닌 다음에는 필시 심후한 내공을 지닌 일단의 사수(射手)들이 내력을 실어 쏘아낸 화살임에 분명했다.

그런데 시위를 떠나는 화살에다 내력을 담아 날려 보낸다는 것은 검과 도에 내력을 싣는 것과는 또 다른 차원의 내공 운용 경지라고 해야 할 것이다.

다시 말해, 화살을 쏜 자들은 활을 다루는 실력도 실력이지만, 그전에 내공의 운용에 있어서도 이미 절정지경에 이른 내가(內家)의 고수라는 점을 의미하는 것이다.

"으음!"

예상하지 못했던 상황에 직면하여 은의금대인은 이윽고 나직한 침음성을 흘려냈다.

대청과 마당 사이에 잠시간 긴장된 대치가 이루어지고 있을 때, 대청에는 몇몇의 인물이 새롭게 모습을 드러내고 있었다.

우선 눈에 뜨이는 인물은 한 사람의 노인이었다.

노인은 일견 평범해 보이는 모습이었는데, 굳이 특징이 있다면 전체적으로 온화하고 편안한 느낌이 드는 인상 정도를 꼽을 수 있었다.

그럼에도 노인을 돋보이게 하는 것은, 바로 그의 좌우에서 사뭇 공손한 자세로 따르고 있는 두 명의 호위 때문이었다.

다소 특이하게도 백의에 역시 백색 복면으로 얼굴을 가린 그들 두 호위의 눈에서는 언뜻언뜻 날카로운 정광이 번뜩이고 있었고, 그것만으로도 그들의 무위가 결코 평범한 수준이 아님을 확연하게 알게 해주었다.

아울러 그런 인물들의 호위를 받고 있다는 것은 곧 노인이 석가장의 중요 직책에 있는 인물이라는 것을 말해주는 것일 터이다.

그때 유숙이 노인을 향해 공손히 허리를 숙였다.

"장주님!"

그랬다.

노인이야말로 바로 이 시대, 아니, 그 어느 시대에도 늘 '당대 최고의 재벌'이라 불리었던 석가장의 장주였다.

조금은 놀랍다는 듯한 눈빛으로 주변 상황을 일별하고 난 석가장주는 시선을 예둔에게로 돌렸다.

그리고 반가운 빛이 선연한 얼굴로 말했다.

"검군 예 대협이십니까?"

예둔이 정중히 포권하며 답했다.

"그렇습니다, 석 노야. 피치 못할 형편에 몰려 이런 결례를 범하게 되었습니다."

석가장주가 마주 포권하며 온화한 웃음을 떠올렸다.

"별말씀을……. 예 대협께서 이 늙은 장사꾼의 초청을 수락하여 이 먼 곳까지 와주신 데 대해 깊이 감사의 말씀을 드리는 바입니다."

서로 겸양하며 인사를 나누는 모습에서 두 사람은 잠시 장내에 일고 있는 살벌함과는 무관한 존재들 같았다.

그때 유숙은 신중한 표정으로 가만히 귀를 기울이고 있었다.

그는 지금 정체불명의 무리에게 석가장이 완전히 포위되었다는 보고를 전음으로 받고 있는 중이었다.

잠시 후 설핏 굳어 있던 표정을 풀며 유숙의 입술이 미미하게 움직였다.

아마도 석가장주에게 다시 간추린 보고를 하고 있는 것이리라.

석가장주는 문득 빙그레한 미소를 떠올렸다.

그리고 그제야 관심을 가진다는 듯이 은의금대인을 향해 담담한 어조로 물었다.

"귀하가 책임자요?"

간단한 질문이었다.

그러나 그 단순한 질문에 대해 은의금대인의 표정에는 일시 망설이는 기색이 떠올랐다.

그러나 그는 이내 미미하게 표정을 굳히며 대답을 내놓았다.

"상부로부터 이번 일에 관한 전권을 위임받았으니 이곳의 일에 관한 한 본인이 책임자라고 할 수 있소."

석가장주는 웃는 얼굴로 잠시 은의금대인을 바라보았다.

방금의 대답에서 은의금대인은 자신이 가진 권한의 범위에 대해 다소 지나치다 싶을 정도로 조심스러운 모습을 비쳤다.

그것에서 그가 속한 조직의 기강이 대단히 엄중할 것이라는 점은 그다지 어렵지 않게 짐작해 볼 수 있는 일일 것이었다.

석가장주가 담담한 어조로 다시 말했다.

"귀 측에서 본 장원을 포위하고 있다는 보고를 받았소."

순간 은의금대인의 얼굴에서는 한가닥의 여유가 떠올랐다.

동시에 예둔의 표정에서는 염려와 자책의 기색이 짧게 떠올랐다 사라졌다.

석가장주는 여전히 온화함을 잃지 않은 얼굴로 말을 잇고 있었다.

"그런데 본 석가장은 귀하들에게 잘못을 범한 일이 없는 것 같은데, 귀하들은 어찌하여 이 이른 아침에 남의 장원에 난입하여 이 같은 소란을 만들고 있는 것이며, 또한 장원을 포위하여 난데없는 위협을 가하고 있는 것이오?"

은의금대인은 이제 완연히 기세가 오른 모습이었다.

"우리 또한 귀 장과 원한을 맺을 의도는 조금도 없소. 다만 이미 말한 바대로 우리는 오로지 저기 예둔에게 볼일이 있을 뿐이오."

석가장주가 스스럼없이 소리 내어 웃으며 말을 받았다.

"허허허! 그러니까 본 장에는 볼일이 없고, 다만 본 장의 초청을 받은 손님께 볼일이 있다? 흠! 그것 참 단순한 상황은 아니라고 해야겠구려. 하지만 상황이 어찌 되었건 간에 노부는 이 한마디를 먼저 해두고자 하오."

그렇게 은의금대인 등의 주의를 집중시킨 다음 석가장주는 돌연 표정에서 웃음기를 거두었다.

그런데 달리 노한 기색을 드러내거나 위엄을 떠올린 것도 아니고, 다만 습관처럼 떠올리고 있던 온화한 웃음기를 거둔 것뿐이었는데 그것만으로도 석가장주의 얼굴은 돌연히 어떤 무거움 내지는 근엄함 같은 기세를 담고 있었다.

석가장주가 나직하나 분명한 어조로 말을 덧붙였다.

"이곳이 석가장이라는 것을 잊지 마시오!"

당연한 말이었지만 지금의 상황에서 그 말은 그 어떤 다른 말보다도 더욱 의미심장했다.

또한 그 짧은 말속에는 은근히 상대를 압박하는 당당함과 위엄이 녹아 있었다.

그리고 그러한 종류의 당당함과 위엄이라는 것은 그럴 만한 까닭이나 배경이 없다면 결코 거짓으로는 내보일 수 없는 여유이자 배포일 것이다.

아주 잠깐 희미하게 갈등의 기색을 보이던 은의금대인은 다소간 부드러워진 목소리로 입을 열었다.

"좋소. 우리가 귀 측에 대해 다소간의 무례를 범한 데 대해서는 먼저 사과와 양해를 구하겠소. 그러나 일이 이리된 데에는 저기 예둔이 폐상(弊上)께서 지극히 아끼는 중보(重寶) 하나를 가로채어 도주를 하는 바람에 그 뒤를 쫓아오게 된 까닭이 있으니, 귀 측에서도 우리의 고충을 또한 이해해 주셨으면 고맙겠소이다. 아울러 정중히 부탁드리건대, 우리가 물건을 되찾아갈 수 있도록 귀 측의 협조를 구하는 바이오."

그 말에 대해 당장에 얼굴이 벌겋게 달아오르는 예둔을 슬쩍 돌아보고 난 석가장주가 담담히 소리 내어 웃으며 말했다.

"허허허! 노부는 믿을 수 없소. 예 대협의 협명(俠名)은 강호에서 모르는 사람이 없을 정도인데, 그런 분이 아무리 귀한 보물이라고 해도 남의 물건을 가로채어 도주했다는 사실을 어찌 믿을 수가 있겠소? 더욱이 예 대협께서는 노부의 초청을 받아 오신 분이고, 귀하들은 정체조차 밝히지 않은 상태이니 어찌 귀하들의 말을 신뢰할 수가 있겠소?"

그 대목에서 말을 멈추고 잠시 은의금대인을 바라보다가

석가장주는 다시 말을 이었다.

"노부는 상인(商人)이오. 상인이 상황을 판단하는 최우선적인 기준은 바로 믿음이오. 따라서 귀하가 노부로 하여금 귀하의 말을 믿기를 바란다면 먼저 귀하의 신분을 밝히시오. 그리고 그 귀한 보물이라는 것이 무엇인지, 또 귀상(貴上)이 누구인지도 밝히도록 하시오. 귀하 정도의 대단한 인물을 수하로 거느렸다면, 그리고 이미 드러내 보인 귀 측의 세력만 보더라도 귀하가 속한 곳이야말로 분명 세상을 호령하는 대단한 곳일 터인데, 만약 달리 거리끼는 바가 없다면 당당히 밝히지 못할 이유가 없지를 않겠소? 허허허! 그리고 그래야만 노부 또한 괜한 만용을 부릴 생각을 감히 하지 못하게 될 것이 아니겠소?"

은의금대인은 설핏 미간을 찌푸렸다가 조금은 강한 어조로 반박했다.

"우리에게 피치 못할 사정이 있음이니, 우리가 누구인지에 대해서는 굳이 알려고 하지 마시오. 다만 이 일의 전후 사정에 대해 예둔에게 직접 들어본다면 모든 것은 분명해질 것이오. 장주의 말씀대로 그는 강호에 자자한 협명을 날리고 있는 인물이니, 설마 분명한 사실에 대해 이치에 닿지 않는 거짓을 말하기야 하겠소?"

그때 흘깃 바라본 예둔의 표정이 문득 어두워져 있는 것을 발견하고 석가장주는 내심으로 생각했다.

'음! 필시 무슨 사정이 있기는 있는 것이로구나.'

그러나 상황은 이제 석가장주로서도 계속해서 일방적으로 한쪽의 입장만을 두둔하기는 어려운 쪽으로 흘러가는 데가 있었다.

"영아야, 그 물건을 꺼내 보이거라!"

예둔은 무거운 기색인 채로 그의 손녀 예령을 향해 말했다.

그러자 예령은 별 망설이는 기색도 없이 선뜻 소매 속에서 예의 그 오래된 동경을 꺼내 드는 것이었다.

그런 그녀에게서는 살벌한 장중의 분위기에도 불구하고 조금도 주눅 들거나 두려워하는 기색이 보이지 않았다.

오히려 장중의 긴장과 살벌함에 대해 반발이라도 하는 듯한, 어린 소녀답지 않은 당찬 기세 같은 것이 느껴졌다.

문득 석가장주의 입가로 한가닥 엷은 미소가 떠올랐다.

그것은 아마도 흐뭇함 같은 것으로 비쳤다.

"귀하들이 찾는 것이 바로 저 물건이오?"

석가장주가 그렇게 물었다.

사실 방금의 그 물음은 어쩌면 석가장주가 해야 할 것이 아닐 수도 있었다.

그러나 대청에 모습을 보인 이래로 그는 은연중에 장중의 상황을 이끌어왔으므로 사람들은 이제 별 거부감 없이 그를 상황의 주재자로서 인정하게 되어버린 듯했다.

은의금대인의 눈빛이 한순간 번뜩하고 빛났다.

"분명하오. 바로 우리가 잃어버린 물건이오."

그러나 그때 석가장주는 시선을 예둔에게 두고서 묵묵히 기다리고 있었다.

잠시 생각을 정리하는 듯하던 예둔이 이윽고 한 발을 앞으로 나섰다.

그리고 침중한 어조로 입을 열었다.

"노부는 이 물건이 어떤 물건인지에 대해 알지 못하고, 또한 그 가치에 대해서도 아는 바가 없소. 다만 길을 가다 우연히 한 노인을 만났고, 그로부터 이 물건을 얻었을 뿐이오."

그러자 곧바로 은의금대인이 날카롭게 예둔의 말을 잘랐다.

"예둔! 당신은 설마 그 노인이 바로 강호의 좀도둑인 야묘라는 사실을 모른다고 할 것인가?"

순간 예둔의 미간이 미미하게 찌푸려졌다.

그가 이렇게 누군가로부터 자신의 이름을 직접적으로 불리기는 아마도 근래 이십 년 안쪽으로는 처음인 것 같았다.

그만큼 강호에서의 그의 위치와 명성은 결코 낮은 것이 아니었다.

그러나 다만 그런 이유로 해서 예둔이 지금 미간을 찌푸리는 것은 아니었다.

진작부터 어느 정도는 짐작하고 있었던 일이지만, 은의금대인이 크게 어색한 기색도 없이 계속하여 그의 이름을 직접 입에 담는 것을 보고 역시 은의금대인의 진실한 정체가 지니는 강호에서의 배분이나 위치가 최소한 예둔 자신보다 낮지는 않을 것이라는 사실을 보다 확실하게 짐작해 볼 수 있었기 때문이다.

아울러 그러한 짐작은 예둔 자신이 지금 처해 있는 상황이 결코 간단하게 끝나지는 않을 것임을 새삼 일깨워 주는 것이기도 했다.

설령 석가장이 적극적으로 개입한다고 해도 말이다.

"처음에 노부는 그가 야묘인지 알지 못하였소. 그러나 나중에 그가 스스로 말하였기에 알게 되었소."

예둔은 순순히 시인하였다.

그러자 은의금대인의 어조는 한층 더 다그치는 것으로 되었다.

"그렇다면 더 이상 말할 것이 무에 있겠는가? 야묘 그 좀도둑이 바로 우리의 물건을 훔쳤고, 우리는 그자를 쫓아 근 열흘 동안이나 강호를 헤매었다. 그리고 지금 그 물건이 당신에게 있다. 하면 어찌하는 것이 사리에 합당하겠는가?"

예둔은 천천히 고개를 끄덕였다.

그러나 뒤이어 그의 입에서 나온 말의 의미는 사뭇 강경한 것이었다.

"다시 말하지만 이 물건이 귀하들이 잃어버린 것이 분명하다면 노부에게는 돌려줄 의사가 분명히 있소. 그러나 아무런 확인 과정도 없이 섣불리 이 물건을 귀하들에게 넘길 수는 없소. 그것은 이 물건의 가치에 관계없이 죽음의 순간에도 노부를 믿고서 물건을 맡긴 사람에 대한 신의 때문에라도 그러하오. 하니 귀하들은 이 물건의 주인이라고 무조건 강변만 할 것이 아니라 먼저 자신들의 정체를 밝히고, 또한 이 물건이 귀하들의 것이라는 사실을 객관적으로 입증해야만 할 것이오."

번갯불 같은 정광을 쏘아내며 은의금대인이 말했다.

"우리 물건을 우리 것이라고 하는데 굳이 입증할 것이 무엇인가? 또한 입증을 한다고 하면 무엇을 어떻게 입증하라는 것인가? 이는 다만 물건을 돌려주지 않으려고 하는 그대의 얄팍한 수작일 뿐이다."

씹어 뱉듯 그렇게 말하고 나서 은의금대인은 마치 자신의 심중에 일고 있는 노기와 답답함에 대해 동조라도 받으려는 듯이 힐끗 석가장주 쪽을 바라보았다.

그러나 은의금대인은 이내 다소간 노기가 가신 차분한 어조로 예둔을 향해 다시 말했다.

"당신도 이미 말했듯이, 그리고 다른 누가 보더라도 저 동경은 한낱 낡아빠진 구리 거울에 불과할 뿐이오. 다만 폐상께서 애장품으로 지극히 아끼시기에 저 동경은 폐상께 있어야만 비로소 가치가 생겨나는 그런 물건이란 말이오. 만약 그렇지 않았다면 우리가 왜 여기까지 왔을 것이며, 또한 어떻게 그 물건을 쫓아 여기까지 올 수 있었겠소?'

예둔은 다시 잠시간을 묵묵히 침묵만 지키고 있었다.

그러다 이윽고 그는 신중한 기색으로, 그러나 분명한 어조로 입을 열었다.

"노부는 이미 말한 바 외에는 달리 더 말할 것이 없소. 귀하들이 이 동경의 진정한 주인임을 입증한다면 그 즉시로 돌려줄 것이되, 그러지 못한다면 귀하들은 노부에게서 동경을 강탈해 가야만 할 것이오."

은의금대인의 안색에 이윽고 한가닥의 확연한 홍조가 피어올랐다.

이어 그의 입에서는 나직한 웃음소리가 흘러나왔다.

"흐흐흐흐!"

나직하면서도 음침한 그 웃음소리에는 극렬한 노기와 함께 심후하기 짝이 없는 내력이 충만되어 있었으므로 대청 내의 공기가 일시 부르르 떨렸다.

예둔은 황급히 손녀의 등을 통해 한가닥의 따뜻한 호심진기(護心眞氣)를 흘려주었고, 유숙은 내심으로 침중한 탄식을 불어냈다.

'으음!'

전신에서 삼엄한 기세를 분출시키며 외치는 은의금대인의

목소리가 다시금 주변을 우렁우렁하게 울렸다.

"예둔, 본좌는 오늘 그대에게 과연 검왕의 후예로서의 자격이 있는지를 확인해 보고자 한다."

은의금대인의 기세에 자극받았는지 대청을 중심으로 하여 사방에는 어떤 보이지 않는 긴장이 반사적으로 높아지고 있었다.

그때 정광으로 번뜩이는 은의금대인의 시선이 문득 석가장주를 향했다.

"마지막으로 경고해 두겠소. 석가장은 이 일에 개입하지 마시오!"

그 경고에 대해 석가장주는 곧바로 반응을 보이지 않고 묵묵히 서 있기만 했다.

그러자 은의금대인이 다시 한 번 못을 박듯이 덧붙였다.

"만약 본좌의 경고를 무시하고 조금이라도 개입하려 한다면 그 즉시로 석가장은 우리의 전면적인 공격을 받게 될 것이오. 흐흐흐! 이곳이 석가장인 이상 분명 어떤 안배가 있으리라는 것은 능히 짐작하고 있으나 본좌는 장담할 수 있소. 이곳의 안배가 설령 경천동지할 만한 것이라고 할지라도 우리는 분명 오늘 밤 안으로 이곳 석가장의 이름을 천하에서 지워 버릴 수 있다고 말이오!"

그것은 섬뜩한 위협이었다.

그러나 그것이 단순히 위협뿐인 것은 결코 아니었다.

사실 은의금대인을 비롯해 지금 마당에 있는 십여 명의 은의복면인들과 또한 이십여 명의 흑의복면인만 하더라도 강호에서 쉽게 볼 수 없는 절정급의 고수들이었으니, 그들만으로도 강호의 웬만한 중소문파의 전력쯤은 능가한다고 할 수 있는 것이었다.

그런데 그들만 한, 혹은 그들보다도 더욱 강할지도 모를 숫자 미상의 고수들이 지금 대거 석가장 전체를 포위하고 있는 상황이니 은의금대인의 위협이 어찌 단순히 위협뿐일 수 있겠는가?

그러나 석가장주는 여전히 묵묵한 침묵을 지키고 있었다.

비록 그의 얼굴에서 특유의 온화한 표정은 사라졌지만, 그러나 내내 담담함을 유지하고 있는 그가 지금 무슨 생각을 하고 있는지는 누구라도 짐작하기가 어려웠다.

은의금대인은 대청 쪽을 향하고 천천히 걸음을 뗐다.

그러자 은의복면인들이 곧바로 그의 좌우로 나란히 대열을 이루며 함께 걸어나갔다.

대청 쪽으로 접근하면서 그들은 서서히 내력을 끌어올리는지 그들에게서 뿜어지는 기세가 점차로 한데 어우러지더니 이윽고는 마치 하나의 작은 산이 다가오는 듯한 육중함을 만들어냈다.

그 육중한 기세에 위험을 느낀 석가장주의 두 백의 복면 호위가 선뜻 한 발씩을 앞으로 나서며 석가장주의 앞을 막아

섰다.

그리고 유숙의 잔뜩 긴장된 시선은 일촉즉발의 팽팽함을 담고서 석가장주의 얼굴에 고정되어 있었다.

안채로 통하는 쪽에서 하나의 작은 인영이 불쑥 대청으로 뛰쳐나온 것은 바로 그때였다.

그것은 누구도 예측하지 못한 돌발적인 일이었지만, 그렇다 하더라도 장내의 상황에 대해 어떤 억지력을 가지지는 못할 하나의 사소한 사건에 불과했다.

그러나 그 사소한 돌발성은 장내에서 벌어지고 있던 모든 상황들을 일순간 멈추게 하는 뜻밖의 결과를 낳고 있었다.

"산아(山兒)!"

"공자님!"

석가장주와 유숙이 동시이다시피 당황한 목소리를 뱉어냈다.

그 작은 인영은 작고 귀엽게 생긴 소동(小童)이었다.

석가장주가 표정을 굳히며 소동을 향해 다급한 어조로 말했다.

"산아, 안으로 들어가 있거라!"

그러자 소동은 강하게 고개를 흔들며 말을 쏟아냈다.

"아니에요! 아니에요! 아니에요!"

소동은 그렇게 고집스러운 어조로 세 번이나 같은 말을 반복했다.

그런 다음 그는 주변의 정황에는 조금도 관심이 없다는 듯
무어라고 자그맣게 혼잣말로 중얼거리면서 재빨리 대청의 가
운데로 걸어나왔다.

그리고는 마치 숨바꼭질이라도 하듯이 사람들 사이의 좁
은 공간을 분주히 왔다 갔다 돌아다니기 시작했다.

유숙을 향해 무어라고 지시를 내리려다가 말기를 두어 차
례나 거듭하면서 잔뜩 걱정스러운 기색으로 소동이 하는 양
을 지켜보던 석가장주는 이윽고 나직이 긴 한숨을 내쉬고 말
았다.

아마도 소동이 그나마 안전하다고 할 수 있는 곳에서만 맴
돌고 있는 것을 다행이라고 여기는 모양이었고, 그것은 한편
으로 소동을 다루는 일이 그로서도 결코 쉽지 않을 것이라는
사실을 짐작하게 해주는 데가 있었다.

예둔이 유심히 보니 소동은 여섯 살쯤의 나이에 귀엽고 총
명하게 생긴 용모를 하고 있었다.

그리고 직감적으로 그 소동이야말로 오늘 자신과 손녀가
이곳까지 오게 된 명분상의 목적이 된 바로 그 장본인일 것이
라는 것을 알 수 있었다.

그런데 한눈에 보기에도 소동에게는 무언가 문제가 있는
것 같았다.

사지 멀쩡하고 잘생긴 얼굴이었으니 육체적 장애 같은 것

이 있지는 않아 보였는데, 그럼에도 불구하고 무언가 분명한 문제가 있어 보이는 것이었다.

우선은 제멋대로인 소동의 행동이 그러했다.

같은 말을 몇 번이고 반복해서 말하고, 알아듣지 못할 말을 연신 중얼거리고 있다는 점만으로도 분명 정상적인 행동은 아니었다.

그리고 비록 어린아이라고는 하지만 그래도 여섯 살쯤 되면 주변 상황에 대한 어느 정도의 판단은 설 나이가 아니겠는가.

예를 들면, 두렵다든지 조심스럽다든지 하는 상황의 판단 정도는 될 나이인데 소동은 지금 그런 것에 대해 조금도 인지 내지는 판단을 하지 못하고 있는 듯 보였다.

소동의 출현으로 인해 장내의 상황이 일시 주춤거리기는 했으나 그런 주춤거림이 오래갈 것은 아니었다.

은의금대인을 중심으로 한 은의복면인들은 잠시 둔해졌던 예기를 다시금 끌어올리고 있었다.

그러나 그들은 여전히 그 기세를 행동으로 이어가지는 못하였다.

바로 그때쯤, 주변의 상황에는 전혀 상관없이 자신만의 중얼거림과 마치 영역을 정해놓은 듯 주변의 일정 경로를 맴도는 행위를 반복하고 있던 소동이 돌연히 예령에게로 불쑥 다가서고 있었던 것이다.

사실 소동의 갑작스러운 등장과 또 그의 특이한 행동거지들이 잠시 사람들의 관심을 끌기는 했어도 사람들의 관심은 궁극적으로 예령에게 있는 것이었고, 좀 더 본질적으로는 바로 그녀의 손에 들린 동경에 있는 것이라고 해야 했다.

그런데 소동이 지금 예령의 곁으로 바짝 다가섰다는 것은 바로 소동까지도 은의복면인들의 사정권에 포함되게 되었다는 것을 의미했다.

또한 그것은 곧 이대로 은의복면인들이 행동을 개시한다면, 석가장의 전면적인 개입이 필연적으로 된다는 의미이기도 했다.

은의금대인이 이미 거듭하여 석가장에 경고를 보낸 바 있지만, 그것을 뒤집어본다면 그들이 석가장의 개입에 대해 그만큼 꺼려하고 있다는 반증이라고 할 수 있었다.

나아가 그들이 오늘 동경을 여하히 취할 수 있느냐 없느냐 하는 것은, 결국 석가장의 개입 여부에 달려 있다고 해야 할 것이다.

소동은 예령에게 바짝 붙어 서서 그녀의 주위를 맴돌고 있었다.

소동이 그러는 이유가 예령에게 관심이 있어서인지, 혹은 예령이 들고 있는 동경에 관심이 있어서인지는 알 수 없는 일이었다.

그러나 그 이유가 어디에 있든 예둔은 당혹스러움을 넘어 자책과 분노가 뒤섞인 복잡한 심정이 되고 있었다.

점점 더 확연히 드러나는 소동의 장애는 차라리 그를 어이 없게 만들었다.

의심할 여지 없이 자폐(自閉)의 증상들이었다.

그것도 중증으로 보이니, 아마도 소동은 일평생 주위의 보살핌을 필요로 할 것이다.

'언감생심 저런 아이로 우리 영아에게 혼사를 타진해 왔다는 것인가?'

아무리 석가장의 부가 천하를 덮고도 남을 만한 것이라고 해도, 그리고 그 덕분으로 검가가 얻을 이득이 제아무리 막대하다고 해도 그럴 수는 없는 일이었다.

눈에 넣어도 아프지 않을 천금 같은 손녀에게 장애를 가진 배필을 정해줄 수는 없는 일이었다.

예둔은 문득 스스로의 속물 근성이 그런 데까지 이르렀었던가 하는 자조를 떠올리고 있었다.

그렇게 보였기에, 그럴 만한 이유가 있었기에 석가장에서 감히 자신에게 그런 의사를 타진했던 것이 아니겠는가.

예둔의 내심에서 저절로 한가닥의 탄식이 흘렀다.

'허어!'

한편으로 예둔의 마음 한구석에는 혹시 소동이 손녀에게 어떤 돌발적인 위해라도 가하지 않을까 하는 불안함도 있었다.

그러나 당장에 닥쳐 있는 은의복면인들의 위협 속에서 마지막 희망으로 석가장의 힘에 기대고 있는 판에 당장에 소동을 예령으로부터 단호히 떼어놓기도 곤란한 처지가 아니겠는가.

그런저런 이유로 예둔이 내심 전전긍긍하고 있는 중에, 예령이 문득 소동을 향해 말을 건네고 있었다.

"너, 이거 가지고 싶니?"

예령의 그 한마디는 사람들에게 사뭇 기묘한 파장을 전하는 바가 있었다.

당장에 예둔이 급하게 외쳤다.

"령아!"

예둔의 그 목소리에는 어쩔 수 없는 난감함이 서려 있었다.

물론 그가 예령의 총명을 모르는 것은 아니었다.

그러나 그러기에 더욱더 걱정과 우려가 솟는 것이었다.

어쩌면 예령은 지금 이 모든 사단의 발단이 되고 있는 동경을 차라리 석가장의 소동에게 건네줌으로써 상황을 일거에 전환시켜 놓으려는 아주 영악한 생각을 하고 있는 건지도 몰랐다.

이 모든 화를 슬쩍 석가장 쪽으로 전가시키겠다는 생각 말이다.

그러나 아무리 나이 어린 계집아이의 짧은 생각이라지만 결코 그래서는 안 될 일이었다.

석가장은 자신들과는 전혀 무관한 일임에도 불구하고 첨예한 위협을 감수하면서까지 지금 그들 두 조손에게 최대한의 호의를 베풀고 있지 아니한가?

그리고 설령 예령의 의도가 그런 것이 아니라고 하더라도 결과적으로는 일이 그렇게 되어버릴 것이기에 예령이 소동에게 동경을 주어서는 안 되는 것이었다.

그러는 한편으로 예둔은 또 다른 측면에서의 걱정을 동시에 하고 있었다.

예령이 혹시 소동에게 관심을 가지기 시작한 것은 아닌가 하는 걱정이었다.

유난히 총명하고, 또한 조숙한 데가 있는 예령이었다.

비록 어리지만 정혼이라는 것이 무엇을 의미하는지, 그리고 어떤 것까지를 의미할 수 있는지를 제법 잘 이해하고 있는 그녀였다.

그런 예령이기에 그녀의 언행이 지금의 곤란한 처지를 타개해 보려는 마음에서 나왔건, 혹은 소동에 대한 동정심에서 나왔건 간에 일단 관심을 가지게 된다면 그것이 나중에까지 그녀의 마음에 남길 파장, 또는 흔적은 결코 작지 않을 것이다.

그렇게 이런저런 측면의 우려와 걱정을 하면서도 예둔은 막상 예령의 행동을 선뜻 제지하지는 못하고 있었다.

다만 예둔의 내심 한편으로는 새삼스럽게 한 자락의 후회가 착잡하게 밀려들고 있었다.

'처음부터 불길한 물건이었다. 차라리 그때 바로 없애 버렸더라면 일이 이런 지경으로까지 번지지는 않았을 것을……'

석가장주는 묘한 표정이 되어 있었다.

'참으로 영악하지 않은가?'

상황의 중심에서 자신들이 슬쩍 빠지는 대신에 석가장을 본격적으로 개입시키려는 이제 아홉 살 소녀의 이 시도는 총명하다 못해 영악하다고 할 수밖에 없었다.

그러나 석가장주는 이내 미미하게 고개를 끄덕였다.

그녀의 그런 영악함마저도 크게 밉지가 않았던 것이다.

'그저 영악해 보이는 것만은 아니다. 우리 석가장을 전면으로 이끌어내려 하는 데는 필시 우리에 대한 믿음이 있기 때문이리라. 그리고 저 초롱거리는 눈빛에는 산아에 대한 꾸밈 없는 관심이 비치고 있다. 믿음과 관심이라…… 허허허! 그리 나쁘지는 않구나!'

이윽고 석가장주의 입가에는 한가닥 엷은 미소가 사뭇 느긋하게 떠오르고 있었다.

그런 그에게서는 당장에 두 아이의 일에 개입할 생각이 없어 보였다.

은의금대인 역시 두 아이들 간에 벌어지는 상황을 잠시 더 지켜보기로 한 것 같았다.

사실 지금은 실력행사를 잠시 미루고 지켜보는 것이 상황을 보다 긍정적으로 만드는 데 도움이 될 수 있을 것이다.

어쨌든 이곳은 바로 재벌 석가장이었다.

비록 세상으로부터 은둔하려는 속성에서 다른 상인 집단과는 다른 점이 있다고는 하나, 석가장이 분명한 상인 집단이라는 것은 누구도 부인할 수 없었다.

상인의 속성이란, 이익 앞에서 목숨을 걸기도 하지만 한편으로 이익이 없는 것에 대해서는 철저하리만치 포기가 빠르다.

그런 만큼 기껏 동경 하나에, 더욱이 누가 봐도 아무런 가치가 없는 것이 확연한 고물 동경 하나에 굳이 극단의 위험을 감수해 가면서까지 집착을 보일 까닭은 없을 것이다.

하면, 비록 아이들 간의 주고받음이지만 일단 소년에게로 물건이 넘어간다면 그것은 곧 석가장이 보다 주도적으로 상황을 원만히 정리할 수 있는 충분한 명분을 얻는 셈이 아니겠는가.

물론 상황의 원만한 정리란 것은 석가장이 곱게 동경을 자신들에게로 넘기는 것을 말함이었다.

어쨌든 조금쯤은 더 상황을 지켜볼 만하다고, 그래서 손해 볼 것은 조금도 없다는 생각을 은의금대인은 하고 있었다.

소동은 문득 예령의 앞에서 멈춰 섰다.

그리고 잠시간 빤히 예령의 얼굴을 응시하고 있다가 불쑥 손을 내밀었다.

당혹스러운 중에도 더욱 예령을 당황스럽게 만든 것은 소동이 양손을 다 내밀었다는 것이다.

한 손은 동경을 받기 위해 내민 것이라지만 나머지 한 손의 의미는 무엇일까?

그러나 예령은 이내 소년의 나머지 한 손이 의미하는 바를 짐작하였다. 손을 잡아달라는 것으로.

물론 그것은 그녀 나름의 짐작일 뿐이었다.

아주 잠깐 망설인 끝에 예령은 소동의 한 손에 동경을 쥐어주고 나서 다시 선뜻 나머지 한 손을 잡았다.

순간 소동은 얼굴 가득히 웃음을 떠올렸다.

비록 또래의 나이였지만 예령은 소동의 그 웃음이 참으로 천진하다는 생각을 문득 했다.

그러고 보니 마주 잡은 소동의 손은 참으로 따뜻하였다.

그런 때문인지 예령이 잠시간 소동에 대해 가지고 있었던 이상하다는 생각은 문득 안되었다는 생각과 따뜻한 관심으로 온전히 바뀌어 버렸다.

그때 소동이 환하게 웃는 얼굴로 말했다.

"난… 석산(石山)! 석산! 석산!"

소동은 예외없이 세 번을 반복해서 말했다.

그러나 예령은 이제 그런 것에 대해 거리낌이나 거부감 같은 것을 느끼기보다는 오히려 그가 자신의 이름을 확실히 전달하여 기억시키고 싶다는 의지로 받아들였다.

그리고 문득, 소동 석산의 반듯한 이목구비의 윤곽과 맑은 눈빛이 마음에 든다는 생각도 했다.

"난 예령이야."

석산이 그녀의 말을 따라 했다.

"예령! 예령! 예령!"

그리고 다시 또 말했다.

"좋아! 예령! 예령! 예령!"

그렇게 석산은 예령의 이름을 잇달아 세 번, 그리고 좋다는 말 다음에 또다시 세 번, 도합 여섯 번이나 불렀다.

예령의 얼굴이 잠깐 붉어지고 말았다.

그러나 이내 그녀의 얼굴에는 밝고 예쁜 미소가 떠올랐다.

그때 석산이 아직도 예령과 맞잡고 있던 동경을 슬며시 잡아당겼다.

예령은 아주 잠깐 망설였으나 곧 동경을 잡고 있던 손을 놓았다.

그리고 석산의 손을 잡고 있던 다른 한쪽 손도 마저 놓으며 속으로 가만히 말했다.

'미안해, 석산.'

"허허허! 영아라고 했느냐?"

석가장주가 웃으며 물었다.

"예!"

다소곳이 대답하는 예령에게 석가장주는 다시 물었다.

"너는 노부가 왜 너와 너의 할아버지이신 예 대협을 본 장원으로 초청했는지 그 이유에 대해 아는 바가 있느냐?"

느닷없는 그 질문에 예둔은 확연히 놀라는 기색이 되었다가, 이내 잔뜩 어두운 표정으로 되고 말았다.

그러나 예령은 조금의 머뭇거림도 없이 또랑또랑한 음성으로 대답을 하고 있었다.

"자세히는 알지 못하나 양가의 혼사에 관한 일을 논의하기 위한 것으로 알고 있습니다."

그러자 석가장주는 기꺼운 듯 다시 소리 내어 웃으며 말했다.

"허허허! 하면 방금 네가 우리 산이에게 준 물건은 혹시 하나의 신표가 되는 것은 아니냐?"

그때 더 이상은 두고 볼 수 없었던지 예둔이 급하게 끼어들었다.

"석 노야, 어찌 철없는 아이에게 그런 말씀까지 하십니까? 그런 문제는 추후 어른들끼리 다시 논의해야 하지를 않겠습니까?"

그에 대해 석가장주는 짐짓 크게 고개를 끄덕이며 대답했다.

"물론이지요. 노부는 다만 아이들의 하는 짓이 너무나 귀여워서 잠시 농을 걸어본 것뿐입니다. 허허허!"

그때 석산은 한자리에 가만히 멈추어 서 있었다.

그리고 미동도 없이 뚫어져라 손에 든 동경만 들여다보고 있었다.

그런 그의 모습은 마치 동경에 무슨 특별한 흥밋거리라도 있어서 아주 깊숙이 빠져들어 있는 것처럼 보였다.

이전까지 산만하기 이를 데 없는 모습만을 보여주던 석산이었기에 그런 그의 갑작스러운 집중은 멍한 것처럼 보이기도 했고, 한편으로 집중이 지나쳐 또 다른 집착의 증세를 보이고 있는 것 같기도 했다.

그러나 다른 사람들이 모두 다 그렇게 느꼈는지는 몰라도, 손자의 모습을 보는 석가장주만은 눈빛에다 한가닥의 기이한 이채를 떠올려 놓고 있는 중이었다.

석가장주의 그러한 눈빛에는 이채로움과 함께 어떤 진지한 기대와 같은 느낌마저도 담겨 있는 것 같았다.

그러나 석가장주의 눈빛에 떠올랐던 그러한 이채는 금방 사라져 버렸기에 다른 사람들의 관심을 끌지는 못했다.

예령은 석산이 하는 모양을 가만히 지켜보고 있었다.

그러던 중 언뜻 석산의 눈빛을 보게 되었을 때, 예령은 그만 감탄하지 않을 수가 없었다.

그녀의 집안이 검의 명가였기에 어린 나이임에도 그녀는 적지 않게 정순한 내력과 각고의 수련을 거친 맑고 깊숙하고, 그리고 강렬한 눈빛들을 보아왔다고 할 수 있었다.

그런데 지금 동경을 들여다보고 있는 석산의 눈빛은 그런 눈빛과는 또 달랐다.

그처럼 맑고 깊숙하며, 또한 그녀로 하여금 전율이 일게 할 만큼의 기이한 어떤 강렬한 힘을 지닌 눈빛을 예령은 지금까지 단 한 번도 본 적이 없었다.

'아아!'

일시 예령은 그만 신음 같은 탄식을 속으로 흘리고 말았다.

석산의 눈길을 직접 마주하고 있는 것도 아닌데, 그만 그의 눈빛 속으로 빨려들고 말 것 같은 아찔한 느낌을 한순간 받았던 것이다.

석산의 그 눈빛은 마치 세상 모든 것을 다 빨아들이고 말 것 같은 강렬한 흡입력을 지닌, 정말로 특이하고도 특별한 눈빛이었다.

석산의 그 특별한 눈빛이 자신의 가슴속에 새겨져 버린 듯하다는 생각을 예령은 문득 하고 있었다.

그러나 예령의 탄식과는 무관하게 석산의 눈길은 조금의 흔들림도 없이 동경에만 고정되어 있었다.

예령은 불현듯 석산이 지금 무엇에 그토록 깊이 빠져들어 있는지에 대해 짐작할 수 있을 것 같았다.

바로 동경의 표면에 새겨진 홈집 같은 무늬 때문일 것이다.

그리고 어쩌면 석산은 지금 그 무늬가 살아 움직인다는 사실을 발견하고 있는지도 몰랐다.

조부 예둔조차도 발견하지 못한 사실이지만 예령 또한 동경의 무늬가 살아 움직이는 것을 분명히 본 바가 있지 않은가.

다만 그 무늬의 움직임이 너무도 무질서하고도 어지러웠던 탓에, 처음에 약간의 호기심을 느꼈던 이후로는 다만 일종의 착시현상이라 여기고 별 관심을 두지 않게 되었지만.

석산은 뭐라고 혼잣말을 중얼거리고 있었다.

그리고 그의 자그마한 손바닥으로 천천히 동경의 표면을 쓰다듬고 있었다.

석산의 그 같은 모습은 마치 동경 표면에 어떤 결 같은 것이라도 있어 그 결을 따라 쓰다듬고 있는 듯하였다.

짜자자작!

한순간 예령은 희미하게 어떤 소리를 들은 것 같았다.

그것은 아주 세밀하면서도 미약하였고, 또한 아주 비밀스러운 느낌을 주는 그런 소리였다.

그러나 그녀 외에는 어느 누구도 어떤 반응을 보이지 않고 있는 것을 보면 어쩌면 그것은 실제로 소리가 난 것이 아니라 단순히 그녀의 직감 같은 것일 수도 있었다.

하지만 예령은 순간적으로 동경에 어떤 변화가 일어났음이 분명하다는 생각을 하게 되었다.

그런 생각은 곧 그녀에게 참을 수 없는 호기심을 불러일으켰다.

다음 순간 예령은 얼른 석산의 곁으로 바짝 붙어 서며 그가 들고 있는 동경의 표면을 들여다보았다.

변해 있었다.

딱히 구체적으로 지적해 낼 수는 없었지만 동경의 무늬는 그 전체적인 형태가 분명히 변해 있었다.

마치 몇천 배나 더 복잡해진 듯이 동경의 무늬는 표현하기 어려울 정도로 미세하게 갈라져 있었다.

본래의 무늬가 산산조각으로 깨어진 것 같다고 예령은 생각했다.

결정적인 것은 그녀가 잠깐 동안 이런저런 각도로 동경을 보았어도 무늬가 움직이지 않는다는 것이었다.

더 이상 착시현상 같은 것이 일어나지 않고 있는 것이다.

'무늬들이 죽어버렸다.'

예령은 문득 그렇게 생각했다.

조금 전까지 살아 있던 것이 갑자기 죽어버린 것처럼 이제 앞으로 무늬가 다시 움직이는 일은 결코 없으리라고 예령은 그렇게 스스로도 그 근거를 알 수 없는 일종의 확신을 하고 있었다.

왠지 모르게 그냥 그런 것 같았다.

만약 이 동경에 정말로 어떤 신비로움과 비밀스러움이 있는 것이라면 방금 그 신비가 완전히 사라져 버린 것만 같았다.

이 오래된 동경은 이제야말로 정말로 쓸모없는 고물에 불과하게 되어버린 것만 같았다.

그러나 그런 것들은 다만 아홉 살 어린 계집아이가 만들어 낸 유치한 상상일 뿐인지도 몰랐다.

아니, 아마도 그럴 것이다. 어쨌든 외관상으로 동경은 조금도 변한 것이 없었으니까.

설령 동경에 무슨 일인가가 일어났었다고 해도 어른들이 보기에 그것은 다만 두 어린아이들 사이에서 아주 잠깐 동안 일어난 작은 소란 내지는 지극히 아이들다운 호들갑에 불과할 뿐일 것이다.

대청과 마당의 사람들은 잠시 동안 두 아이가 하는 모양을 보면서 각자의 입장을 계산하고 정리하기에만도 바빠하고 있는 중이었다.

참으로 변덕스럽게도 석산은 갑작스레 동경에 대한 흥미를 잃어버리고 만 모양이었다.

뚫어져라 들여다보고 있던 동경을 한순간 그대로 손에서 놓아버린 것이다.

아니, 숫제 팽개쳤다고 하는 것이 보다 정확했다.

"엇!"

그 갑작스러운 사태에 몇 군데서 놀란 소리가 동시이다시피 새어 나왔다.

동경이기에 그리 쉽게는 깨어지지 않을 것이지만, 만에 하나 작은 손상이라도 가는 날에는 사태는 또 다른 양상으로 치닫고 말 것이 분명했다.

탕!

댕그르르릉!

바닥에 떨어진 동경이 낮게 한 번 위로 튕겨졌다가는 다시 대청마루 위를 굴렀다.

그리고 동경이 구르는 방향에 가장 가까이 있던 유숙이 미끄러지듯 신형을 움직여서 동경을 주워 들었다.

유숙은 지체없이 석가장주에게로 가서 공손히 동경을 바쳤다.

석가장주는 동경을 받아 들고 잠시 살펴보는 듯했으나, 이내 눈길을 거두고 말았다.

그런 모습에서 그는 마치 애초부터 동경에는 별 관심을 두지 않았으며, 다만 동경이 방금 바닥으로 팽개쳐지면서 어떤 손상을 입지 않았는지에 대해서만 신경을 쓰고 있다는 것을 보여주려는 듯했다.

그리고 석가장주의 표정에 별다른 변화가 없는 것으로 보아 아마도 동경에 별 탈은 없는 모양이었다.

하긴, 동경에 새로 생긴 흠집 같은 것이 있는 것이 아니라 예령이 느낀 것처럼 다만 동경 표면에 있던 무늬 자체가 전체적으로 전과 다르게 변한 것이라면 석가장주가 아무리 그런 쪽으로 안목이 높다고 해도 이제 처음으로 동경의 무늬를 보는 그가 어떻게 그러한 전후의 차이를 분별할 수 있을 것인가.

석 노야의 눈길이 문득 예령에게로 향했다.

"산이는 본래 어떤 것에도 쉬이 흥미를 잃곤 한단다. 이 동경에 대해서도 벌써 흥미를 잃어버린 듯한데, 어떠냐? 너는 이 물건을 다시 돌려받고 싶은 생각이 없느냐?"

그 물음에 대해 예령은 선뜻 대답을 하지 못하고 잠시간 생각하는 모습이었다.

그때 예령의 속내를 짐작이라도 한다는 듯이 석가장주가 다시 덧붙였다.

"만약 네가 다시 이 동경을 가지기를 원한다면 노부는 네가 누구로부터의 위협도 받지 않고 안전하게 이것을 가질 수 있도록 해줄 작정이다."

석가장주의 그 말에는 사뭇 묘한 의미가 담겨 있다고 해야 할 것이다.

그리고 그 의미의 묘함으로 인해 당장에 장내에 유지되고 있던 무형의 균형이 깨어져 버리는 듯했다.

듣기에 따라 석가장주의 말은 자신이 마음만 먹는다면 지금의 이런 사태쯤은 단번에 척결할 수 있다는 의미가 되었다.

그것은 곧 그에게, 그리고 석가장에 그만큼 충분한 힘이 있다는 자부심을 내비친 것이었다.

그리고 그가 바로 석가장주라는 사실 자체만으로도 그의 말은 곧 결코 무시하지 못할 무게로 사람들에게 다가왔다.

대번에 딱딱하게 굳어버린 은의금대인의 어깨가 석가장주의 말에 담긴 그러한 무게를 여실히 입증해 주고 있었다.

석가장주는 느긋하게 즐기듯이 예령의 대답을 재촉했다.

"허허허! 누구의 눈치를 볼 필요는 없는 일이다. 다만 네가 바라는 바를 노부에게 말해주면 되는 일이다."

그제야 예령이 방그레 웃으며 대답을 내놓았다.

"고맙습니다, 할아버님!"

그 예쁜 대답에 석가장주의 입가에 슬며시 기꺼운 웃음기가 걸렸다.

다만 예둔은 씁쓰레한 표정을 감추지 못하였다.

석가장주의 호언장담도 그랬고, 또한 지금 그가 기꺼워하는 모습도 그랬다.

석가장주는 마치 벌써부터 예령을 손자며느리로 맞아들이기라도 한 것처럼 대하고 있으니, 예둔의 마음이 편할 수는 없는 노릇이었다.

대청에 있던 사람 중 몇몇은 한순간 돌연히 한줄기의 스산한 느낌을 받았다.

그리고 동시에 두 마디의 다급하면서도 노한 호통 소리가 터져 나왔다.

"갈!"

"어림없는 수작!"

석가장주의 좌우를 지키던 두 명의 백의복면인이 내뱉은 호통이었다.

동시에 그들은 석가장주의 앞을 막아서면서 발검과 동시에 벼락같은 기세로 허공중의 좌우상하 공간을 베어냈다.

챙!

팟!

파팟!

그때 유숙의 신형은 마치 허깨비처럼 흐릿한 잔영을 남기면서 어느새 석산의 앞을 가로막아 서고 있었다.

"음!"

"으음!"

두 마디의 나직한 신음 소리가 허공에서 흩어졌다.

이어 두 명의 백의복면인이 석가장주의 좌우로 돌아와서 버티고 섰다.

그런데 두 사람 모두가 각자의 가슴을 지그시 누르고 있는 것으로 보아 방금의 그 답답한 신음 소리는 그들이 뱉어낸 것임에 분명해 보였다.

그러나 사람들이 그러한 정황을 미처 다 정리하기도 전에 대청 안의 풍경은 다시 한 번의 급박한 변화를 보이고 있었다.

대청의 보이지 않는 한쪽 구석에 숨어 있다가 갑자기 뛰쳐나오기라도 하는 듯이 일단의 무리가 새로이 나타난 것이었다.

그들 십여 명에 달하는 백의복면인들은 놀랍도록 빠르면서도 은밀한 움직임으로 석가장주와 석산의 주변을 호위하는 형세를 펼치고 있었다.

그뿐만이 아니었다.

대청바닥 아래쪽에서는 돌연 무엇인가 육중한 움직임이 있는 듯 잇달아서 기괴한 소음이 나고 있는 중이었다.

그르르릉!

그그그긍!

짐작하건대 그것은 어떤 종류의 기관매복이 작동되는 소리임에 분명했다.

대청 아래에는 미상의 기관매복이 심어져 있는 것이고, 그것들이 지금 돌연한 위기 상황을 맞아 신속하게 가동되고 있는 것이리라.

대청의 풍경이 좀 전과는 확연히 다른 모습으로 바뀌면서, 아울러 대청 안을 한바탕의 급박하고도 격렬한 긴장 상태로 몰고 갔던 일련의 상황들 또한 일단락이 된 것 같았다.

그러나 석가장주의 표정은 아직까지도 특유의 여유와 담담함을 되찾지 못하고 있었다.

그것은 아마도 그가 자신을 호위하는 두 백의복면인이 지닌 무위가 얼마나 대단한 것인지에 대해 너무도 잘 알고 있기 때문일 것이다.

그런데 끝까지 모습조차 보이지 않은 암중의 상대에 대해 두 백의복면인은 전력으로 검을 썼건만 제대로 손속을 나누어보지도 못한 채 일방적으로 당하고 만 것이다.

그러던 중 석가장주는 문득 자신의 손이 허전하다는 느낌을 받게 되었다.

그리고 그는 다시 한 번 경악하고 말았다.

없었다.

방금까지 손에 쥐고 있던 동경이 그가 전혀 느끼지도 못하는 사이에 감쪽같이 사라져 버린 것이다.

'아아! 어떻게 이런 일이? 도대체 어떤 자이기에 본 장의 특위호법 둘을 단 일 수에 격퇴하는 것도 모자라, 동시에 내 손안의 물건을 나 스스로도 느끼지 못하는 사이에 취하여 유유히 사라질 수 있다는 말인가?'

상황의 추이를 추측해 보는 일은 의외로 어렵지 않았다.

바로 마당을 장악하고 있던 은의복면인들과 흑의복면인들이 천천히 뒤로 물러서고 있었기 때문이다.

그것이 단적으로 무엇을 의미하겠는가.

바로 그들이 목적하던 물건을 되찾았기 때문이 아니겠는가. 비록 아직까지는 여전히 동경이 누구에 의해 어디로 사라졌는지는 알 수가 없었지만.

그러나 석가장주의 얼굴이 다시 원래의 평정을 되찾는 데는 그다지 많은 시간이 걸리지는 않았다.

그리고 안정을 되찾고 난 다음 그가 가장 먼저 한 일은 빙그레 웃으며 영아에게 양해를 구하는 것이었다.

"노부의 불찰로 그만 동경을 잃어버리고 말았으니 네게 미안하기 짝이 없구나."

그러자 예령은 문득 곤란하다는 기색이 되며 예둔을 쳐다보았다.

그러나 예둔이 가만히 고개를 끄덕이자 예령은 금방 방그레한 미소를 떠올리며 또랑또랑한 목소리로 석가장주를 향해 말했다.

"그건 이미 제 물건이 아닌걸요. 저는 이미 그 동경을 그에게… 석산 소공자에게 주었는걸요. 그러니 동경 때문이라면 할아버님께서는 제게 조금도 미안해하실 필요가 없어요."

예령의 그 같은 대답에 석가장주는 문득 흔쾌한 대소를 터뜨렸다.

"하하하하! 너의 말을 듣고 보니 노부의 마음이 한결 편해지는구나. 그래, 설령 그 동경이 천하에 다시없는 보물이라고 하더라도 네가 괜찮다고 하고, 또한 산이 역시 이미 그 물건에 대한 애착을 가지고 있지 않는 것 같으니 그것으로 된 것이다."

그리고 석가장주는 그때 이미 마당의 끝 부분 담장 근처에까지 물러나 있는 은의금대인을 향해 담담한 어조로 말했다.

"보아하니 귀하는 이미 원하던 바를 취한 것 같고, 다행히 본 장 또한 크게 손해를 본 것은 없는 것 같으니 귀하들이 물러가겠다는 데 대해 본 장에서 제지할 이유 또한 없다고 할 것이오. 하니 귀하들은 등 뒤를 걱정할 필요 없이 안심하고 가도 좋소."

은의금대인이 바라던 바였다는 듯이 가볍게 포권하며 대답했다.

"장주의 호의에 대해 깊이 감사드리오. 오늘 장주가 베풀어주신 이와 같은 호의에 대해서는 훗날 언젠가 기회가 닿는다면 따로 사례를 할 날이 있을 것이오."

그리고 그를 필두로 하여 은의복면인과 흑의복면인들이 일제히 몸을 솟구쳐서는 잇달아 세 개의 담장을 날아 넘어 사라져 갔다.

*   *   *

자신과 손녀의 위급을 도와준 것에 대해 예둔은 석가장주에게 몇 차례나 거듭하여 감사의 말을 했다.

그런 한편으로 그는 석가장에서 혹시 이번에 베푼 도움을 빌미로 양가의 정혼에 대한 말을 다시 꺼낼까 노심초사하는 심정이기도 했다.

그러나 그 어떤 경우를 맞는다고 하더라도 그의 생각은 사실상 이미 확고해져 있었다. 조금의 여지도 없이.

석산이라는 아이는 분명한 중중의 자폐아였다.

그리고 아무리 검가의 장래를 위해서 석가장의 부가 절실히 필요하다고 해도 결코 손녀로 하여금 자신만의 세계 안에서만 갇혀 살아야 하는 자폐 남편의 뒷바라지나 하며 평생 형극(荊棘)의 삶을 살도록 할 수는 없는 일이었다.

더군다나 그의 손녀는 오래전부터 예둔 자신과 검가의 희망이 되어 있는 터였다.

희망 없는 미래가 대체 무슨 소용이 있겠는가.

그러나 예둔의 노심초사와는 달리 석가장주는 정혼에 관한 구체적 얘기를 다시 꺼내지 않았다.

다만 이번에는 큰일을 겪느라 경황이 없을 터이니 시간을 두고 다음에 적당한 기회를 만들어 다시 논의를 하자고 했다.

예둔은 간단히 그렇게 하자고 대답했다.

물론 그에게는 다음의 기회를 만들 의도가 조금도 없었다.

그리고 예둔은 손녀의 손을 이끌고 총총히 석가장을 떠났다.

第三章
풍운도래(風雲到來)

지존
석산평전

　풍운이 일었다가 스러지기를 끝도 없이 반복하는 곳이 바로 강호다.

　그러나 지난 이백여 년간은 강호에 별다른 풍파가 없었다고 할 수 있었다.

　지난 이백여 년간이야말로 누천년 강호의 역사상 유래가 없을 정도로 특출한 영웅들이 한꺼번에 쏟아져 나온 시기였기 때문이고, 또한 그들 간에 직간접적인, 혹은 유, 무형적인 상호 견제와 균형이 절묘하게 유지된 덕분이라고 할 수 있을 것이다.

　그런데 십여 년 전부터 강호에는 바야흐로 특기할 만한 풍운의 징조들이 속속 나타나고 있는 중이었다.

　풍운의 징조는 황실로부터 시작되었다.

　바로 황권을 목표로 한 황실 암투였다.

　본래 병약했던 젊은 황제는 즉위하고 얼마 되지 않아 병중에 들었고, 정사를 제대로 돌보지 못하고 있는 지 벌써 수년째였다.

　후사를 염려한 외척들이 서둘러서 황태자를 책봉토록 하였으나, 태자는 아직 코흘리개 어린아이에 불과했다.

　당연히 황위 계승 서열권에 속한 황숙들과 황태자를 중심으로 한 외척의 세력들이 황위를 놓고서 치열하게 각축하는 정세를 만들어가고 있었다.

　전(前) 황제의 다섯 형제 중 두드러진 인물은 삼황숙(三皇叔)과 오황숙(五皇叔)이었다.

　세간의 평가에 의하면 삼황숙은 황제의 기질을 타고났다고 했다.

　다만 그는 지나치게 권위적이고, 때로는 지나치게 호전적이며, 또 때로는 잔인하달 정도로 단호해서 주변의 사람들이 두려워한다고 했다.

　그에 비해 오황숙은 아직 삼십대의 젊은 나이임에도 불구하고 두루 인망을 갖추었다는 평가를 받고 있었다.

　다만 한편으로 우유부단하고 주관이 부족해 주위에 의해

쉽게 휘둘린다는 평가도 있었다.

황태자, 그리고 삼황숙과 오황숙.

황위를 놓고 각축하는 그들 삼 개 파벌의 암투에 조정대신들의 눈치 보기와 이합집산의 줄 서기는 이미 더할 수 없이 치열해져 있었다.

그리고 그러한 치열함은 각 지방 군권(軍權)의 동요와 혼란으로 이어지고 있었다.

그나마 현 황조가 표면적이나마 아직까지 평정을 유지하고 있는 것은 오로지 구문총독부(九門總督府) 덕분이라고 할수 있었다.

구문총독 서휘(徐輝)!

태조를 도와 현 황조를 연 개국공신이자, 하늘이 내린 장수[天將]라 불릴 만큼 타고난 무재(武才)를 지닌 인물로, 팔순을 훌쩍 넘긴 지금에도 여전히 유, 무형의 영향력으로 황조의 병마지권(兵馬之權)을 굳건히 장악하고 있는 인물이다.

작금에 황위를 놓고 각 세력이 치열한 각축을 벌이면서도 막상 그 치열함이 표면화되지 않고 있는 것은 오로지 황제에 대한 충성만을 고집하며 철저하게 중립을 지키고 있는 서휘의 견제와 억지력 덕분이라고 할 수 있었다.

무림 또한 예외는 아니었다.

무림은 황조와는 별개의 세상이라는 말이 있지만, 결국은 무림 또한 황제의 통치로부터 완전히 자유롭지 못한 곳이니, 또한 황실의 권력 투쟁에서 완전히 자유로울 수는 없는 일이었다.

황실 암투의 선봉 세력으로, 혹은 각각의 명분과 이해타산에 따라 강호의 고수들과 방파 세력들이 속속 풍운의 와중으로 휩쓸려 들고 있었다.

더욱이 구문총독부의 중립적 위치 고수로 인해 황위를 노리는 세력들 중 누구도 무력에서 확실한 우위를 잡지 못하자, 그들의 관심은 무림으로 돌아갈 수밖에 없었다.

무림 세력이야말로 병권을 제외하고는 가장 강력한 무력이고, 언제라도 사용할 수 있는 즉시가용전력(卽時可用戰力)이며, 한편으로는 비상시에 모반이나 역모로 몰릴 위험으로부터 상대적으로 안전하기까지 할 수 있지 않겠는가.

구파일방과 오대세가 등 전통적인 무림의 주요 문파와 세가들이 황실 세력의 포섭 대상이 되었다는 소문은 결코 어제오늘의 것이 아니었다.

그렇게 황실로부터 불어온 천하 쟁투의 거친 바람으로 인해 장장 이백여 년을 지속해 오던 무림의 평화기 또한 마침내 끝이 나고 있었다.

*   *   *

또 하나의 작은 징조가 있었다.

비록 무림과는 구분이 있다고 하겠으나, 그래도 천하 정세에 아주 영향이 없지는 않은 한곳의 실종이었다.

바로 석가장!

천하이대재벌 중의 하나이며, 부의 전설인 그곳이 사라진 것이다.

그러나 본래 세상에 자신들을 온전히 드러내는 법이 없어서 은둔의 재벌이라는 소리를 듣는 석가장이었기에, 소리없이 사라진 지 십수 년이 지나도록 그들의 종적에 크게 관심을 보이는 사람은 별로 없었다.

세월유수(歲月流水)!

그 절대의 흐름을 뉘라서, 그리고 그 어떤 거대한 힘이라도 감히 거스를 수 있을까?

어제처럼 오늘도 강호의 풍운은 일었다가 스러지기를 여전히 되풀이해 가고 있다.

第四章

구산서고(九山書庫),
그리고 소산(小山)이란 이름의 서생

지존

석산평전

　대파산(大巴山)!

　사천과 섬서 땅의 경계를 서북과 동남으로 가르며 솟아 있는 산맥이다.

　달리 구룡산맥이라고도 불리는 이 거대한 산맥의 북쪽 줄기 아래 자락에는 유서 깊은 고서고(古書庫) 하나가 있다.

　바로 구산서고(九山書庫)다.

　예전 진시황의 분서갱유 직전에 유림(儒林)의 태두들이 당시 천하 아홉 군데의 서고에서 중요한 서책들을 험지(險地) 중의 험지인 이곳으로 모아 선현의 가르침이 사라지는 것을 피하게 했다는 데서 구산서고라 불리게 되었다는 유래가 있다.

서고는 본래 여러 갈래를 가지는 거대한 자연 동굴에 약간의 인공을 가미해서 만들어졌는데, 그 위치가 산맥의 아래 자락이라고는 해도 그래도 산 아래 촌락과는 한참이나 떨어진 산속인지라 평상시에는 찾는 이가 거의 없었다.

다만 연중 서너 번쯤 못 되게 천하를 유람하는 서생들이 들르곤 하였다.

그러나 그들 또한 구산서고의 오래된 명성을 듣고 찾아온 이들이어서, 잠시 서고의 유래와 보관 서적들의 목록을 곁눈으로만 둘러볼 뿐 막상 서고에 소장된 고서들을 보고자 하는 이는 거의 없었다.

더욱이 서적의 신규 유입이 끊어진 지 이미 수백 년이나 되었고, 더욱이 희귀본이나 진본 등으로 가치가 있을 만한 서책들은 수백 년 동안이나 이런저런 직위의 인물들이 한 권 두 권 임의로 빼돌린 탓에 진작에 다 사라져 버렸다.

따라서 이제 서고에는 그냥 오래되었다는 가치 외의 다른 가치를 평가하기는 힘든 폐서적만이 남아서 동굴의 깊숙한 어느 갈래쯤에 그저 처박혀 있을 뿐이었다.

그런 덕에 여느 서고와는 달리 오는 사람들은 신분 고하를 가리지 않고 원하기만 한다면 누구나 입장할 수 있기도 했다.

다만 그래도 서적을 훼손하거나 임의로 가지고 나가지 못하도록 하는 등의 최소한의 관리를 위해 조정에서 파견한 최

말단 직급의 관리 한 사람이 동굴 입구에 만들어진 작고 허름한 서각(書閣)에 상주하고 있었다.

*　　　*　　　*

　날렵한 청의 경장 차림의 여인 하나가 서각으로 들어섰다.

　분명 이팔청춘은 훌쩍 넘긴 성숙한 여인의 기품이 돋보이는데, 그런 중에 또한 소녀 같은 청초함이 함께 어우러져 풍기는 그녀의 미태는 보는 사람으로 하여금 한동안 눈을 떼지 못하게 만드는 마력을 지니고 있었다.

　안으로 들어서면서 인사라도 하는 듯 살짝 미소를 띠는 모습은 눈이 부셨고, 이내 사라져 버리는 그 미소에 괜스레 가슴이 서늘하고 허전해진다.

　굳이 묘사를 붙이자면, 가히 경국지색의 미모와 화용월태의 자태라고 할 수밖에 없겠다.

　그런 중에도 그녀에게서는 마치 막 날을 벼린 한 자루 보검 같은 차고 서늘한 기품이 있었다.

　실제로도 여인은 등에 한 자루의 검을 메고 있었는데, 그 검은 그녀가 여인의 몸으로도 능히 혼자서 이런 외진 곳을 다닐 수 있는 이유를 말해주는 듯했다.

　서각의 내부는 비록 허름했으나, 그래도 바깥에서 상상했던 것보다는 꽤나 넓었다.

안쪽으로는 줄을 맞춰 늘어선 십여 개의 서가가 있었는데, 그 서가들에는 거무튀튀하게 손때가 묻어 언뜻 보기에도 케케묵어 보이는 고서들이 빽빽하게 꽂혀 있었다.

하긴 서가를 제하고 나자 막상 남은 공간은 그다지 넓지 않았다.

빈 공간의 한쪽으로는 작은 앉은뱅이 서탁이 하나 있었는데, 노인 하나가 그것을 가슴에 품듯이 하고 앉아 있었다.

노인은 보는 것만으로도 짙은 묵향이 물씬 풍길 듯한 전형적인 학자풍이었는데, 지금 졸고 있는지, 아니면 펼쳐 놓은 서책을 읽고 있는지 습관처럼 고개를 끄덕끄덕, 허리를 흔들흔들하면서 자신이 관리하는 공간에 사람이 들어왔는지도 모르고서 오롯이 혼자만의 세계에 푹 빠져 있었다.

그리고 노인과 몇 걸음 떨어진 곳에는 사인용의 다탁 하나가 있었는데, 그곳에는 청의경장 여인보다 먼저 온 한 사람의 선객(先客)이 조용히 침묵을 지키며 앉아 있었다.

그 선객은 참으로 특이한 데가 있었다.

당의를 곱게 차려입은 그 여인 또한 무슨 깊은 생각에 빠져 있는 것인지 역시나 서각 안에 새로운 사람이 들어왔는지에 대해 전혀 느끼지 못하고 있는 듯했다.

아니, 어쩌면 그녀는 새로운 내방객에 대해서는 아예 상관을 하지 않겠다는 건지도 몰랐다.

그러나 그녀가 특이하다는 것은 침묵이 아니라 바로 그녀의 모습이며 분위기 때문이었다.

그만큼 당의여인에 대한 인상은 그야말로 특이하다는 말 외에는 달리 적당히 묘사할 말을 찾기가 어려웠다.

그녀는 청순하면서, 극적으로 상반되게 관능적이고 요염한 데가 있었다.

그런가 하면 묘한 백치미 같은 매력 또한 엿보였다.

무표정과 무심한 눈빛!

그러나 아주 가끔씩 움직이는 그 표정과 눈빛의 작은 변화 하나에 따라서도 청순과 요염, 그리고 백치미적인 여러 가지의 다른 느낌들이 순간순간 풍겨 나오는 것이었다.

그럼에도 당의여인의 미모가 흔히 볼 수 있는 것이 아니라는 점은 어쨌든 분명하였다.

당의여인의 그 특이한 미색은 비록 스스로 자부하는 바는 아니었지만 자신의 미모로 인해 늘 사람들의 관심과 감탄을 받아온 청의경장 여인으로서도 탄복하지 않을 수 없을 만큼 빼어난 것이었다.

당의여인에 대해서 또 한 가지 특징적인 것은, 그녀의 나이를 언뜻 짐작하기 어렵다는 점이었다.

십대 같기도 하고 이십대 같기도 하며 삼십대 혹은 그 이상인 것 같기도 하니, 결국은 그저 모호하다고 할 수밖에 없었다.

당의여인은 시종 멍한 눈빛으로 한쪽을 바라보고 있었다.

그곳은 서가들이 줄지어 있는 그 뒤쪽이었는데, 아마도 안쪽의 동굴로 통하는 통로가 있는 것으로 보였다.

"찾는 것이 있다면 저쪽 서가로 가서 찾아보시오."

앉은뱅이 서탁을 끼고 앉아 있던 노인은 청의경장 여인이 서각 안으로 들어선 지 한참이나 지나서야 사뭇 힘겹게 고개를 들며 졸음이 덜 가신 얼굴로 그렇게 말하였다.

그러다 노인은 문득 나직하게 탄식을 흘리고 말았다.

"아!"

그는 세상의 일에 대해서 이제 어느 정도 초월하였다고 스스로 생각하고 있었으며, 더군다나 여인의 미모 따위에 대해서는 다시 감탄할 일이 없을 줄 알았는데 지금 그의 앞에 서 있는 여인의 눈부신 미모는 일순간이나마 여지없이 그의 늙은 가슴을 뒤흔들어 놓는 바가 있었던 것이다.

그때 청의경장 여인이 옥음으로 물었다.

"저 서가들에 있는 책들이 구산서고가 보유한 전부입니까?"

그러나 여인은 자신의 물음 속에 이미 약간의 의혹을 담아 놓고 있었다.

구산서고가 아무리 옛 명성만 남은 곳이라지만 그래도 아직도 나라에서 관리를 하는 서고인데, 지금 서가에 꽂혀 있는 서책만으로는 아무래도 그 규모가 너무 작지 않은가.

노인이 잠시 뜸을 들이다가 문득 빙그레 웃으며 대답했다.

"물론 아니오. 서가에 꽂혀 있는 서책들은 다만 본 서고가 소장하고 있는 서책의 목록을 등재해 놓은 것들이오. 그나마 거기에 기록된 목록들은 서고 전체에 소장된 책의 사 할, 혹은 오 할? 아니, 어쩌면 채 삼 할 정도도 되지 못할 것이오. 서고 내에 얼마나 많은 서책이 있는지 아무도 모르게 된 지가 벌써 수백 년이나 되었으니까 말이오."

청의경장 여인의 얼굴로 설핏 놀라는 기색이 스쳤다.

그럼 서가에 꽂힌 최소한 수백 권은 넘어 보이는 저 서책이 죄다 서고에 보관된 서책의 목록들이었다는 말인가?

그것도 겨우 소장 서책의 일부만을 기록한……?

그때 노문사가 느물거리듯이 웃음을 갈무리하며 덧붙이고 있었다.

"그러나 목록에 있다고 하더라도 실제로 서고에 책이 보관되어 있다고는 보장할 수 없소."

"혹시 이런 문자에 대해 보신 적이 있으신지……?"

천천히 서가 사이를 한 바퀴 둘러본 후 청의경장 여인은 서책을 살펴보는 대신에 품속에서 고이 접힌 한 장의 종이를 꺼내 들며 노인에게 그렇게 물었다.

아마도 구산서고가 보유하고 있는 방대하기 이를 데 없는 서책 중에서 자신이 목적하고 있는 바를 찾기보다는 차라리 서고의 관리자인 노인의 기억과 견문에 기대보려는 생각을 한 모양이었다.

사실을 말하자면, 청의경장 여인은 이곳 구산서고에 오기 전에 이미 서고의 관리를 맡고 있는 노인에 대해 대강의 이력을 알아본 바가 있었다.

따라서 눈앞의 노인이 비록 한직 중의 한직이요, 또한 말단 중의 말단인 구산서고의 관리인이란 직함에 불과하지만 과거 한때는 유림을 통틀어 가장 박식하다는 소리를 들은 적이 있으며, 황실에서 벼슬을 한 적도 있다는 것을 그녀는 알고 있었다.

이십여 년 전에 모종의 역모 사건에 죄없이 연루되는 바람에 좌천에 좌천을 거듭하며 한직을 돌고 돌다 마지막에는 이런 벽지에까지 밀려오는 인생 역정을 겪었지만, 지금 노인의 모습에서는 은둔의 유유자적을 즐기고 있는 듯한 편안함이 엿보이기도 했다.

그러나 노인의 그러한 인생 역정이야 청의경장 여인과는 아무런 상관도 없는 일이었다.

그녀가 관심이 있는 것은, 그리고 외떨어진 이곳까지 오게 된 것은 오로지 노인이 자신의 옛 명성에 걸맞게 정말로 박학다식하기를 기대하였던 것뿐이다.

그녀는 지금 검도(劍道)의 수련차 강호를 행도하고 있는 중이었는데, 기실 검도의 수련보다도 더욱 중요하게 중점을 두고 있는 일이 바로 지금 그녀가 내밀고 있는 종이에 적혀 있는 고문자를 해독하는 일이었다.

그러나 그 일은 그녀의 가문지비(家門之秘)이기에 결코 공개적으로 아무에게나 묻고 다닐 수 있는 일은 아니었다.

그러기에 강호를 행도하는 중 암암리에, 주로 지금 현재에는 그다지 세상의 이목을 받고 있지 않은 전대의 석학(碩學)들을 찾아다니고 있는 중인 것이다.

노인은 깊은 관심이 어린 얼굴로 한참 동안이나 청의경장 여인이 내민 종이를 들여다보고 있었다.

그러다 천천히 고개를 저으며 그가 말했다.

"상고(上古)의 갑골문자 일종인 것 같기도 하나, 노부로서는 처음 보는 문자요. 어쩌면 완전히 사장(死藏)되었거나, 혹은 이 문자를 쓴 이가 처음부터 의미가 알려지는 것을 바라지 않아 의도적으로 지나치게 흘려 쓴 형태의 글자인지도 모르겠소. 마치 암호를 기록하듯이 말이오."

이어 노인은 스스로의 식견이 미치지 못하는 것이 안타깝다는 듯이 덧붙였다.

"하여 노부의 생각에는 소저가 꼭 이 글귀를 해독하려 한다면 상고의 문자에 해박할 뿐만 아니라 암호의 해독에도 정통한 인물을 찾아보는 것이 좋을 듯하구려."

청의경장 여인은 일시 실망하는 기색이 역력했다.

단순한 고문자가 아니라 암호라니?

그 두 가지 분야는 판이하게 다르다고 해야 할 것인데, 이제 어디 가서 그 두 분야에 두루 정통한 인물을 찾을 수 있단 말인가.

그러나 그녀는 곧 암담해지려는 심정을 스스로 추스렸다.

'하긴 이렇게 몇몇 학자들을 찾아다니는 것만으로 쉽게 풀릴 것이었다면, 그 오랜 세월 동안 선조들이 노력했음에도 아직껏 불완전한 해독 수준에 남아 있을 리가 없다. 나는 다만 최선을 다했다는 것만으로도 능히 만족할 수 있으리라.'

"혹시 그런 쪽에 두루 해박하신 분을 알고 계시는지……?"

청의경장 여인의 그 물음에는 딱히 기대를 하지는 않지만 그래도 한번 물어나 본다는 심정이 비치고 있었다.

역시나 노인의 고개는 가로저어졌다.

그런데 그때 갑자기 무슨 생각이 났던지 노인이 엷은 웃음을 떠올리며 말했다.

"혹시 그 청년이라면……."

기대까지는 아니겠지만, 그래도 확연히 구미가 당기는 기색으로 청의경장 여인이 곧바로 물었다.

"누구를 말씀하시는지……?"

"헐헐! 그렇다고 큰 기대를 하지는 마시오. 다만 그 청년

역시 소저와 마찬가지로 어떤 고문자의 해독에 벌써 몇 년씩이나 매달리고 있는 처지라 혹시 이런 형태의 문자에 대해 알지도 모른다는 생각에서 해보는 소리이니까."

청의경장 여인의 마음 역시도 당연히 그런 것이었지만, 그래도 여인은 짐짓 솔깃한 체하며 다시 물었다.

"그 청년은 어디에 사는 누구입니까?"

"헐헐헐! 만나보겠다면 굳이 멀리 찾아갈 것도 없소. 예서 잠시만 기다리면 곧 그를 만나볼 수 있을 테니까. 아참! 저기 저 소저가 바로 그 청년과 일행이오."

노인이 가리키는 곳은 바로 다탁 앞에 앉아 있는 당의여인 쪽이었다.

"아!"

청의경장 여인이 반색하며 곧바로 당의여인 쪽으로 갈 듯하자 노인이 얼른 손을 저어 만류했다.

"아니외다, 아니야. 저 소저와 말을 나누기는 쉽지 않소. 노부는 벌써 몇 달째나 저 소저를 보고 있지만 아직까지 한 번도 그녀가 말을 하는 것을 보지 못했소."

노인은 하루 종일 심심하던 차에 마침 마땅한 소일거리라도 찾은 양 쉬엄쉬엄 두런두런 편한 어조로 얘기를 이어가고 있었다.

청의경장 여인은 조금 답답한 기색을 비치기도 했지만, 그런대로 참고 듣는 모습이었다.

"그러니까… 그 청년이 이곳에 온 지도 벌써 넉 달째에 접어드는군. 그동안 거의 매일같이 꼬박꼬박 와서는 하루 종일 서고에 파묻혀 살다시피 했지. 참으로 고집이 센 청년이야."

한동안 듣고 있던 청의경장 여인이 슬쩍 자신의 관심사로 노인의 화제를 돌려놓았다.

"그가 해독하고 있는 고문자는 어떤 종류인가요?"

노인이 느물거리는 웃음으로 대답했다.

"헐헐! 나도 잘 모른다오. 한 번도 본 적이 없으니까. 다만 그가 말하기를, 그것은 하나의 악보(樂譜)와 그것에 대해 해석을 해놓은 것이라고 했소."

"악보라……. 아마도 매우 귀중한 악보인가 보군요. 아니면 그 청년의 성격이 지나치게 까다롭든가. 몇 달씩이나 이곳을 꾸준히 들르면서도 노사께 한 번도 그 악보를 보여주지 않은 것을 보면 말이에요."

노인이 다시금 '헐헐헐' 하고 웃었다.

아마도 청의경장 여인의 '노사' 소리가 듣기에 좋았던 모양이다.

"헐헐! 그의 성격이 조금 까다롭긴 하지. 어떨 때는 열흘 내내 한마디도 안 할 정도로 과묵하기도 하고, 또 어떨 때는 아주 다른 사람이라도 된 양 이런저런 얘기를 사뭇 정겹게 하기도 하고, 도통 종잡을 수 없다는 생각이 들 때도 있지. 하지만 노부 정도의 나이가 되어보면 사람을 겉으로 보기보다는 그 속을 보는 법을 조금씩은 알게 되지. 좋은 청년이야. 순수하고."

잠깐 사이에 한결 가까운 사이나 된 듯 말을 늘어놓다가 노인은 문득 청의경장 여인이 자신의 말에 집중하고 있나 확인이라도 하듯이 불쑥 물었다.

"흠! 그리고 또 뭐라고 그랬지?"

"예?"

청의경장 여인이 조금은 의아하게 반문할 때, 노인은 빙그레 웃으며 스스로 답하며 말을 이어갔다.

"아, 그래! 그가 나한테 그 악보를 한 번도 보여주지 않은 것에 대해 말했었지? 허허! 그건 그럴 수밖에 없었어. 그는 처음부터 악보를 지니고 있지 않았으니까 말이야. 그가 말하기를, 그 악보의 원본은 이미 세상에서 사라졌다고 했거든."

"예?"

이번에 청의경장 여인의 반문에는 사뭇 궁금하다는 느낌이 들어가 있었다.

그리고 청의경장 여인의 그러한 반응에 더욱 흥이 난다는 듯 노인은 마치 손녀에게 옛날얘기를 들려주는 할아비라도 된 것처럼 느긋하게 말을 이어갔다.

"그의 조부가 세상의 희귀한 물건들을 수집하는 취미를 가졌다고 하는 것을 보면, 그의 집안은 꽤나 부유한 것 같았어.

그 악보가 새겨진 점토판이 그의 집안으로 들어온 게 대략 칠팔 년 전이었다고 했지? 아주 원시적인 유약을 발라 불에 구운 점토판인데, 너무 오래돼서 가루로 부서져 내리지 않고 형체를 유지하고 있는 것 자체가 신기할 정도였다는 거야."

이때쯤 청의경장 여인은 자신도 모르게 점점 더 노인의 느긋한 얘기의 흐름에 빨려들고 있는 중이었다.

"그 세 장의 점토판에 빽빽하게 적혀 있던 괴이한 그림과 문자들을 지필로 옮겨 적는다면 아마 못 되어도 수십여 장에 이를 것이라고 했지. 그런데 청년은 그 모든 내용을 다 외워버렸다고 했어. 무슨 뜻인지 알지도 못하는 그림과 문자들을 그냥 머리 속에다 담아버렸다는 거야. 헐헐헐! 사실 노부는 그 말을 믿지 않아. 그냥 그가 그렇다니까 그런가 보다 할 뿐이지."

그러다 노인이 문득 청의경장 여인을 향해 불쑥 물었다.

"소저라면 그 말을 믿을 수 있겠소?"

순간 청의경장 여인은 일시적으로 당황하는 기색이 되고 말았다.

"예에……?"

그러나 금방 노인이 습관처럼 자신의 얘기에 대한 상대의 집중 여부를 점검하고 있는 것이라는 사실을 깨닫고 여인은 그만 머쓱한 표정이 되고 말았다.

청의경장 여인은 노인의 말에 대해 조금도 공감을 가지지 못하고 있었다.

얘기 속의 그 청년이 수십여 장에 이를 정도로 방대한 양의 그림과 고문자를, 더욱이 뜻도 모르는 채로 통째로 다 외웠다는 대목에 대해서는 특히 그랬다.

사실 그녀 또한 그녀를 아는 사람들에게는 기재로 불리어지는 바인데, 그녀의 경우에는 좀 전 노인에게 보여준 그 한 장의 종이에 적힌 몇 구절 문자의 조합을 외우는 데만도, 상당한 시간과 노력을 들여야 했기 때문이다.

사실 그 종이에 적힌 것은 그녀 가문의 비전인 오초(五招) 사십오식(四十五式)으로 이루어진 절대검법(絕對劍法) 중 제일초의 원형(原形)을 필사한 것이었다.

굳이 원형이라고 하는 것은, 그녀의 가문에서 오랜 세월 노력 끝에 그 원형을 해석하고 또 나름으로 응용, 보완하여 이윽고 당금 강호에서 극상승의 경지로 인정받는 하나의 검법을 완성시킨 바가 있었기 때문이다.

그러나 그녀의 가문에서는 여전히 완전하게 해석해 내지 못한 원형에 대해 결코 포기 못할 애착과 염원을 가지고 있었기에 대를 이어오면서 가문을 이을 후계자들에게 그 원형을 외우게 하고 강호행도를 시키는 전통을 지켜오고 있었던 것이다.

노인의 말이 다시 이어지고 있었다.

"그는 이곳에 오기 전에도 백방으로 돌아다니며 그 악보의 고문자를 해독하기 위해 나름으로 많은 노력을 기울였던 모양이야. 그런데 이곳에 온 지 한 두어 달쯤 되었나? 하루는 희색이 만면해 가지고는 드디어 어느 정도의 가닥을 잡았다고 하면서 이런 말을 했지. 악보와 그 해석을 남긴 인물에 대해 아주 악랄하리만치 악의적(惡意的)이라고 말이야. 지독한 지식의 유희라고도 했지. 온갖 고문자(古文字)와 사문자(死文字)를 갖가지 희귀한 필체에다 약어와 부호까지 섞어 엉망진창으로 조합해 놓아서 사람을 골탕 먹인다고 말이지. 헐헐! 그런 말이 문득 생각이 나서 내가 좀 전에 암호 운운했던 것이네.”

청의경장 여인은 이제 노인에게 잠시 가졌던 기대치를 점차로 줄여가고 있는 중이었다.

그런데 이어지는 노인의 몇 마디는 역시나 그녀의 기대치를 확연히 낮추어놓는 데가 있었다.

“헐헐헐! 그렇다고 노부의 말을 액면 그대로 다 믿지는 마시오. 난 그냥 그 청년에게 들은 대로만 얘기를 했을 뿐, 그 얘기가 사실인지 아닌지에 대해서는 조금도 알지 못하니까. 뭐, 어쩌면 그 청년이 처음부터 끝까지 죄다 꾸며낸 얘기일 수도 있는 일이지. 이 늙은이 재미있으라고 말이야. 헐헐헐!”

*   *   *

청의경장 여인이 본 청년의 첫인상은 그다지 나쁘지 않았다.

약관쯤이거나, 혹은 그에 조금 못 미치는 나이로 보이는 청년은 보통보다 조금 더 큰 키며 호리호리한 체형 때문인지 전체적으로는 다소 문약해 보였다.

얼굴을 살펴보자면, 다분히 서생다워 보이는 차분한 인상에다 맑고 깊숙한 눈빛이 인상적이라면 인상적이라고 할 수 있겠으나, 역시 전체적으로는 그다지 눈에 띄는 정도의 미남이라고는 할 수 없어서 그저 평범한 범주의 용모라고 해야 했다.

그런 중에도 한 가지 특징적인 점을 꼽으라면, 특별히 힘주어 다문 것이 아닌데도 왠지 힘이 들어가 있는 것 같은 선명한 입매였다.

그러한 입매는 청년을 다소 고집스럽게 보이게 하는 데가 있어서, 평범해 보이는 그의 전체적인 인상과는 묘한 불협화음을 이루는 데가 있었다.

"그래, 표정이 밝은 것을 보니 이번에도 좀 진전이 있었던 모양이로군?"

노인은 사뭇 익숙하고도 반갑다는 투로 청년에게 말을 걸었다.

"예! 차근히 되짚어봐야겠지만 아마도 앞으로는 서고에 다시 오지 않아도 될 듯합니다."

청년이 싱긋이 웃으며 대답했다.

청년의 웃는 모습에서 청의경장 여인은 문득 예의 그 고집스러워 보이던 입매가 한결 부드러운 모양으로 변한다는 생각을 했다.

"허허허! 그렇다면 드디어 해독을 끝낸 모양이군. 축하하네!"

그러나 노인의 말은 다분히 건성이어서, 막상 어떤 감동 같은 느낌을 찾기는 어려웠다.

노인이 언급한 축하가 청년이 이곳 구산서고에서만 몇 달을, 그리고 그 이전에 그가 바쳐야 했던 시간들까지 합치자면 장장 몇 년 동안이나 막대한 노력을 기울여 이루어낸 성과에 대한 것임에도 불구하고 말이다.

그런 점에 대해 청의경장 여인은 노인이 사실은 원래부터 청년의 목표, 또는 추구하는 바에 대해 진정으로 공감, 또는 인정을 하지 않고 있었다는 사실을 새삼 짐작해 볼 수 있었다.

혹은 노인이 이미 그런 정도의 일에 대해서는 감동을 느끼지 못하는 탈속의 경지에 도달해 있는지도 모를 일이었다.

그런데 그때 청의경장 여인은 문득 청년이 가지고 있는 또한 가지의 특이점을 뒤늦게 발견하고 있었다.

바로 목소리였다.

단순히 맑고 낭랑하다는 표현만으로는 다 아우르기 아쉬

운, 뭔가 듣는 사람으로 하여금 경계와 긴장을 놓게 하는, 어떤 유난스럽게도 편안한 느낌 같은 것이 있다고 해야 할까?

그러나 그 느낌이라는 것은 느끼는 그 순간에 벌써 무덤덤해져 버리고 마는 아주 희미하고도 가벼운, 잠깐의 스쳐 가는 느낌일 뿐이었다.

노인이 청년에 관해 했던 여러 가지의 말 중에 '종잡을 수 없다'는 묘사에 대해 청의경장 여인은 지금 그 말뜻을 확연히 실감할 수 있을 것 같았다.

노인과 몇 마디를 주고받던 청년이 어느 순간에 전혀 어떤 예고도 없이 휙 몸을 돌리더니 곧장 당의여인이 앉아 있는 다탁 쪽으로 성큼성큼 걸어가 버렸던 것이다.

비록 자신의 일방적인 필요에 의해서이긴 하였지만, 어쨌든 청년과 말을 섞을 기회를 엿보고 있던 청의경장 여인의 입장에서는 황당하기 짝이 없는 경우를 당한 격이었다.

설령 그녀가 청년과 말을 나누어야 할 어떤 필요성을 전혀 가지지 않은 상황이라고 하더라도, 이 좁고도 한적한 공간에서 처음 보는 사람과 마주쳤다면, 그것도 청의경장 여인 스스로가 굳이 자부하는 바는 아니었지만, 어쨌든 능히 만인을 감탄시키고도 남을 절세 미모의 여인을 보았다면 찬사의 말은 아니더라도 가벼운 눈인사 정도라도 아는 체를 해주어야 하는 것이 지극히 당연하지 않겠는가.

그런데 청년은 마치 그녀가 같은 공간에 함께 있다는 사실조차 인식하지 못한다는 듯한 행동을 하고 있었다.

그 무심함에, 그 안하무인에 오만무도하기 짝이 없는 태도에 청의경장 여인은 순간 당혹스러움을 넘어 일시 분노의 감정까지 느끼고 있는 중이었다.

더불어 그녀가 청년에 대해 처음 느꼈던, 평범하지만 그래도 나쁘지는 않았던 인상은 금세 형편없는 것으로 바뀌고 말았다.

'흥!'

이윽고 그녀의 내심에서는 지극히 불쾌하고도 차갑기 이를 데 없는 코웃음 소리가 울렸다.

청의경장 여인에게 이미 불쾌한 감정이 생겨 있는 까닭도 있겠지만, 그렇다고 하더라도 그녀에게 청년과 당의여인의 관계는 참으로 이상해 보였다.

우선 그들 두 남녀 사이에는 참으로 눈꼴시고, 도무지 익숙해질 것 같지 않은 닭살 돋는 정겨움이 있었다.

여인을 대하는 청년의 얼굴에는 굳이 표시나게 떠올리지는 않았지만 부드러운 미소가 은연중에 감돌고 있었다.

그런데 청년의 그 미소는 악의라곤 조금도 없는, 그야말로 천진한 아이 같은 미소였고, 동시에 여인을 향한 순수한 반가움과 정다움이 느껴지는 미소였기에 그런 점에서 청의경장 여인은 불쾌한 중에도 다시금 청년에 대해 무언지 모를 한가닥의 호감 같은 것을 느끼게 되었다.

청년을 대하면서 당의여인은 마치 지금까지와는 완전히 다른 사람이라도 된 듯 확연하게 변화된 모습을 보이고 있었다.

그동안은 마치 옥으로 깎아놓은 미인상인 듯 꼼짝도 않고 앉아서 멍하니 허공만 바라보고 있던 그녀가, 청년을 보는 순간부터는 마치 깊은 미망에서 깨어나듯이 생기가 살아나고 있었던 것이다.

그리고 청의경장 여인을 한순간 더욱 어이없게 만든 것은, 활짝 웃고 있던 당의여인이 다짜고짜 청년의 품속으로 안겨든 때문이었다.

순간 청의경장 여인은 반사적으로 고개를 돌리고 말았다.

그러나 그때 노인은 이미 이런 광경에 자못 익숙한지 좋은 구경거리를 즐긴다는 듯한 표정이 되어 있었다.

청의경장 여인이 민망한 중에도 훔쳐보듯 슬쩍 눈길을 돌려보니, 청년은 아주 익숙하게 당의여인을 안고서 그 등을 다독거리고 있었다.

그 모습은 마치 투정 부리는 아기를 달래는 듯하였다.

당의여인은 청년의 다독거림이 지극히 만족스러운지 마치 따뜻한 불가에 앉은 고양이처럼 두 눈을 지그시 감은 채 가만히 안겨 있었다.

그 순간 청의여인은 내심으로 다시 코웃음을 치고 말았다.

'흥!'

꼴불견도 이런 꼴불견이 따로 없었다.

그러나 처음과는 다르게 그들 남녀의 행위에 대해 불쾌하다는 느낌은 많이 줄어들어 있었다.

당의여인이 보통의 여인들과는 사뭇 다르다는 것은 벌써부터 눈치 채고 있는 바였지만, 방금의 모습에서 그녀가 단순히 다른 사람들과 다른 것이 아니라, 상당히 비정상적이라는 것을 확인할 수 있었기 때문일 것이다.

'흠! 어쩌면 둘 다 비정상적일지도 모르겠군!'

와중에도 그런 비꼼을 더하면서 청의경장 여인은 새삼 두 남녀를 찬찬히 살펴보았다.

청의경장 여인은 잠시간의 가벼운 갈등을 겪고 있는 중이었다.

이미 별반 기대를 하지 않고 있기는 했지만, 게다가 불쾌하기까지 하여 도무지 그럴 마음이 들지 않기도 하였지만, 그래도 한번 보이기라도 해보아야 할 것 같은 아주 미약한 욕심이 그녀에게 있었다.

그 같은 욕심이란 것은, 청년에게 그녀가 가진 종이를 한번 봐달라고 말조차 하지 않고서 이대로 돌아섰다가는 내내 찜찜할 것 같은 그런 애매한 미련 같은 것이었다.

그런데 그런 그녀의 애매한 갈등을 해소해 준 것은 뜻밖에도 이미 이 일에 대해서는 관심을 접어버린 줄로만 알았던 바로 그 서각의 관리자인 노인이었다.

노인이 불쑥 청년을 향해 말을 던지고 있었다.

"여보게, 자네 잠시만 뭣 좀 봐주면 안 되겠나?"

그런데 청년이 품에서 떼어놓으려고 하자 당의여인은 싫은 기색을 하며 더욱 청년의 품을 파고들었다.

그 모습이 역시나 칭얼거리는 어린아이의 모습 그대로였다.

그런데,

"당고(唐姑), 이러면 안 된다고 했지?"

청년이 짐짓 표정을 굳히며 약간 단호하게 말하자, 의외로 당의여인은 금방 풀 죽은 모습이 되어 청년의 품에서 떨어지는 것이었다.

그런 모습에서 당의여인은 청년에 대해 마치 어린아이가 부모를 따르듯 절대적인 의지(依支)와 순종을 보이고 있는 것 같았다.

그때 청의경장 여인은 문득 한 가지의 의문을 떠올렸다.

'당고? 그러면 저 여인이 청년의 고모이기라도 하다는 말인가?'

노인은 청년이 당의여인을 떼놓고 다가오자 그때서야 청의경장 여인에게 손짓을 했다.

청의경장 여인은 별로 내키지 않는 체를 하며, 그러나 한편

으로는 짐짓 노인의 친절을 차마 뿌리치지 못하겠다는 티를
내며 소매 속에서 예의 그 곱게 접힌 종이를 꺼내서는 노인에
게 건넸다.

第五章
결심했습니다!

지존
석산평전

"호! 제법 재미있는 배열이군요."

노인에게 하는 청년의 말에 청의경장 여인의 눈빛이 반짝하고 빛을 냈다.

'재미있다?

그것은 모르겠다는 의미보다는 조금이나마 알 만하다는 뜻으로 해석되어지는 말이었다.

"어떤가? 어떻게 해독이 되겠는가?"

노인의 물음에 청년은 조금 애매한 미소로 대답했다.

"글쎄요. 아주 못할 정도는 아닌 것 같은데, 그게⋯ 문맥이 좀 심하게 비틀려 있는 것 같아서⋯ 제대로 된 의미로 다듬자면 시간이 꽤나 걸릴 것 같습니다."

청년의 말을 듣고 나서 노인은 청의경장 여인을 향해 한쪽 눈을 끔뻑여 보이며 소리 내어 웃었다.

"허허허! 역시 자네로군. 내 자네라면 반드시 해독할 수 있을 거라고 믿는 바가 있었네."

노인의 은근한 공치사에도 불구하고 청의경장 여인의 솔직한 심정은 반신반의였다.

그러나 그 반신반의만으로도 그녀의 가슴은 벌써부터 콩닥거리기 시작하고 있었다.

만약 정말로 해독이 가능하다면, 아니, 그 반쪽의 가능성만으로도, 아니, 그 반의반 쪽의 가능성이라도 있는 것이라면 그녀에게는, 나아가 그녀의 가문을 통틀어 지난 수백 년 동안 이보다 더 큰 사건은 없다고 할 정도로 일대의 대사건이 될 순간이었다.

"저기… 시간이 걸린다고 하시는 말씀은 들었으나, 우선 파악되신 것이 있다면 그에 대해 조금만이라도 먼저 들려주실 수는 없겠는지… 무엇이라도 좋으니……."

그 말에 청년은 그제야 청의경장 여인의 존재를 발견하였다는 듯이 그녀에게로 눈길을 주었다.

그러나 청년의 표정은 다만 자신과 노인 사이에 청의경장 여인이 불쑥 끼어든 것에 대해 영 마뜩하지 않다는 기색을 노골적으로 드러내는 투박한 것이었다.

청의경장 여인으로서는 순간적으로 기가 찰 노릇이 아닐 수 없었다.

그녀가 언제 이와 같은 대접을 받아보았겠는가.

그것도 젊은 사내에게서 말이다.

그러나 어찌하랴.

눈앞의 청년은 지금 그녀에게 노골적인 푸대접을 베풀고 있는 중이었고, 또한 그녀는 그 푸대접에 대해 당장에는 어떤 반발을 보이기 곤란한 처지에 있는 것을.

"지금으로서는 무슨 소린지 상세히 알 수는 없으나, 이 첫 구절은 대충 이런 의미 같소."

청년이 귀찮다는 듯이 툭하고 말을 던졌다.

그러면서 그는 마치 시를 읊듯이 한 구절을 외웠다.

"검을 움직임에 있어서는 신(身)과 심(心)이 검과 합일하도록 하여라. 초식이 너무 견고하면 대응이 늦고, 너무 허(虛)하면 강건함을 싣지 못하니 반드시 조화가 필요한 것이다."

순간 예령은 부지불식간에 나직한 탄식을 흘리고 말았다.

"음!"

청년의 간단한 눈짓만으로도 당의여인은 능히 그가 뜻하는 바를 읽은 모양이었다.

살랑거리듯이, 혹은 바닥을 미끄러지듯이 걷는 다소 특이한 걸음걸이로 당의여인이 청년의 곁으로 왔다.

그리고 청년은 노인을 향해 가볍게 포권을 해 보였다.

굳이 말로 하지는 않았지만, 섭섭함이 비치는 청년의 표정만으로도 그것이 노인에 대한 작별의 인사라는 것을 알 수가 있었다.

과연 청년은 선뜻 몸을 돌렸고, 곧바로 서각의 입구를 향해 조금의 주저함도 없이 성큼성큼 걸음을 떼었다.

그러자 오히려 다급한 마음이 된 것은 청의경장 여인이었다.

"저기 잠깐만! 이곳을 떠나면 어느 쪽으로 가실 것인지……?"

주저하는 기색이 뚜렷하면서도 청년의 행로를 묻는 여인에게서는 청년과의 동행을 타진해 보려는 조심스러움이 엿보이고 있었다.

물론 자신의 원(願)을 부탁해 볼 요량에서일 것이다.

그러나 돌아보지도 않고 하는 청년의 대답은 사뭇 투박스럽기만 했다.

"난 집으로 갈 것이오."

"댁이 어디이신지……?"

그 순간 힐끗 청의경장 여인을 돌아보는 청년의 표정은 말 그대로 별걸 다 묻는다는 듯한 것이었다.

그리고 이어 나온 그의 말은 이윽고 노골적으로 여인을 떨치려는 것으로 되었다.

"허! 모르겠소. 소생의 집은 워낙 자주 이사를 다니는지라 지금쯤 집이 어디에 있을 것인지는 이제부터 알아봐야만 하오."

이쯤 되면 청의경장 여인에 대한 청년의 태도는 박대를 넘어 타박이라고 할 만했다.

청의경장 여인의 안색에 일시 은은한 홍조가 떠올랐다.

그러나 그녀는 내심의 수치와 분노를 누르고서 마지막으로 한 번 더 부탁해 볼 요량으로 된 모양이었다.

"저는 제남에 있는 검가의 제자 예령(芮玲)이라 하는데……."

그런데 그녀가 자신의 소개를 하기 위해서 막 가문과 이름을 말했을 때다.

바로 그 순간에 참으로 갑작스럽게도 청년의 얼굴에는 선명한 놀라움이 떠오르는 것이었다.

그것은 단순한 놀라움이 아니었다.

뭐랄까?

비록 순간적이지만 청년의 얼굴 가득히 번져 간 그것은 격렬함이었고, 또한 차라리 폭발적인 어떤 감정의 표출 같은 것이었다.

또한 무관심에서 지극한 관심으로의 돌연한 변화였다.

그러나 그 같은 일은 워낙 순간적이었던 터라 청의경장 여인 예령은 청년의 얼굴에 스쳐 갔던 일련의 변화들을 미처 다는 보지 못하였다.

그리고 그나마도 청년이 보인 그 뜻밖의 변화들이 의미하는 바에 대해서는 조금도 공감하지를 못하였다.

그녀는 다만 영문을 몰라 잠시 어리둥절해하였고, 또한 다분히 불쾌한 느낌을 받았을 뿐이다.

'이자는 혹시 나에 관해 아는 것이 있는 것일까? 아니지. 아무리 그렇다 하더라도 방금까지 나와 마주 보고 얘기를 하였으면서도 내내 소 닭 보듯이 무심하였고, 나아가 박대까지를 서슴없이 하던 사내가 별반 유명세가 있는 것도 아닌 내 이름을 들었다고 해서 갑자기 이렇게 돌변할 까닭이 딱히 없지를 않은가? 역시 종잡을 수 없는 성격의 소유자여서 그런 것인가?

그러다 예령은 문득 지금 자신에게 가장 절실한 것이 무엇인지를 새삼 떠올리게 되었다.

'그래! 그가 갑자기 태도를 바꾼 연유가 무엇이면 어떠랴. 일단은 그와 동행하면서 그에게 진정으로 무상검결(無上劍訣)을 해독할 능력이 있는지를 확인하고, 나아가 그 검결의 오의를 취할 수만 있다면 그 외의 다른 사정쯤이야 어떻게 된다 해도 조금도 상관이 없는 일이다.'

"검가의 예령 소저라고 했습니까?"

청년은 금세 차분한 기색으로 돌아가 있었지만, 그의 얼굴

한구석에는 아직도 불그레한 흥분의 기색이 남아 있는 것 같았다.

"예, 그렇습니다만……?"

예령이 의아하다는 표정을 숨기지 않고서 말을 받았다.

청년은 마치 캐묻듯이 다시 질문을 던졌다.

"올해 몇이신지……?"

순간 예령은 참기 어려운 심정이 되고 말았다.

불쾌감이었다.

오늘 처음으로 만나는 여인에게 느닷없이 나이를 묻다니, 예령으로서는 아무리 상황이 상황이라고 해도 거의 반사적이다시피 솟구치는 불쾌감을 참기가 어려웠던 것이다.

그러나 청년은 한술 더 뜨고 있었다.

"스물셋?"

물론 청년이 대강 짐작하여 말한 것이겠지만, 우연이라고는 해도 너무도 정확히 들어맞는 청년의 추측에 일순 예령은 그만 어이가 없어지는 심정이 되고 말았다.

그러나 이내, 비록 여전히 좋지 않은 기분이었지만 어쨌든 감정이 폭발하는 지경은 피했기에 청년의 말을 받아주는 체를 했다.

"그걸 어떻게……?"

청년은 잠시간 사뭇 진지한 안색으로 있더니 이내 웃는 얼굴을 하며 말했다.

"하하하! 그냥 추정해 보았을 뿐입니다."

그리고 청년은 예령이 묻지도 않은 스스로의 나이와 이름을 말하는 것이었다.

"소생은 소저보다 세 살이 적어 올해로 딱 스물입니다. 이름은… 음… 소산(小山), 소산입니다."

청년의 이름을 듣고 예령이 우선 떠올린 것은 역시 특이하다는 느낌이었다.

'소산이라고? 훗! 성격만 종잡을 수 없는 것이 아니라 이름마저도 특이하군. 대씨(大氏)도 중씨(中氏)도 아닌, 소씨(小氏)라는 말인가?'

그러면서 그녀는 참으로 엉뚱하게도 청년에게 뜻밖으로 귀여운 구석이 없지 않아 있다는 생각을 불쑥 떠올렸다.

'종잡을 수 없다!'

예령은 노인이 청년에 대해 평했던 그 말을 다시 한 번 실감하는 기분이 되어 있었다.

무관심에다 야박하기까지 하던 청년 소산은 지금 오히려 예령에 대해 적극적으로 되어 있는 중이었다.

그것도 아주 다른 사람이라도 된 양 사뭇 다정다감한 표정과 부드러운 어조였다.

그러나 그렇다고 하더라도 그는 원래부터 그런 식의 대화에는 익숙하지 못한 듯, 그가 꺼내는 말은 자꾸만 질문의 형태로만 이어지고 있었다.

"예 소저께서는 원래 어디로 가시는 길이었습니까?"

"그냥 정처없이 천하를 떠돌아다니는 중이지요."

"흠! 주유천하(周遊天下)라……! 강호무림의 여인들은 그 자유분방함과 호기로움이 결코 여느 장부(丈夫)에 못지 않다는 얘기를 들은 적이 있습니다. 그러나 아무리 그렇다 해도 연약한 여인 혼자서 거칠고 험한 강호를 주유한다는 것은 결코 쉬운 일이 아닐 터인데, 그래, 소저는 어떤 이유로 무엇을 위해 천하를 주유하고 계신 것입니까?"

그런데 예령이 지금 그런대로 소산의 말을 받아주고 있는 것은 물론 그녀가 그에게 목적하는 바가 있기 때문이기도 했지만, 그것 외에 그녀 스스로도 다소간 애매하게 생각되는 또 다른 이유가 있기도 했다.

소산의 언행은 전반적으로 엉뚱하였고, 또한 세련되지 못한 데가 다분히 있다고 할 수 있었는데도, 이상하게도 그다지 크게 거부감이 드는 것 또한 아니었던 것이다.

그것은 그녀가 의도하고 있는 목적과는 또 다른 관점에서 느껴지는 일종의 호감 같은 것이었다.

그런 호감이란 것은 전혀 구체적이지 못하여 애매모호한 느낌 같은 것일 뿐이었지만, 굳이 그 호감의 근원 중 하나를 들어야 한다면, 그의 목소리가 들으면 들을수록 조금씩 더 듣기에 좋아진다는 따위의 다분히 자질구레한 이유를 댈 수 있을까?

비록 설핏설핏 가볍게 스쳐 가는 느낌에 불과한 것이지만, 그리고 막상 주의를 기울여 보면 잘 느껴지지도 않았지만, 왠지 모르게 소산의 목소리가 제법 듣기에 좋아지고 있는 것은 사실이었다.

또한 꼭 목소리 따위로 인한 것만은 아니겠지만, 예령은 왠지 그에게 어느 정도 자신의 사적인 얘기를 하는 것에 대해서 크게 경계해야 할 일은 아니라는 생각을 은연중에 하고 있었다.

더욱이 어쨌든 상대는 이미 그녀에게 호의를 베풀고 있는 중이었고, 비록 아직까지 어떤 확신도 할 수 없는 단계이긴 했지만 어쩌면 그녀는 그의 덕분에 커다란 이득을 보게 될지도 모르는 일이 아니던가.

"혹시 저희 가문에 대한 강호의 소문을 들어보신 적이 있을지도 모르겠으나, 저희 검가는 대대로 검의 도를 추구해 온 무가예요. 선조들이 그렇게 해왔듯이 저 또한 검가의 후예로서 검도를 완성하기 위한 수행의 한 과정으로써 강호행도를 하고 있는 중이죠."

예령의 말에 소산은 잠시 생각하다가 다시 물었다.

"검도를 완성한다는 것은 어떤 것입니까?"

그 질문이 언뜻 황당하면서도 또한 쉽게 대답할 수 있는 것이 아니었기에, 예령은 일시 침묵을 지키고 있을 수밖에 없었다.

그러자 소산이 다시 물었다.

"혹시 천하제일인이 되는 것입니까?"

그에 예령은 '픽!' 실소를 터뜨리고 말았다.

역시 일개 백면서생다운 생각이었고, 반대로 자신은 무공에 대해 문외한인 그의 질문에 대해 너무 고차원적으로 받아들였다는 생각을 하지 않을 수 없었기 때문이다.

"검도의 완성에 대해서는 결코 쉽게 정의할 수 있는 것은 아니지만, 어쨌든 최고의 경지에 올라선다는 의미가 없지는 않으니, 공자와 같이 생각하는 것도 아주 틀리지는 않다고 할 수 있겠네요."

소산이 다시 한동안을 어떤 생각에 빠져 있다가 문득 깊이 탄식하였다.

"아!"

예령이 듣기에도 그것은 소산이 결코 일부러 들으라고 내는 소리가 아니라, 정말로 어떤 탄식에 이르러 자신도 모르게 흘려내는 소리로 들렸다.

예령이 언뜻 눈을 들어보니 그때 소산의 얼굴로는 엷은 홍조가 생겨나 있었다.

그 조금의 여과도 없는 진지한 표정 때문에 예령이 오히려 당혹스러워질 때, 소산이 다시금 나직이 탄식하며 입을 열었다.

"아아! 참으로 부끄럽기 그지없습니다."

"……?"

난데없는 말에 예령이 더욱 당황하고 마는데, 소산이 무겁게 말을 이어냈다.

"나이의 고하나 남녀의 구분을 두고 말할 것은 아니겠으나, 방금 소저의 말씀을 듣고서 문득 생각해 보니, 소저는 여자의 몸으로 이미 스스로의 인생에 대한 목표를 확고히 정하고 있는데, 소생은 그래도 장부이거늘 아직까지 무엇을 위해 살겠다는 목표에 대해 진지하게 생각을 해본 적조차도 없으니 이 아니 부끄러운 일이겠습니까?"

그러자 예령의 얼굴에도 마침내 한 자락의 홍조가 드리워지고 말았다.

소산의 솔직함이란 것은 지나치다 못해 함께 있는 사람으로 하여금 기어이 얼굴을 달아오르게 하고 말 정도였던 것이다.

그러나 예령의 그런 당혹스러움을 아는지 모르는지 소산은 더욱 진지한 빛이 되어 말을 잇고 있었다.

"비록 잠시간이었지만 이제 다시금 생각해 보니 소생에게도 할 일과 목표가 없지는 않은 듯싶습니다. 천하제일이라……. 참으로 사람의 가슴을 뛰게 하는 말이 아닐 수 없습니다. 오늘 소저를 만나 천하제일이란 말을 들은 것은 어쩌면 소생에게 천명(天命)과 같은 것일지도 모르겠습니다. 하여 소생은 결심했습니다. 소생 또한 지금 이 순간부터 천하제일을 목표로 삼아보기로."

"호호호!"

예령은 짜랑하니 교소를 터뜨리고야 말았다.

도저히 참을 수 없어 마침내 터지고 마는 웃음이었다.

그러나 결코 비웃음은 아니었다.

다만 소산의 순진하기 짝이 없는 생각이 너무도 어이없으면서도 한편으로는 조그마한 거침도 없어 마침내는 듣는 사람으로 하여금 웃음을 터뜨리지 않을 수 없게 하는 어떤 통쾌함 같은 것을 주었기 때문이다.

한편으로는 소산의 말 몇 마디에 이처럼 참지 못하고 웃음을 터뜨려 낼 만큼 이제 그녀의 마음에서 소산에 대한 경계와 거리낌이 없어졌기 때문이기도 했다.

경계와 거리낌이 없어졌을 뿐만 아니라, 그에 대해 이유 모를 약간의 친근감까지 생겨나고 있다는 것은 사실 상당히 묘하고도 이상한 일이라고 해야 할 것이다.

그러나 정말로 이상하게도 평상시 어느 정도는 냉철하다고 스스로를 평가해 오던 그녀였는데도, 그녀는 지금 그런 데까지는 생각 자체를 하지 못하고 있었다.

묘한 흥미와 호기심을 있는 그대로 드러내며 그녀가 물었다.

"하면 소(小)··· 공자께서는 무엇으로 천하제일이 되려 하죠?"

소산은 빙그레 웃기부터 했다.

역시 꾸밈이라고는 없어 보이는 웃음이었다.

"아직까지는 모르겠습니다. 하지만 일단 천하제일이라는 커다란 목표가 생겼으니 밟아나가야 할 구체적인 단계들은 이제부터 천천히 정하면 될 것이란 생각입니다."

그러더니 그는 금세 다소간 심각한 기색이 되어 뭔가를 생각하는 모습이 되었다.

그러다 그가 다시 말했다.

"흠! 사실 천하에는 재주있는 사람과 기인이사들이 마치 바닷가의 모래알과도 같이 많다고 하는데, 그 어떤 분야에서든 천하제일의 소리를 듣는다는 것이 과연 소생의 보잘것없는 재주로 꿈이나 꿀 수 있는 일일지 모르겠습니다. 흠! 흠! 만약에··· 시간을 두고 좀 더 생각해 보다가 그것이 정히 가능성이 없는 일이라면 소생은 차라리 각 분야에서 천하제일의 소리를 듣는 사람들을 모두 다 소생의 곁으로 끌어 모으는 방법도 생각할 수 있을 것입니다. 그리되면··· 흠! 흠! 흠! 그렇지! 그렇게 되면 비록 소생 스스로는 천하제일이 아닐지라도 대신 천하에서 가장 많은 천하제일인들과 친분을 쌓은 사람이 될 것이니, 그럼으로써 소생 또한 바로 그러한 한 분야에서는 천하제일이 될 것이 아니겠습니까? 하하하하!"

말끝에 자못 흡족하고도 통쾌하다는 듯이 대소를 터뜨려
내는 소산이었다.

　그런 그의 모습은 혼자서 무한한 상상의 세계를 펼치고 있
는 천진무구한 아이와도 같았다.

　처음에 당혹스러운 표정을 금치 못하던 예령은 이제 빙그
레 웃으며 소산을 지켜보고 있었다.

　아마도 소산의 어이없고도 황당한, 그러나 한편 그 나름으
로는 흥미롭고도 재미있을 상상을 굳이 일부러 깨고 싶지는
않았기 때문일 것이다.

　"참! 소저께서는 소생에게 하고 싶은 말이 있으셨던 것 같
은데?"

　이윽고 공상에서 깨어난 것인지 소산은 비로소 예령이 바
라는 방향으로 말을 돌렸다.

　순간 예령은 쓴웃음을 짓고 말았다.

　그러고 보니 그녀 또한 잠시간 그의 엉뚱함에 함께 휘말려
있었던 셈이고, 그러는 바람에 그만 자신의 중요한 관건을 마
냥 뒤로 미루어두고 있었던 것이다.

　"부탁이 하나 있어요. 아까 보신 그 고문자에 관해서인데
요."

　예령이 그렇게 운을 떼자 소산이 흔쾌한 표정으로 말을 잘
랐다.

"아! 그거라면 새삼 부탁이라고까지 하실 것도 없습니다. 다만 며칠 동안의 말미만 주실 수 있다면 완벽하지는 않더라도 어느 정도까지는 의미가 통할 수 있도록 해독을 할 수 있을 것입니다."

예령의 안색이 대번에 밝아졌다.

그러나 그녀는 짐짓 주저하는 빛을 보이며 다시 말했다.

"사실 그건 제가 알고 있는 내용의 일부분만을 옮겨놓은 것일 뿐이에요. 그 전체의 내용은 분량이 꽤 되는데… 어려운 부탁인 줄은 알지만 그 내용 모두를 해독해 주실 수는 없겠는지요?"

그리고 예령은 정말로 간절한 빛을 담아서 소산을 보며 진지하게 덧붙였다.

"이 일은 제게 너무도 중요해요. 만약 공자께서 해독만 해 주신다면, 제 일생에 다시없을 큰 은혜로 여기고 반드시 보은하도록 할게요."

소산은 잠시 묵묵하니 궁리를 하는 기색이었다.

그러다 문득 짐짓 곤란하다는 표정을 지으며 혼잣말처럼 중얼거렸다.

"쉽지 않은 일인데……. 더욱이 시간이 얼마나 걸릴지도 모르는 일이고……."

그때 예령은 소산의 작은 표정 변화 하나하나에까지 잔뜩 신경을 곤두세우고 있던 중이라, 그가 그같이 말하자 애가 탈

대로 타는 심정이 되고 말았다.

그러나 지금 그녀로서는 아무쪼록 그가 긍정적인 방향의 대답을 해주기를 기다리는 수밖에는 다른 도리가 없었다.

잠시간 더 궁리를 거듭하는 모습이던 소산이 문득 입을 열었다.

"그럼 우리 이렇게 하지요!"

그 말에 예령이 반사적으로 반문했다.

"예?"

그때 소산의 어조는 지금까지와는 또 다른, 어떤 강한 의지를 담고 있는 것 같았다.

"서로 부탁을 주고받는 것보다는 차라리 소생과 소저가 정식으로 하나의 거래를 하면 어떻겠습니까?"

예령이 잠시 의아해하다가 자신없는 투로 반문했다.

"거래라고요?"

사실 그것은 예령으로서는 영 익숙하지 않은 말이었다.

그러나 그때 소산은 상대적으로 사뭇 당당한 기색이 되어 있었다.

"하하하! 소생은 원래 상가(商家)의 후손으로 최근에는 가업을 물려받은 바가 있습니다. 즉, 소생은 상인이고, 따라서 거래는 소생의 본업이란 말씀입니다. 사실은 이번이 소생이 자유롭게 다녀볼 마지막의 기회일 것 같아서 큰마음 먹고 이곳 사천 땅까지 오게 된 것인데, 흠! 올 때는 어찌어찌 왔는데 다시 돌아갈 것을 생각하니 걱정이 태산 같습니다. 더욱이 요 근래 들어 세상 인심은 갈수록 야박해지고 험해지는 것 같으니 걱정이 더하기만 합니다. 어떻습니까? 어차피 소저의 그 고문자들은 난해하기로나, 또한 분량으로 보아서도 며칠 만에 그것을 다 해독한다는 것은 불가능하다고 할 것이니 차라리 함께 동행하면서 소생은 소저를 위해 그 고문자들을 해독해 드리고, 대신 소저께서는 소생이 가는 곳까지 소생을 호위해 주는 것으로 거래를 하자는 말씀입니다. 아! 물론 소생은 해독에 성의를 다할 것이지만, 그럼에도 소저의 입장에서 만약 이 거래의 조건이 다소 소생 쪽으로 기운다고 생각이 되신다면 소생은 여행하는 동안의 경비는 물론, 얼마간의 보수를 따로 지불할 용의도 있습니다."

예령에게 그것은 전혀 생각지도 못한 제의였다.

전적으로 자신을 위해 맞추기라도 한 듯한 그 뜻밖의 조건들에 대해 예령은 차라리 어안이 벙벙해질 정도였다.

이윽고 그녀의 작고 단아한 입에서는 만족스러운 웃음소리가 저절로 흘러나왔다.

"호호호! 그러니까 공자의 말씀은 저를 호위무사로 고용하겠다는 것이로군요?"

소산이 짐짓 신중한 표정으로 대답했다.

"소생은 고용 대신 소생과 소저 사이의 엄연한 거래라고 생각하고 있지만, 만약 소저께서 그렇게 생각하는 것이 편하시다면 또한 그렇게 말해도 무방할 것입니다.”

예령이 미소를 거두지 못하며 물었다.

“저… 그런데 공자의 댁은 어디……?”

깊은 생각 없이 그렇게 묻다가 예령은 그만 멈칫 말을 멈추고 말았다.

처음에 소산이 그녀에 대해 퉁명스럽게 박대할 때, 자신의 집이 워낙 자주 이사를 다니는지라 지금쯤 집이 어디에 있는지도 모르겠다고 한 말이 문득 떠올랐기 때문이리라.

그러나 소산은 바로 얼마 전에 자신의 입으로 했던 그러한 말은 조금도 생각나지 않는다는 듯 태연스럽게 대답을 내놓고 있었다.

“연경(燕京)입니다. 그러나 항주(杭州)에서 배로 운하를 거슬러 올라갈 작정이니 만약 소저께서 사정이 여의치 않으시다면 항주까지만 호위를 맡아주셔도 좋습니다.”

‘연경이라…….’

소산은 항주까지만도 괜찮다고 말했으나, 예령의 생각은 이미 연경까지를 염두에 두고 있었다.

원래 예정되어 있던 그녀의 여정은 대파산맥을 넘어 하남성 방향으로 가는 것이었다.

그러나 딱히 그래야만 할 이유는 달리 없었고, 더욱이 이제 무상검결을 해독할 수 있는 작은 희망의 실마리를 찾았으니 그곳이 어디가 되었건 간에 반드시 소산과 함께 동행해야만 할 절실한 이유가 생긴 것이었다.

그런 측면에서 어쩌면 소산과의 인연은 꽤나 길어질지도 몰랐다.

아니, 길어질 것이다.

그녀는 지금 오초 사십오식의 무상검결 중 삼초까지의 이십칠식만을 외우고 있었다.

그러니 만약 소산에게 정말로 능력이 있어 무상검결을 해독하기 시작한다면, 나머지 후반부의 이초 십팔식을 마저 해독하기 위해서는, 무상검결의 원본을 지니고 있는 조부를 만날 때까지는 애원하고 매달려서라도 소산의 곁에 남아 있어야만 했다.

아니, 수단과 방법을 가리지 않고 소산을 그녀의 곁에다 잡아두어야만 했다.

어쨌든 소산이 제안한 모든 조건들은 그 하나하나가 다 그녀에게는 행운이라고 할 만하였다.

그런 만큼 너무 쉽게 응낙을 하기에는 한편으로 불안한 감마저도 들었다.

"만약 제가 고액의 보수를 추가로 원한다면 곤란하지는 않으실지……?"

예령의 그 말은 아마도 소산의 제안이 정말인지 한 번 더 떠보려는 것 내지는, 조금쯤은 팅기는 시늉을 함으로써 그 모든 거래 조건들을 확실히 굳혀놓으려는 의도에서 해보는 것인 듯했다.

"음! 자랑할 만큼은 아니지만 사실 소생이 물려받은 가업의 규모는 그다지 작은 편이 아닙니다. 그러니 소저의 보수를 지급하는 데는 크게 문제가 없을 것입니다."

오히려 적극적이고 또한 진지하기만 한 소산의 대답에 예령은 절로 기꺼워지는 듯했다.

"호호호! 아직 정해지지도 않은 보수인데도 말인가요?"

예령의 그 말에 대해 소산은 조금도 망설이지 않고 고개를 끄덕였다.

'이 사람의 성격은 특이한 데가 있지만, 사뭇 순진하여 아직까지 세상 물정에 대해서는 잘 알지를 못하는구나.'

예령은 문득 그런 생각을 했다.

그리고 이번에는 그녀 역시 조금도 꾸미지 않고 빙그레 웃으며 말했다.

"아니에요. 저는 다만 공자께서 성의를 다해 해독을 해주겠다고 말씀해 주신 것만으로도 충분해요. 그 고문자들을 해독하는 일이야말로 제게는 무엇보다도 소중하고 무한히 가치가 있는 일이니까요."

소산이 또한 흔쾌하게 웃으며 화답했다.

"하하하! 좋습니다! 그럼 이것으로 우리 두 사람 간의 거래는 분명히 성립이 된 것입니다?"

예령이 밝게 웃는 얼굴로 고개를 끄덕이다가 문득 입가에 약간의 장난기를 떠올렸다.

그것은 아마도 흡족함에서 나오는 여유이리라.

"잠깐만요!"

예령의 그 말에 소산이 반사적이다시피 물었다.

"예? 소저는 혹시 마음에 들지 않는 것이라도 있습니까?"

오히려 자신 쪽에서 애가 닳아하는 듯이 보이기도 하는 소산의 반응에 대해 예령이 또한 괜스레 미안해지는 듯 엷은 미소로 답했다.

"공자께서 이미 제게 여러 가지로 편의를 배려해 주셨는데 마음에 들지 않는 것이 있을 리 있나요? 다만……."

"다만 무엇입니까?"

"이치로 따지자면 향후 여정에 드는 경비의 일부는 당연히 제가 부담을 해야 하는 것이겠지만, 현실적으로 제게 그럴 만한 여유가 없는지라……."

예령이 이윽고는 정말로 미안하다는 듯 말꼬리를 흐리고 마는데, 소산은 오히려 안심했다는 듯이 크게 웃으며 말했다.

"하하하! 소생이 이미 말씀드린 바이거니와, 그런 문제라면 조금도 걱정하실 필요가 없습니다. 소생은 최상의 대우로써 소저를 제 개인 호위로 모시겠습니다."

"이 거래에 대해 충실히 임할 것을 우리 두 사람은 상호 약속합니다. 그렇지요?"

거래에 대해 소산이 다짐한 것은 그것이 다였다.

그런데 맹세도 아니고 약속이었다.

이까짓 말로 하는 약속, 깨려고 하면 얼마든지, 그리고 언제든지 깰 수도 있는 것이 아니겠는가.

물론 이 거래에 대해서 굳이 이해타산을 따지자면 절대적으로 예령 그녀에게 이득이 되는 거래였으니, 그녀가 먼저 약속을 깨는 일은 절대로 없을 것이지만.

"예!"

가볍게 장단을 맞추어준다는 마음으로 예령은 그렇게 대답을 해주었다.

그런데 그 순간 예령은 언뜻 자신과 소산이 지금 이 거래에 대해 서로의 신의를 지키겠다는 하나의 작은 의식을 치른 듯하다는 생각을 떠올렸다.

그리고 그녀는 곧 잠깐 스쳐 간 그 생각에 대해 스스로 어이없어했다.

그러나 그다지 나쁜 기분은 아니었다.

아니, 일단 대답을 하고 나자 왠지 모르게 정말로 서로 간에 일종의 신뢰랄까, 혹은 긍정적인 측면에서 서로 간에 어떤 구속 같은 것이 생긴 듯한 든든한 마음이 들기도 하는 것이었다.

그에 예령은 가만히 실소하고 말았다.

조금 전까지만 해도 소산의 그 같은 거래 방식에 대해 어이 없어하고, 한편으로는 세상 물정을 너무 모르는 것 같다고 짐짓 걱정까지 해주었던 그녀였는데, 지금은 또 여전히 엉뚱하기만 한 그의 방식에 대해 든든한 느낌까지 받고 있는 그녀 자신에 대해 새삼 어이없다는 생각이 든 때문이었을까?

第六章
이런 쳐 죽일 놈!

지존
석산평전

　예령 일행은 일단 대파산 자락을 따라 사천 쪽으로 내려간 뒤, 중경을 지나 호북과 안휘를 거친 다음 절강의 항주까지 갈 예정을 세웠다.

　사실 연경까지 가는 게 목표라면, 굳이 육로를 거칠 만큼 거친 다음에 항주까지 가서 거기서 다시 수로로 대운하를 거슬러 올라갈 필요는 전혀 없는 것이라고 해야 했다.

　꼭 항주를 거쳐야 할 필요가 없고, 또 굳이 수로를 타야 할 사정도 없는 것이라면, 차라리 곧바로 대파산맥을 타고 넘은 다음에 섬서와 산서를 거쳐 하북 땅으로 들어서는 것이 가장 최단거리에 또한 가장 최소 시간이 걸리는 행로라고 할 것이다.

그러나 상황의 주도권을 잡은 쪽은 소산이었고, 더욱이 그는 거래에 의한 물주이기도 했다.

그런 소산이 그렇게 요구를 한 이상 예령으로서는 이의를 제기할 입장이 아니었고, 또한 굳이 이의를 제기할 필요도 없는 일이었다.

목적지에 도착할 때까지 시간이 많이 걸리면 걸릴수록 그녀로서는 오히려 좋은 일이었기에, 사실 지금 그녀의 심정은 경로가 어떻게 되든, 그리고 그 목적지가 연경이 아니라 그 어느 곳이 되든 그녀 자신의 목적이 이루어질 때까지 그와 동행만 할 수 있다면 굳이 문제를 삼을 이유가 없었다.

예령은 등에 메었던 검을 끌러 봇짐에 쌌다.

지금부터 그녀에게 가장 중요한 일은 바로 소산의 안전이었다.

그것은 계약에 따른 호위로서의 임무이기도 하지만, 그녀 자신의 목적을 위해서도 가장 우선되어야 할 일인 것이다.

그리고 비록 스스로의 검공(劍功)에 대해서는 어느 정도 자부심을 가지고 있는 그녀였지만, 그녀 혼자가 아닌, 무공에 문외한인 소산의 안전까지 책임지기 위해서는 일단은 시비 자체가 없어야만 했다.

사실은 그녀가 이처럼 조심을 하는 데에는 보다 근원적인 이유가 있기도 했다.

바로 이곳 사천 땅에는 그녀와, 또 그녀의 가문과는 서로 상존할 수 없는 문파가 있었기 때문이다.

하니 그녀의 지금 처지로서는 그들과 마주치지 않도록 하는 것이 최선책일 수밖에 없었다.

다행히도 그 문파는 이곳으로부터 서남향(西南向)으로 제법 떨어진 성도(成都)에 그 근거지를 가지고 있었기에 지금 그녀와 소산 등이 가려는 동쪽으로의 행로와는 반대 방향이라고 할 수 있었다.

그러나 어쨌든 그녀는 지금 사천 땅의 영역 내에 있으니만큼, 가능한 조심과 신중을 기하지 않을 수 없었다.

*   *   *

예령에게 그것은 일종의 고역(苦役)이었다.

서로에 대해 끔찍할 정도의 관심을 한시도 놓지 않는 당고와 소산의 모습을 내내 봐야 한다는 것 말이다.

당고의 눈길은 내내 소산에게만 머물러 있었다.

그리고 소산 역시 무슨 일이든지 일단은 당고를 우선적으로 생각하는 듯하였다.

둘 사이에 오가는 그러한 세세한 관심들이 얼마나 절절하던지, 그럴 이유가 전혀 없는데도 불구하고 예령은 괜한 시기심이 생길 정도였다.

당고는 점점 더 특이한 면모를 보이고 있었다.

먹는 것만 해도 그랬다.

세 사람이 구산서고를 나와 대파산 자락을 따라 내려오는 반나절 동안, 중간에 잠깐 쉬면서 건량과 물로 간단한 요기를 할 때도 당고는 다만 물을 조금 마시는 것 외에는 그 어떤 먹을거리도 입에 대는 법이 없었다.

그나마 물마저도 소산이 약간의 강제성을 띠고서 권한 다음에야 마지못해 입술을 축이는 정도가 다였다.

그리고도 당고는 별로 배고파하지 않는 것 같았고, 당고에게 지극히도 끔찍한 소산 또한 그녀에게 무엇을 먹게 하려고 특별히 애를 쓰는 기색은 보이지 않았다.

대신 소산은 중간에 딱 한 번 당고에게 대추알만 한 검은색의 환약 한 알을 먹게 했는데, 소산은 그 환약이 가득 담긴 자기 병을 아주 소중하게 다루는 것 같았다.

예령 등이 파중(巴中)이라는 소읍에 당도한 것은 해가 서쪽으로 완연하게 기울어갈 즈음이었다.

그리고 그때부터 그들 세 사람은 자신들에게 쏠리는 사람들의 시선을 피할 수 없게 되었다.

물론 사람들의 시선은 제각기 독특한 개성을 지닌 두 절세미녀에게로 집중되는 것이었으나, 상대적으로 평범하다 못해 못나 보이는 소산 역시도 사람들의 시선으로부터 아주 비켜나 있을 수는 없었다. 다만 놀라운 미모의 두 여인과 동행이라는 이유만으로도 말이다.

저녁을 먹기에는 한참이나 이른 시각이었지만, 오전 나절부터 약간의 건량 외에는 제대로 된 식사를 하지 못했던 터라 세 사람은 일단 근처에 보이는 객잔에서 요기를 하기로 했다.

그러고 나서 어둡기 전까지 남는 시간 여유를 봐가면서 그냥 객잔에서 하룻밤을 묵고 다음날 아침에 출발을 할지, 아니면 좀 더 길을 가다가 달리 숙소를 정할지를 결정하기로 했다.

예령은 소산에 대해, 아마도 그의 가문이 운 좋게도 단기간에 제법 큰돈을 벌어 졸부(猝富)가 된 것임에 분명하다는 생각을 했다.

상가의 후손이라는 그의 말에 근거한 추정이었다.

또한 객잔의 한구석에 자리를 잡은 그들에게 잰걸음으로 다가온 점소이에게 하는 소산의 언행에 근거해서였다.

지금 소산이 점소이에게 하는 모양에서는, 예령이 평소 큰 부(富)를 소유한 입장이라면 마땅히 보여야 어울릴 것이라고 생각해 왔던, 부자로서의 어떤 품격이나 여유 같은 것이 별로 보이지 않고 있었기 때문이다.

소산이 점소이에게 대뜸 주문한 것은 차(茶)였다.

안계철관음(安溪鐵觀音)!

소산은 그중에서도 추향차(秋香茶)면 좋겠다고 했다.

예령이 직접 마셔본 적은 없지만 이름난 명차(名茶) 철관음에 대해 모르지는 않았다.

복건(福建)의 안계 지방에서 생산되는 철관음은 향기에 품격이 있고, 마신 후에는 입 안에 과일의 향기가 남아서 감돈다고 했다.

그리고 그 찻잎은 일 년에 네 번을 따는데, 봄의 입하(立夏) 전후에 따는 찻잎으로 만든 차를 춘차(春茶), 여름에 따서 만든 차를 하차(夏茶), 더울 때 따서 만든 차를 서차(暑茶), 가을의 백로(白露) 전에 따서 만든 차를 추차(秋茶)로 나눈다고 하였다.

그중 추차는 특히 향기가 뛰어나서 추향차로도 불린다고 했다.

그런데 철관음 자체가 귀한 물건이어서 커다란 성도(盛都)에 있는 전문 다루가 아니고서는 그 맛을 보기가 어려웠고, 더욱이 춘차니 추차니 하여 까다롭게 입맛을 만족시키기란 결코 쉽지 않은 일이었다.

하물며 외지고 벽진 사천 땅 중에서도 기껏 소읍의 작은 객잔에 불과한 이곳에서야 더 말해 무엇 하겠는가?

점소이의 얼굴은 애매한 중에도 사뭇 어이없다는 빛을 아주 감추지 못하고 있었다.

"공자님, 죄송하기 그지없으나, 저희 객잔에서 취급하는 차는 국화차 한 가지밖에는 없습니다."

그에 대해 소산은 불만스러운 기색이 역력했으나, 이내 어쩔 수 없다는 듯 고개를 끄덕였다.

그가 예령을 향해 물었다.

"예 소저, 요리로는 무엇을 드시겠습니까?"

예령이 어색하게 웃으며 말했다.

"저는… 그냥 간단히 요기만 할 정도면 아무거나 상관없어요."

소산이 가만히 고개를 끄덕이더니 점소이에게 주문했다.

"일단 담가채(譚家菜)와 작장면(炸醬面)을 내어오고, 그다음으로 삼황계(三黃鷄)와 팔진탕(八珍湯), 그리고 송서계어(松鼠桂魚)와 팔보밀식(八寶蜜食)을 준비하도록 하시오."

그러자 점소이는 이번엔 약간의 반발심까지를 내비치며 대답하는 것이었다.

"다시 죄송한 말씀이나, 지금 말씀하신 요리들 또한 저희 객잔에서는 준비가 안 되는 것들입니다."

그러자 소산이 이상하다는 듯이 점소이에게 물었다.

"이곳은 분명 객잔인데 왜 요리가 안 된다는 것이오?"

그 순간 예령은 소산의 기색에서 그가 정말로 지금 자신이 무리하고도 지나친 상황을 만들고 있다는 것을 이해하지 못하고 있는지도 모르겠다는 생각을 언뜻 했다.

그때 점소이가 보다 노골적인 반발을 담고서 소산을 빤히 쳐다보며 말했다.

"공자께서는 지금 일부러 저와 저희 객잔을 곤란하게 만들려 하시는 것입니까?"

더 놓아두었다가는 괜한 시비가 생길 것이 염려된 예령이 슬쩍 끼어들었다.

"공자께서는 꼭 그 음식들을 드셔야만 하는 것입니까? 아니면……?"

그러자 소산은 생각하는 기색도 없이 곧바로 대답했다.

"아닙니다. 저는 다만 예 소저를 위해서 주문하는 것입니다."

그 뜻밖의 대답에 예령이 일시 뭐라고 말을 하지 못하고서 그만 얼떨떨한 표정이 되고 말았다.

더욱이 그녀를 당황스럽게 만드는 것은, 지금 소산의 표정이 너무 진지하다 못해 진중하기까지 하다는 것이었다.

그것은 그녀가 애초에 짐작해 보았던 졸부로서의 자신의 여유있음을 자랑하려는 모습과는 많이 다른, 바로 예령 그녀에 대한 그 나름대로의 어떤 성의 같은 것이 엿보이는 모습이라고 해야만 하는 것이었다.

다만 너무 순진하다고 할까, 아니면 남의 입장은 전혀 고려하지 않고 오로지 자신의 생각과 입장에만 너무 치우치는 무작정의 고집 같은 것이 있다고 해야 할까?

예령이 어색한 미소를 떠올리며 말했다.

"저는 본래 많이 먹지 못합니다. 또한 기름진 음식을 멀리하고 음식에 대한 욕심을 절제해야 하는 것이 곧 무인으로서의 기본자세이기도 합니다. 그러나 어쨌든 공자께서 저를 위해 배려를 해주는 마음이셨다면… 그럼 제가 직접 주문을 해도 될까요?"

그러자 소산은 곧바로 흔쾌한 기색으로 고개를 끄덕였다.

예령이 빙그레 웃으며 점소이에게 주문했다.

"이 집에서 가장 잘하는 면(麵)과 탕(湯), 그리고 생선 요리를 각 한 종류씩 주문하겠어요. 우리 세 사람이 먹기에 적당한 양으로 해주세요."

점소이는 곧바로 본래의 그다운 자세로 돌아갔다.

"예, 예, 소저! 최대한 빨리 대령해 올리겠습니다."

그런데 점소이가 아직도 약간의 불만이 남아 있는 눈빛으로 힐끗 소산 쪽을 쳐다보고 난 다음 짐짓 과장되게 휙 몸을 돌려서 주방 쪽을 향해 몇 걸음을 걸어갈 때였다.

"이보시오!"

소산이 그를 불러 세웠다.

점소이는 몸을 돌려세웠으나 그의 표정은 결코 공손하지 못했다.

그는 소산을 향해 다가오지 않고 그 자리에 선 채 대답을 하지도 않고 다만 눈으로만 소산에게 무슨 용무인지를 묻고 있었다.

그때 소산은 점소이가 아니라 예령을 향해 불쑥 묻고 있었다.

"혹시 술은?"

예령이 당혹스러움을 감추면서 애매하게 웃으며 대답했다.

"저는 술을 마시지 못합니다만……."

그제야 소산은 다시 점소이를 향하며 말했다.

"종류는 관계없으니 이 집에서 가장 도수가 높은 술 한 병도 같이 가져오시오."

보통 때 같았으면 점소이는 자신의 객잔에서 취급하고 있는 독한 술 몇 가지를 말하여 손님이 다시 선택할 수 있도록 친절을 베풀었을 것이다.

그러나 지금의 그는 도저히 그럴 마음이 아니었으므로 까딱 고개만 끄덕여 보이고는 그대로 주방 쪽으로 걸어가 버렸다.

그런 점소이의 어깨는 다른 여느 때보다도 훨씬 더 크고 거칠게 움직이고 있었다.

"이 술 이름이 무엇이오?"

점소이가 음식을 가져오자 소산이 우선 술병부터 집어 들며 물었다.

"주문하신 대로 저희 객잔에서 가장 독한 것으로 농분주(弄

汾酒)라고 하는 술입니다."

점소이의 대답에는 퉁명스러움과 함께 약간의 빈정거림이
섞여 있었다.

그리고 농분주라는 소리에 주변에서 술잔을 기울이던 몇
몇 손님들의 시선이 힐끗 소산 쪽을 향했다.

예령이 대강의 사정을 유추해 보건대, 농분주라는 그 술은
꽤나 대단한 도수를 자랑하는 독주임에 분명했다.

먼저 그 이름에서부터 분주(汾酒) 자체가 원래 도수가 높은
술이라 웬만한 주당이 아니고는 함부로 즐기지 못하는 터에,
그런 분주를 오히려 희롱한다는 의미로 농분주라는 이름이
그랬다.

또한 점소이의 은근한 빈정거림과, 더욱이 그 농분주라는
소리에 대낮부터 얼굴이 불과하게 취한 모습에서 척 보기에
도 술꾼들인 듯한 주변의 몇몇 손님들의 관심이 일시에 이쪽
으로 향하는 것이, 예령의 그런 추정을 가능하게 했다.

그때 소산은 술병의 마개를 열고 냄새를 맡아보고 있었다.

그리고는 과연 냄새만으로도 독한지 잔뜩 얼굴을 찡그리
고 말았다.

그런데 다음 순간 소산은 수중의 술병을 불쑥 당고에게 내
미는 것이 아닌가.

예령과 점소이, 그리고 주변의 시선이 일시 황당해하는 중
에, 바로 이어 더욱 황당한 광경이 벌어졌다.

바로 당고의 반응이었다.

소산의 손에서 술병을 건네받는 당고의 얼굴에 대번에 천진한 반색이 감돌고 있었다.

이어 마치 빼앗길까 봐 조바심이라도 내는 듯이 급하게 벌컥거리며 단숨에 몇 모금을 마셔 버리는 것이었다.

사람들이 어안이 벙벙한 모습이 되는 중에 소산이 얼른 당고에게서 술병을 낚아챘다.

그런데 그 잠깐 사이에 당고는 못 마셔도 족히 반은 넘게 술병을 비워낸 듯 보였다.

그때 소산이 점소이의 멍한 기색을 깨우며 다시 주문을 하였다.

"식사를 마치고 가지고 갈 것이니 적당한 크기의 병에다 이 술 한 말[斗]을 나누어서 담아주시오!"

"한… 한 말!"

한 되[升]도 아니고 한 말[斗]이라는 소리에, 그리고 표정 한번 찡그리지 않고 그 독한 농분주 반병을 단숨에 해치워 버린 절세 미모의 여주당(女酒黨)에 대해 점소이는 급기야 말을 더듬거리고 말았다.

그때 소산이 술병을 다시 당고에게 건네주면서 말했다.

"천천히! 조금씩!"

당고의 인상이 확 밝아졌다.

그리고 자신이 얼마나 말을 잘 듣는지를 보여주려는 것처럼 술병의 주둥이를 조심스럽게 기울여 마치 핥듯이 조금씩 홀짝이는 것이었다.

　그들의 식사 모습에서 예령은 물론이고 소산 역시도 그다지 식탐을 부리는 편은 아니었다.
　이상한 것은 역시 당고였다.
　그녀는 식사는 물론 술안주로도 요리에는 일절 손을 대지 않고 있었다.
　그런 당고에 대해 소산은 아주 당연하게 여기는 듯하였는데, 그는 다만 가끔씩 예령이 식사하는 모습에만 눈길을 주고 있었다.
　벌써부터 소산 일행에게 객잔 손님들의 관심이 집중되어 있었거니와, 그중에는 표시가 날 정도로 노골적인 시선도 있었다.
　한 무리의 대한들이었다.
　'나 불한당이요!' 하고 광고라도 하는 듯한 덩치에다 자못 사나운 생김새들이었고, 더욱이 불콰한 취기까지 띠고 있었다.
　진작에 소산에 대한 탐색을 마친 듯, 대한들의 시선은 이제 당고와 예령에게로 고정되어 있었다.
　그리고 그중에서도 당고에게로 향하는 시선은 자못 뜨거울 정도였다.

이런 쳐 죽일 놈! 181

예령도 좀 전부터 대한들의 시선을 부담스럽게 느끼고 있는 중이었다.

그녀가 그들로부터 비스듬히 등을 지고 있는 덕에 정면으로 그 시선들을 맞받지 않아도 좋았지만, 그래도 점점 더 노골적으로 변해가고 있는 대한들의 시선은 여인으로서는 견디기 어려운 난감함과 수치를 느끼게 하기에 충분하였다.

그런데 그런 대한들의 노골적인 시선을 정면으로 마주 받는 위치에 바로 당고가 있었다.

당고는 무심하기만 하였다.

그녀의 눈길은 멍하니 허공을 향해 있거나, 간혹 그 존재가 자신의 곁에 있다는 것을 확인이라도 하듯 소산의 얼굴에 잠시 머물렀다가 이내 다시 허공으로 돌아갈 뿐이었다.

소산은 물론이고 이제는 예령도 당고의 그런 시선 처리에 대해서는 어느 정도 익숙해져 있는 상태였다.

그러나 사정을 모르고 처음으로 당고를 접하는 사람이라면 그녀의 그같이 독특한 시선 처리에 대해 무시 내지는 도발로 느낄 법도 하였다.

지금 대한들의 경우에도 당고의 그런 시선을 자신들에 대한 도발쯤으로 받아들인 모양이었다.

몸집 두둑한 그들 무리 중에서도 더욱 돋보이는 덩치의 대한 하나가 어기적거리는 모양새로 자리에서 일어섰다.

그러더니 의미가 불분명한 웃음을 싱긋 그리며 사뭇 껄렁

한 걸음걸이로 소산 등이 앉아 있는 탁자를 향해 다가오는 것이었다.

소산 등의 탁자 앞에 와서 선 대한은 먼저 힘이 들어간 눈빛으로 소산부터 찍어 눌렀다.

'지금부터 벌어질 일에 대해 감히 나설 생각일랑 하지 마라!' 하는 무언의 경고일 것이다.

그런데 그 노골적인 위협에 대해 즉각적인 반응을 보인 것은 소산보다 먼저 당고였다.

소산을 향한 대한의 눈빛에 위협의 기세가 분명해지는 순간, 그때까지 무표정하기만 하던 당고의 얼굴에 언뜻 흐릿하게나마 표정이라고 할 만한 게 생긴 것이었다.

그런데 그 흐릿한 변화 하나로 그녀의 분위기는 대번에 급변하는 데가 있어 보였다.

차가워진 것이다. 시리도록.

시종 흥미롭게 그녀를 관찰하고 있던 예령은 당고의 그 갑작스러운 차가움에서 그냥 보통의 차가움보다는 더욱 차가운, 다분히 특기할 만하다고 여겨지는 어떤 예리함 같은 것을 동시에 느낄 수가 있었다.

"가만히 있어, 당고!"

문득 뱉는 석산의 그 한마디는 의외로웠다.

적어도 당고의 차가움을 미처 보지 못한 대한의 입장에서는 그랬다.

역시나 소산의 한마디는 당고에게 있어 절대적이었다.

당고의 얼굴은 그 즉시로 본래의 무표정으로 돌아갔다.

그리고 그녀의 시선은 똑바로 소산의 얼굴에 고정되었다. 마치 언제라도 그로부터 새로운 말이 떨어지기를 기다리기라도 한다는 듯이.

대신 소산의 표정은 딱딱하게 굳어 있었다.

그것은 예령이 처음으로 보는 소산의 또 다른 일면이었다.

사실 오늘 처음으로 만나 이제 겨우 한나절을 같이 보냈을 뿐인 사이로, 그녀가 소산이 지닌 일면들에 대해 평을 한다는 자체가 무리가 있긴 했다.

그러나 그 짧은 시간에도 불구하고 그녀가 본 소산의 몇 가지 모습은 상당히 특이하였으며, 또한 상당히 인상적인 것이었다.

게다가 소산의 그 몇 가지의 특이하고도 인상적인 모습들은, 또한 상대적으로 그가 상당히 단순한 사람이라는 평가를 가지게 만든 것이 사실이었다.

본래 늘 평범하여 자신을 잘 드러내지 않는 사람이야말로 사실은 복잡한 사람이고, 반대로 누구에게나 한눈에 자신이 어떤 사람이라는 것을 내비치고 마는 특이한 성격이나 인상의 사람들이야말로 사실은 단순하기 짝이 없는 사람이 아니겠는가.

그런 의미에서 그녀가 본 소산은 단순한, 그것도 지극히 단순한 사람일 수밖에 없었다.

예령이 처음으로 본 소산의 일면은 어이없을 정도로 지독히도 자기중심적인 모습이었다.

서로가 처음 대면했을 때 소산이 그녀에게 베푼 바 있는, 예령 그녀로서는 정말 드물게 받아보는, 아니, 처음으로 받아보는 그 무례한 푸대접과 무관심의 모습 같은 것들 말이다.

그다음으로는 비록 아직까지는 불확실한 측면이 여전히 있기는 하지만, 그녀가 지난 일 년여 동안 천하를 전전하면서 만나보았던 당대의 식자(識者)라는 인물들이 한결같이 고개를 저었던 무상검결의 고문자에 대해 그 해독을 다만 시간의 문제로만 치부해 버리는 오만하기까지 한 수재(秀才)로서의 모습이었다.

그리고 또 하나의 모습은 느닷없이 천하제일을 목표로 삼겠다고 선언(?)했던 것이나, 게다가 자신의 이해타산을 세밀히 따지기보다는 다만 순간의 감정과 기분에 따라 선뜻 예령 그녀와 호위의 계약을 맺어버리는 등의 엉뚱함이었다.

그리고 이제는 당고를 희롱하려는 무뢰배에 대해 여느 문사였다면 지레 겁에 질리거나, 아니면 기껏 법도와 관가를 들먹이며 겁먹은 호통이나 쳤을 법한 상황인데, 비록 과장된 용기일지라도 어쨌든 먼저 당고를 안심시키고 나서 곧바로 대한을 향해 인상을 쓸 줄도 아는 의연함과 동시에 무모함을 보이고 있는 것이다.

비록 호위로서의 자신의 임무에는 충실하지 못한 게 되겠지만, 예령은 문득 지금의 상황에 대해 호기심부터 먼저 느끼고 있었다.

대한은 소산이 인상을 굳히든 말든 그런 것 따위는 아예 신경 쓸 가치조차 없다는 듯했다.

짐짓 느긋하게 소산에게서 등을 진 대한이 당고를 향해 걸쭉한 목소리를 뱉었다.

"이보쇼, 아름다운 소저! 이런 닭 모가지 하나 비틀 힘도 없는 비리비리한 서생과는 인생의 참맛을 누리지 못하는 법이오. 사내는 일단 사내답고 봐야 하는 것! 적어도 나 정도는 되어야 힘을 좀 쓸 수 있지 않겠소?"

대한의 짙은 농지거리에 그와 한패들이 낄낄거리며 웃어 댔다.

예령은 자신이 잠시 당고의 차가움과 소산의 의연함과 무모함에 기대어 가져보았던, 그야말로 황당한 기대감에 피식 실소를 머금지 않을 수 없었다.

그리고 그 잠깐의 기대를 틈타 상황이 이제 더 이상은 방관하기 어려운 지경에까지 왔다고 판단했다.

만약 더 이상 방관할 경우, 동행으로서의 의리를 지키지 못하게 됨은 물론, 나아가 어쨌든 계약 관계에 있는 호위로서의 그녀 자신의 임무에 방만한 결과가 될 것이다.

곧바로 그녀는 선택을 하고 있었다.

대한의 뺨을 후려갈길 것인지, 아니면 대한의 정강이에다 강력한 일퇴(一腿)를 먹일 것인지에 대해.

그러나 그녀의 선택이 막 결정되려는 바로 그 순간, 대한은 돌연 기묘한 소리를 내뱉고 있었다.

"푸하~ 앗뜨!"

그것은 묘하게도 이중성을 띠는 비명이었다.

자리에서 벌떡 일어선 소산이 조금의 망설임도 없이 탁자 위의 탕 그릇을 들어 그대로 대한의 뒷덜미에다 부어버렸기 때문이다.

막 내어온 탕이었다.

그 뜨거운 국물을 고스란히 뒤집어썼으니 그 순간 대한이 느꼈을 놀람과 고통이 어떠했겠는가.

예령의 입매가 묘하게 비틀어졌다.

분명 웃을 상황이 아니었는데 소산이 저지른 돌발적이고도 거침없는 행동과, 그것이 만들어놓은 결과에 대해 순간적으로 어떤 표정을 지어야 할지 모를 당혹스러움이 그녀의 표정을 그렇게 만들고 만 것 같았다.

이미 보여준 행동거지만으로도 대한은 두말할 필요 없는 부랑배에 불한당이었다.

그런데 자신의 말대로 닭 모가지 비틀 힘도 없는 백면서생에게 졸지에 뜨거운 맛(?)을 보았으니, 당장의 고통이 잦아지는 대로 곧바로 자신의 분노를 소산에게 되돌려줄 것은 불 보듯 뻔했다.

그럼에도 예령은 잠시만, 아주 잠시만 더 상황을 지켜보기로 했다.

소산의 방금 행동은 단순히 과장된 만용이거나, 혹은 소극적 자위(自衛)의 수준은 분명 넘어선 것이었다.

오히려 스스로의 확연한 의지로 행한, 저돌적이기까지 한 적극적인 대응이라고 해야 했다.

그것은 곧 그가 지금 호위를 필요로 하는 것이 아닌, 자신의 힘으로 직접 이 상황을 해결하겠다는 의지를 강하게 내비친 것이라고 할 수 있는 것이다.

적어도 예령은 그렇게 판단했다.

호위는 호위 대상이 위험하거나 도움을 필요로 할 때 나서는 것이 본분이었다.

그렇지 않고 아무 때나 사사건건 끼어든다면 그것은 주인의 기분과 감정 하나하나에까지 종속되어야만 하는 하인이나 몸종과 다를 것이 무엇이겠는가.

예령은 또 다른 한 가지의 이유에 대해서도 고려하고 있었다.

그녀와 소산이 앞으로 함께해야 할 여정은 결코 짧거나 간단한 것이 아니었다.

그리고 그녀가 보기에 그 만만치 않은 기간 동안에 험난한 강호를 헤쳐 나가기에 지금까지 보여준 소산의 행동방식과 기본 소양은 아무래도 문제가 많다고 할 수밖에 없는 것들이었다.

그러니 차라리 이런 기회에 세상이 결코 만만치 않다는 것을 그에게 일깨워 줄 수 있다면, 그래서 최소한 어떠한 경우에라도 함부로 경동하지 못하도록 조심하는 마음과 두려워하는 마음을 단단히 각인시켜 줄 수 있다면 그것 또한 꽤나 의미가 있는 일이란 생각을 하게 된 것이다.

스스로의 행동에 대해서는 철저히 스스로가 책임을 져야 하는 것이 비록 세상을 살아가는 절대의 이치라고까지는 할 수 없을지 몰라도 최소한 강호에서 살아가는 중요한 이치의 하나임에는 분명하였다.

한편, 그녀가 그런 여유를 부려볼 수 있는 것은, 다행히도 상대의 대한이 소읍의 객잔에서 손님들에게 시비나 거는 그저 그런 부랑배에 불과한 덕분이었다.

설혹 차질이 생겨 그녀가 개입하는 시기를 다소간 잘못 조절하는 일이 생긴다고 하여도, 기껏해야 소산이 한두 대 쥐어터지는 정도의 가벼운 불상사만으로 그 값비싼 교훈의 대가를 충분히 가름할 수 있을 것이니, 결코 손해 보는 장사는 아닌 것이다.

그녀에게도, 또한 소산에게도 말이다.

"이런 육시랄 놈!"

대한은 고통으로 표정을 잔뜩 일그러뜨린 중에도 화등잔처럼 두 눈을 부릅뜨고서 고함을 내질렀다.

동시에 뻗어낸 그의 주먹은 이미 소산의 면상에 이르고 있었다.

퍽!

골육과 골육이 부딪치는 소리에 예령의 아미가 순간적으로 찡그려졌다가 다시 펴졌다.

역시였다.

그녀가 거두었다 하였으면서도 못내 한 자락을 남겨두고 있었던 의외의 상황에 대한 기대는 결국 허탈한 기대로만 끝이 났다.

그리고 그녀의 그런 미욱한 미련은 결국 그녀의 계약주가 얼굴에 주먹 한 방을 통렬히 타격당하는 당연한 봉변으로 귀착되고 있었다.

대한은 이런 종류의 싸움에는 제법 이골이 나 있는 것 같았다.

분노의 한 방을 성공시키는 순간 자동적으로 뒤로 두 걸음을 물러나며, 혹시나 있을지도 모를 상대방의 반격을 대비하는 품새가 벌써 그랬다.

일격의 충격 때문인가?

석산은 잠시 멍해져 있는 것 같았다.

와중에도 코피나 입술이 터지는 꼴사나운 경우는 운 좋게 면한 모양으로 소산의 얼굴에서 피는 비치지 않았다.

다만 이제 막 벌겋게 부어오르는 광대뼈 어림이 방금 그가 무슨 일을 당했는지를 말해주고 있었다.

당고는 소산을 빤히 쳐다보고 있었다.

그러나 그녀는 무슨 일이 벌어졌는지 전혀 실감하지 못하겠다는 듯 말짱하고도 무심한 얼굴이었다.

한 가지 예외적인 게 있기는 했다.

검을 수련하는 입장으로써 남달리 예리한 안목을 지닌 예령이 보기에 방금 전 대한의 일격에는 제법 강력한 힘이 실려 있었다.

또한 그의 일격은 소산의 태양혈 주변에 비껴 맞지 않고 정통으로 맞은 것이 분명했다.

그렇다면 아무리 정식으로 무공을 수련하지는 않았다고 해도 한창 혈기 왕성할 나이의 대한이 제대로 힘을 쓴 주먹에 실린 힘이란 것은, 적어도 백면서생이 정통으로 맞고 나서도 두 다리에 빳빳하게 힘을 주고 서서 버틸 수 있는 정도는 아니어야만 하는 것이었다.

그런데 소산은 지금 비록 멍한 상태이기는 해도 어쨌든 휘청거리는 기색도 없이 빳빳하게 몸을 버티고 서 있었다.

"이런 쳐 죽일 놈!"
대한의 호통이 아니었다.
바로 멍하니 있던 소산이 돌발적으로 외치는 소리였다.
동시에 소산의 몸이 앞으로 튀어나갔다.
두 주먹을 불끈 쥐고서 마치 풍차처럼 마구 휘두르며 그가 대한을 향해 돌진해 들어갔다.
지금 소산의 모습은 닭 모가지 비틀 힘도 없는 유약하기 그지없는 서생의 모습이 결코 아니었다.
솟구친 분노를 주체하지 못하고 그대로 폭발시키고 마는, 그야말로 불같은 성질을 지닌 열혈한의 모습이었다.
대한은 소산이 보이는 뜻밖의 저돌성에 일시 흠칫했지만, 이내 입매를 슬쩍 비틀어 올렸다.
그것은 조소였다.
소산은 제법 격렬하게 두 주먹을 휘두르고 있었지만, 그것은 말 그대로 어림없는 헛손질일 뿐이었다.
대한은 우람한 한쪽 팔을 쭉 뻗어 소산의 접근을 견제하는 것만으로도 소산의 공격을 무위로 돌려놓고 있었다.
그리고 어느 순간, 대한의 몸이 뒤로 한 걸음을 물러섰고, 그 탓에 소산의 중심이 휘청하며 앞으로 쏠리는 틈에 대한이 다시 앞으로 치고 나왔다.

　퍽!

　"흑!"

　가슴 한복판을 정통으로 얻어맞은 소산의 입에서 헛바람 들이켜는 소리가 새어 나왔다.

　그러나 대한은 서둘지 않았다.

　그는 역시 싸움의 요령을 아는 자였다.

　퍽!

　"헉!"

　퍼억!

　"허억!"

　대한이 여유있게 치고 빠질 때마다 소산의 입에서는 급박한 헛바람 소리가 새어 나오고 있었다.

　금방이라도 자리를 박차고 일어설 듯 당고의 어깨와 엉덩이가 연신 들썩거리고 있었다.

　그러나 대한에게 일방적으로 얻어맞는 중에도 소산은 당고에게서 아주 눈을 떼지는 않고 있었던 모양이다.

　"안 돼!"

　무엇이 안 된다는 것인지…….

　더욱이 소산의 그 말은 누구에게 하는 것인지도 분명하지 않았다.

　그러나 소산의 그 한마디에 당고가 다시 조용해지는 것을 보고서 예령은 그것이 당고에게 한 말이라는 것을 알게 되었다.

그러나 금세 다시 소산에게로 집중하느라 예령은 더 이상 당고에게 관심을 주지 못했고, 더욱이 그녀의 눈빛을 주의 깊게 보지 못하였다.

늘 무심하여 심연(深淵) 같기만 하던 당고의 눈빛은 지금 희미하게 연한 녹색을 띠어가고 있는 중이었다.

예령의 눈빛은 사뭇 예리하게 변해 있었다.

그녀는 지금 소산의 상황에 집중하고 있는 중이었다.

사실 원래대로라면 그녀는 벌써 싸움에 개입하여 어떤 조치를 취했어야만 했다.

그러나 그녀가 지금 소산이 계속 일방적으로 구타를 당하고 있는 상황을 지켜만 보고 있는 것은 한 가지의 이유 때문이었다.

한마디로 놀라운 맷집이었다.

비록 대한이 무공을 지니고 있지는 않았지만, 만만치 않은 완력과 제법 싸움을 겪어본 듯한 자못 노련한 몸짓에서 나오는 타격이었기에, 말 그대로 백면서생일 뿐인 소산으로서는 슬쩍 비껴 맞는 것만으로도 골이 횡해지면서 휘청하니 다리가 풀려 버릴 정도의 충격을 받는 것이 당연하다고 할 것이다.

그런데 대한의 장권(掌拳)과 각퇴(脚腿)에 대해 별다른 방어의 동작도 없이 무작정 맞으면서도 순간순간 급한 호흡을 내뱉는 외에 소산은 막상 그다지 큰 충격을 받는 모습이 아니었다.

충격을 받기는커녕, 시간이 갈수록 점점 더 악착같이 달려드는 막무가내의 독기와 저돌성을 보임으로써, 오히려 상대의 대한을 질려 버리게 만드는 데가 있었다.

그것은 예령이 지금까지 파악하고 있던 소산의 심성과 체격으로는 황당하다고 할 수밖에 없는 놀라운 맷집이었고, 동시에 이해할 수 없는 근성과 체력이었다.

어느 순간.

대한과 소산은 개구쟁이 아이들의 싸움처럼 서로 뒤엉켜서 바닥을 뒹굴었다.

그런데 그런 중에 소산이 악착같이 용을 쓰더니 결국은 대한의 가슴을 엉덩이 아래로 깔고 앉는 것이었다.

이어 소산은 격렬하게 양 주먹을 교차시키며 대한의 머리와 얼굴 부위를 무차별적으로 내려치기 시작했다.

퍽!

퍼퍽!

방금 전까지도 서로 술을 권해가며 웃고 즐기는 분위기로 있던 대한의 무리 셋은 그제야 지금의 상황이 결코 느긋하게 구경만 하고 있을 상황이 아니란 것을 깨달은 모양이었다.

와당탕!

앉아 있던 의자들을 거칠게 내동댕이치며 일어선 사내 셋이 소산과 대한이 얽혀 있는 곳을 향해 급하게 달려왔다.

그러나 사내들이 막 예령의 앞을 지나가려는 순간 한 무더기의 날카로운 빛이 그들의 눈앞에서 번뜩였다.

파라랏!

그리고 그 순간 느껴지는 따끔한 느낌에 사내들은 무심코 턱 아래로 손바닥을 가져다 대었다.

이어 손바닥에 묻어 나오는 따뜻하면서도 이질적인 느낌.

그것은 바로 피였다.

"헉!"

"헛!"

급하게 숨 들이켜는 소리가 사내들의 입을 비집고 나왔다.

그런 사내들에게서는 방금까지 전신으로 풍기고 있던 험악함은 온데간데없이 사라졌고, 대신에 불안정하게 흔들리는 눈동자에서는 불안과 공포가 진하게 배어 나왔다.

사내들의 눈앞에는 한 자루 늘씬한 검이 금방이라도 다시 목을 찔러들 듯 그 날카로운 검극을 미미하게 낭창거리고 있었다.

사태를 파악하고 나서 사내들은 다시금 완전히 얼어버렸다.

눈앞의 여인이 언제 검을 뽑았는지조차 그들은 알지 못했다.

그런 중에 그들 세 명의 목에다 한꺼번에 검흔(劍痕)을 만들어놓은 솜씨는 그야말로 귀신같았다.

사내들은 그제야 깨달았다.

여인이 그들과는 다른 세계, 즉 강호무림이라는 별세계에 몸을 담고 있는 무림인이라는 것을.

그중에서도 일검에 주머니 속의 물건을 취하듯 사람의 목숨도 가볍게 취할 수 있는 검의 고수라는 것을.

예령은 아무 일도 없었다는 듯이 잔잔한 미소를 띠며 검을 거두어들였다.

그리고 천천히 고개를 돌려 다시 소산 쪽의 상황을 살폈다.

퍼퍼퍽!

퍼퍼퍼퍽!

그야말로 무차별의 난타였다.

그런 중에,

"이놈! 이놈! 이놈! 네놈이 감히, 감히, 감히 내 몸에다 손을 대었겠다?"

주체 못할 분노로 마구 고함을 내지르는 소산의 모습은 마치 광인(狂人)과도 같았다.

예령은 어이없고 황당한 기색이 되고 말았다.

그러나 소산을 저대로 두었다가는 정말로 대한을 죽이고 말 것 같은 기세였기에, 일단은 다가가서 소산의 팔과 어깨의 혈을 가볍게 틀어잡고 대한으로부터 떨어지게 하였다.

　그때 대한의 얼굴은 온통 터지고 부어올라서 목불인견으로 엉망이 되어 있었다.

　그러나 소산은 여전히 분을 삭이지 못하고 있었다.

　그는 금방이라도 다시 달려들 듯 거친 숨을 씩씩거리고 있었다.

　예령이 소산의 앞을 가로막고 잠시 지켜보다가, 이윽고는 고개를 설레설레 젓고 말았다.

　참으로 특이한 성격이고 황당한 이중성이라고 해야 하지 않겠는가.

　예령이 언뜻 다시금 소산의 얼굴을 보았는데, 광대뼈 부근의 시퍼런 멍 자국을 비롯해 얼굴의 군데군데가 푸릇푸릇하게 멍이 들어 있었다.

　한순간 예령은 짐짓 인상을 써야만 했다.

　창백하다 할 정도로 흰 소산의 얼굴 바탕과 그 푸르스름한 멍 자국들의 사뭇 이질적인 대비(對比), 그리고 잔뜩 헝클어지고 더러워진 그의 백의 문사복이 주는 어색함이 문득 그녀의 입가에 의도하지 않은 웃음기를 만들려 하였기 때문이다.

第七章
도막조우(刀幕遭遇)

지존
석산평전

　소산 등 세 사람은 요기를 마치고 곧바로 객잔을 나섰다.

　아직까지 해가 제법 남아 있기도 했지만, 그보다는 찜찜한 마음이 든 예령이 서두른 때문이었다.

　좀 전의 시비에 대해서는 예령 자신도 잠시의 호기심과 관심으로 지켜보기는 했지만, 지금 그들이 머물고 있는 이곳이 여전히 사천 땅이라는 사실이 이내 그녀로 하여금 그녀 등이 조금도 여유를 부릴 처지가 아니란 점을 되새기게 한 것이었다.

　비록 시비의 상대가 일개 부랑아들에 불과했지만, 강호의 일이란 언제 어떻게 변할지 누구도 짐작하기 어려웠다.

그러기에 예령은 구산서고를 출발할 때부터 아예 시빗거리 자체를 만들지 말자고 다짐하였고, 겸까지 봇짐에 숨겼던 것이 아니던가.

　그런데 이제 겨우 이십여 리를 왔을 뿐인데 벌써부터 처음의 다짐과 긴장이 흐트러져 버렸다는 데 대해서 예령은 자성(自省)하는 마음이 되었다.

　객잔에서의 일로 인해 예령이 가졌던 찜찜함은 곧 현실로 나타났다.

　그녀와 소산 등이 막 마을을 벗어나려고 할 때, 십수 명의 무리가 길을 막았다.

　그들의 손에는 저마다 몽둥이며 봉(棒) 등의 무기가 들려 있었다.

　그중 기다란 봉을 어깨에 걸친 사내 하나가 무리의 앞으로 나섰다.

　"우리 흑웅파(黑雄派)의 식구를 건드린 이상 멀쩡히 성한 몸으로는 파중 땅을 벗어날 수는 없다!"

　선뜻 앞으로 나서려는 소산에 대해 예령이 가만히 소매를 잡아당겼다.

　힐끗 돌아보는 소산의 눈빛에는 예의 그 무작정의 분노와 고집 같은 것이 막 서리고 있는 중이었다.

　그러나 냉정하고 차분한 예령의 눈빛과 마주치자 소산은

슬며시 자신의 격정을 가라앉히는 모습이었다.

예령은 단숨에 기선을 제압하지 않으면 안 되겠다고 작정을 굳혔다.

봇짐 아래쪽에 가로로 누여놓은 검을 슬며시 빼내서 왼쪽 옆구리로 세워 붙이면서 그녀가 한 걸음을 앞으로 내디뎠다.

그러자 선두에 나섰던 봉을 가진 사내를 포함해 앞쪽에 있던 사내 서너 명이 일제히 두려워하는 기색을 띠며 한 걸음씩을 주춤 물러서는 것이었다.

아마도 이미 예령에 대해 말을 들은 바가 있었을 것이고, 또한 앞으로 나서는 그녀에게서 순간적으로 어떤 무형의 예기가 뿜어졌기 때문이리라.

그때였다.

"네가 제법 검을 쓸 줄 안다는 바로 그 계집이냐?"

무리들의 뒤쪽에서 나직한 중에도 힘이 서린 목소리가 들려왔다.

그리고 각기 삼십대 중, 후반쯤으로 보이는 회의 무복의 사내 하나와 백의 무복의 사내 둘이 천천히 앞으로 걸어나왔다.

'무공을 지녔다!'

예령은 세 명의 사내를 보는 순간, 직감적으로 그렇게 판단했다.

목소리에 은근히 서린 내력과 걷는 자세, 그리고 무엇보다도 자연스럽게 몸에 밴 예기(銳氣)가 그랬다.

예령의 얼굴에 언뜻 긴장의 기색이 떠올랐고, 이어 그녀의 입술이 미미하게 달싹였다.

"뒤로 물러나 있으세요!"

귓가에 모깃소리처럼 앵앵거리는 목소리에 소산은 설핏 당황하는 기색이 되고 말았다.

그러나 그 목소리가 바로 예령의 것임을 알아채고는 얼른 당고의 손을 잡아 이끌며 조심스럽게 뒤쪽으로 걸음을 옮기기 시작했다.

그런데 소산과 당고가 뒤로 빠지려는 것을 보고 상대의 무리 중 일부가 슬금슬금 예령의 옆을 멀찍이 돌아서 움직이려는 태세를 보였다.

소산과 당고를 잡을 요량일 것이다.

채앵!

한순간 맑디맑은 검명(劍鳴)이 일더니 예령의 옥수(玉手)에 한 자루의 검이 잡혔다.

그런데 다만 그 산뜻한 발검의 기세만으로도 대여섯 걸음이나 떨어져서 막 예령의 옆을 돌아가려던 일단의 사내들은 움찔 어깨와 목을 추스르면서 마치 못이라도 박힌 듯이 그 자리에 멈추어 서고 말았다.

사내들은 그 순간 시리도록 차갑게 몸을 파고드는 한가닥씩의 섬뜩한 예기를 느낀 것이었다.

"홍청백(紅青白) 삼색검수(三色劍穗)! 그렇다면 검가란 말인가?"

세 사내 중 가운데에 선 회의무복사내가 중얼거리는 말에 예령은 순간 '아차!' 하는 기색으로 되었다.

그녀의 눈이 재빠르게 사내들의 허리춤 어림을 훑었고, 곧 그들의 허리에 매달린 환도(環刀)에 시선이 멈추었다.

그들의 칼 머리[刀首] 끝 부분에 달린 세 개의 둥근 철환(鐵環)!

'삼환도(三環刀)! 도막(刀幕)?'

그렇게 속으로 뇌까리면서 예령은 가늘게 미간을 좁히고 말았다.

예령은 당혹스러워하고 있었다.

되도록이면 피하려고 했던 상황과 정통으로 조우하고 말았기 때문이다.

그러나 그녀가 지금 두려워하고 있는 것은 결코 아니었다.

다만 그녀는 지금 한 가지의 결정을 내리기 위해 아주 잠깐의 갈등을 하고 있는 중이었다.

그런데 예령의 그런 모습에서 회의무복의 사내는 자신의 짐작을 확신하게 된 모양이었다.

"호? 언제부터 검가의 제자가 감히 사천 땅에 들어와서 활보하고 다닐 간담을 가지게 되었지? 더욱이 사람까지 상하게 하다니?"

예령은 여전히 아무 말도 하지 않았다.

그러나 그녀의 내심에서는 이제 막 갈등을 끝내고 한 가지의 결정이 내려지고 있었다.

'셋만 죽인다!'

그녀가 잠시 갈등했던 것은 바로 사람을 죽이는 것에 대해서였다.

기왕에 도막과 시비가 얽히게 된 이상, 말로써 해결될 것이라는 기대는 버려야만 했다.

그렇다면 그녀가 선택할 수 있는 최선은 여하히 안전하게 도막의 세력권 내에서 벗어날 수 있느냐 하는 것이 될 수밖에 없었다.

그런 측면에서 우선은 이 자리 이후의 도막의 추격 가능성을 미연에 차단해야만 하는 것이었고, 나아가 그들의 추격을 가정하더라도 그녀와 소산 등이 이곳으로부터 조금이라도 더 멀리 벗어날 시간을 벌어야만 했다.

그러기 위해서는 눈앞의 무리를 제거하여 입을 막는 것이 가장 시급하고도 효과적인 방법일 것이다.

그러나 그런 분명한 계산에도 불구하고 그녀가 갈등하지 않을 수 없었던 이유는 바로 일부만 죽일 것인지, 아니면 모두 다를 죽일 것인지에 대한 선택 때문이었다.

그녀가 판단하기에, 무복 차림의 세 사내는 도막의 제자임에 분명하였으나, 나머지 십여 명의 무리는 객잔에서 시비가 붙었던 자들과 한패로, 다만 동네 부랑아들일 뿐이었다.

그런데 예령이 도막의 제자 셋을 죽인다는 것에는 그다지 갈등할 이유가 없다고 해야겠으나, 무공도 없이 그저 동네에서 조금 거들먹거리며 뚝심만 자랑할 뿐인 나머지 부랑배들마저 다 죽인다는 것은 문제가 달랐다.

강호에서 무인(武人)을 살상하는 것과, 무인이 아닌 범부(凡夫)를 살상하는 것은 엄연히 달랐다.

전자는 일단 강호에 발을 들인 자들에게 필연적일 수밖에 없는 강자존(强者存)의 율법과 무인의 숙명만으로도 최소한의 정당화가 될 수 있을 것이나, 후자는 그 어떤 명분으로도 정당화되기 어려운, 말 그대로 도살일 수밖에 없는 것이었다.

예령의 눈빛에 찰나적으로 뇌전(雷箭)과도 같은 살기가 스치는 순간 그녀의 검은 이미 한줄기의 빛을 뿌렸다.

파앗!

예령의 그 일검은 눈으로는 쫓기 어려운 한가닥의 섬광과도 같은 쾌검이었다.

그러기에 어떠한 변화도 없이 단순한 직선으로만 곧장 찔러온 그 일검에 대해 회의무복사내는 다만 어깨를 움찔하였을 뿐, 미처 허리에 걸린 칼을 뽑지도 못한 채 그대로 목을 관통당하고 말았다.

"컥!"

답답한 비명과 함께 사내의 두 눈이 한껏 치켜떠졌다.

그린 사내의 두 눈은 불신과 함께 마지막으로 자신의 방심에 대한 자책을 담고 있는 듯했다.

상대가 여인이라는 것, 그것도 절세 미모의 젊은 여자라는 것.

이곳이 바로 자신들의 관할권이라는 데 대한 은연중의 안심과 자신감.

나머지 파락호 패거리들에 대해서야 믿을 게 없었지만, 반걸음 뒤에서 자신의 좌우를 지키고 있는, 비록 자신만 못한 삼급제자에 불과하지만 그래도 도막의 제자임에 분명한 두 사람에 대한 든든함.

그리고 무엇보다도 현존하는 팔왕 중의 한 사람을 보유한 도막의 제자로서, 비록 지난 세월 중 한때는 치열하게 경쟁하던 관계였으나 이제는 도저히 비교가 될 수 없을 정도로 그 세가 기울어 버린 검가의 제자에 대해 가지는 뚜렷한 우월감 등등.

그러한 여러 가지의 상황이 사내로 하여금 설마 예령이 이모저모를 견주어보지도 않고 다짜고짜 살수를 펼칠 엄두를 내지는 못할 것이라고, 그 스스로도 모르게 방심을 하게 만드는 데가 있었을 것이다.

추릿!

호선(弧線)을 그리며 거두어지는 예령의 검을 따라 회의무복사내의 목으로부터 세찬 피의 분출이 이루어지고 있었다.

이어 사내의 몸이 나무토막처럼 뒤로 넘어갔다.

남은 백의 무복의 두 사내는 순간적으로 얼어붙어 버린 듯 했지만, 이내 경악과 공포를 극복하고 도를 뽑아 들었다.

그러나 이미 늦었다.

예령의 검이 다시금 번쩍하고 허공을 가른 것이다.

서격!

길게 가슴이 베어진 사내 하나가 처절한 비명을 토해냈다.

"으악!"

동시에 절개된 사내의 가슴으로부터 엄청난 양의 피가 거세게 분출되었다.

촤아악!

예령은 일시 흠칫하며 주춤 한 걸음을 뒤로 물러섰다.

아마도 자신에게까지 튀고 있는 피에 대해 어떤 본능적인 거부감을 느낀 때문인 것 같았다.

그 틈을 타 나머지 한 명의 백의무복사내가 돌연 방향을 돌려 몸을 날렸다.

도주를 택한 것이었다.

그리고 그때쯤 극심한 공포의 짓누름에서 겨우 몸을 움직일 수 있게 된 파락호 패거리 또한 혼비백산한 모습으로 사방으로 흩어져 달아나기 시작했다.

순간 예령의 눈매가 다시 매서워졌다.

이어 그녀의 신형은 곧바로 허공으로 도약해 올랐다.

예령의 신형이 백의무복사내를 따라잡은 것은 사내가 미처 사 장(四丈)여도 채 도망치지 못했을 때였다.

서걱!

바로 등 뒤에서 위에서 아래로 비스듬히 내리그은 예령의 일검에 사내의 입에서 처절한 비명이 터져 나왔다.

"크아악!"

그러나 달려가던 탄력 때문인지 사내는 바로 쓰러지지 않고 등이 허옇게 갈라진 채로 서너 걸음이나 더 나아가서 바닥으로 고꾸라졌다.

바닥에 쓰러진 채 갈라진 등으로 뭉클거리는 피를 토해내고 있는 사내의 처참한 사체(死體)로부터 예령은 차라리 돌아서 버렸다.

이미 해가 한참이나 넘어가 버린 서산마루에는 불그스름한 낙조(落照)의 마지막 빛무리가 안간힘으로 걸려 있었다.

그런 중에 아직도 허공에 울리고 있는 듯한 방금 전의 일련의 비명의 여운은 그 쓸쓸한 광경에 스산함을 더해놓고 있었다.

그때 한자락 소슬바람이 땀으로 흠뻑 젖은 예령의 이마를 스쳤다.

그 덕에 예령은 불현듯 부르르 몸을 떨고 말았다.

그리고 그녀는 그제야 자신이 살인을 저질렀다는 분명한

자각을 할 수 있었다.

사실 그녀에게는 이번이 첫 살인이었다.

한 사람의 무인으로 험난한 강호를 살아가야 하기에, 그리고 일생을 검의 길을 걷기로 한 검사(劍士)이기에 그녀에게 살인은 어쩌면 필연적으로 거쳐야만 하는 숙명 같은 것이라고 해야만 할 것이다.

더욱이 방금의 살인에는 그들을 그대로 보냈다가는 당장에 그녀와 소산에게 심각한 위험이 뒤따른다는 절박한 사정과, 그것이 부여해 주는 타당성이 있었다.

그러나 살인은 살인이었다.

이제 문득 소슬바람에 정신을 차리고 보니, 위험에 대한 절박한 사정보다는 자신이 사람을 죽였다는 현실이 일시 감당하기 버거운 무게로 다가오는 것이었다.

예령은 힘겨운 중에 문득 몰려드는 견디기 어려울 만큼의 피곤과 허탈감을 느꼈다.

그때 막연히 먼 곳을 향해 둔 예령의 시선에 언뜻 소산의 모습이 잡혔다.

그는 그녀를 향해 달려오고 있었다.

그런 소산의 뒤를 바늘에 실 가듯이 당고가 뒤따르고 있었다.

그때 만약 예령이 좀 더 주의 깊게 보았다면 당고의 움직임에서 상당히 흥미로운 특이점을 발견하였을 것이다.

당고는 지금 거의 무릎을 굽히지 않고서 그야말로 미끄러지는 듯한 특이한 방법으로 걷고 있었다.

그런데 분명히 걷고 있음에도 그녀는 오히려 뛰는 소산에 조금도 뒤처지지 않았고, 오히려 여유가 있어 보였다.

그러나 예령에게는 지금 그런 것에 대해서까지 눈여겨볼 마음의 여유가 없었다.

"괜찮으십니까?"

아직까지는 약간의 모호함이 남아 있는 예령의 인식 속에서 소산이 묻고 있었다.

그리고 예령은 언뜻 소산의 물음에 진심으로 그녀를 걱정하는 진정이 담겨 있는 것 같다는 느낌을 떠올렸다.

소산은 걱정스러운 표정 중에도 담담한 눈빛으로 그녀를 바라보고 있었다.

그 눈빛의 담담함은 그녀에게 마치 너무 신경 쓰지 말라는 듯이 기왕에 저질러진 일이니 마음을 편하게 가지라는 듯이 와 닿았다.

그것은 어쩌면 그녀의 지금 심정이 누구에게라도 어떤 위안을 받고 싶어하고 있었기에 막연히 그렇게 여겨지는 것인지도 몰랐다.

순간 그녀는 자꾸만 나약해지려는 스스로의 심경에서 벗어나기 위해, 문득 소산의 도무지 서생답지 않은 특이점에 잠시 주목하기로 하였다.

이미 몇 차례 겪은 바이지만, 이럴 때의 소산은 도무지 서생다워 보이지가 않았다.

그녀가 들고 있는 피 묻은 검에도, 나아가 바로 몇 걸음 뒤에 펼쳐져 있는 처참한 주검에 대해서도 그는 조금의 거부감도 느끼지 않고 있는 것 같았다.

예령은 소산의 그런 특이한 점에서 다시금 자신의 첫 살인에 대한 당위성을 찾고 있었다.

어차피 검의 길을 숙명으로 안고 살아가야 할 그녀에게 살인은 지금이 아니었어도 언젠가는 넘어서야만 하는 하나의 관문 같은 것이었다.

다만 조금 일찍, 그리고 미처 그 관문에 대한 마음의 준비를 갖출 틈도 없이 급하게 통과해 버렸을 뿐이다.

그러나 어쩌면 차라리 잘된 일일 수도 있었다.

살인에 대한 갈등과 두려움, 괴로움을 그나마 덜 겪은 셈이 되었는지도 모르니까 말이다.

"휴우!"

이윽고 예령은 긴 한숨을 불어 내쉬었다.

그리고 문득 소산에게 물었다.

"살인하는 광경, 처음인가요?"

소산은 별다른 감흥이 없는 듯 그저 덤덤하게 대답했다.

"예."

그래 놓고는 언뜻 무슨 생각이 들었는지 그가 곧이어 물었다.

"소저는 혹시 이전에도 사람을 베어본 적이 있습니까?"

그 질문에 대해 예령이 조금은 과장되게 웃음소리를 내며 답했다.

"호호호! 강호에 몸을 담은 사람이라면 이미 검 하나에 모든 것을 걸 운명이 된 것이죠. 그러니 베고 베이는 것과, 나아가 죽이고 죽임을 당하는 것은 특별한 일이 될 수 없지요."

그렇게 예령은 스스로의 심정을 다잡고 있었다.

또한 그럼으로써 스스로를 추스려 이윽고 그녀는 온전한 현실의 상황으로 되돌아올 수 있었다.

지금 무엇보다 중요하고도 시급한 것은 감상에 젖어 있을 때가 아니란 점이었다.

이제 곧 도막에 소식이 전해질 것이고, 그렇다면 촌각도 지체하지 말고 시급히 이곳을 벗어나야만 했다.

*　　　*　　　*

처참한 살인의 현장을 벗어나 급한 걸음을 걸은 지 이미 반 시진여가 지나고 있었다.

애초에 동남쪽으로 방향을 잡았던 그들은 지금 다시 서북쪽으로 방향을 돌려서 오히려 대파산맥 쪽을 향하고 있었다.

그러나 예령은 그에 대한 해명 없이 그저 말없이 걷고만 있

었고, 소산과 당고 또한 바쁜 걸음으로 예령의 뒤를 쫓아가고
만 있었다.

예령이 이윽고 입을 연 것은, 그들이 파중 지역을 완전히
벗어나서 그 지세만으로도 이미 대파산의 산자락에 접어들었
음이 완연해 보이는 구릉지대로 들어서고 난 다음이었다.

"잠시 쉬었다 가도록 해요!"

예령은 그제야 자신이 급한 마음에 너무 걸음을 서둘렀다
는 생각을 한 것이다.

비록 신법을 펼친 것은 아니었지만, 그래도 반 시진가량이
나 쉬지 않고 속보로 걸어왔으니 소산으로서는 힘에 겨울 것
이 분명하였다.

평평한 바위에 걸터앉아 잠시 쉬는 동안, 예령은 소산이 묻
지 않았음에도 스스로 자신의 가문인 검가와 도막의 오래된
은원 관계에 대해 말을 꺼냈다.

그 얘기는 사실 무림인이라면 웬만큼 다 아는 얘기이긴 했
지만, 그래도 막상 검가의 후예인 예령의 입장에서는 말을 하
기에 아무래도 거슬리는 데가 있는 얘기였다.

그럼에도 예령이 굳이 그것에 관한 얘기를 꺼내는 것은, 일
이 여기까지 온 이상에는 소산에게 알려주는 것이 도리일 것
이라고 생각했기 때문이다.

아울러 그녀가 이미 바꾸려고 작정한 바 있는 지금부터의

그들의 행로에 대해서 어쨌든 이 여정의 주관자인 소산의 이해와 승낙을 구해야 할 필요가 있다고 생각했기 때문이기도 했다.

무림에서는 여러 가지의 이유에 의해 문파 간의 대립이 존재할 수밖에 없다.

그것은 굳이 정사(正邪) 간의 구분 때문만이 아니라, 선대의 어떤 특정한 원한이 동기가 되는 경우도 있고, 특정 지역의 관할권이나 이득권을 두고서, 혹은 추구하는 이념이나 무도(武道)의 상이함 때문에 등등의 수없이 다양한 이유로 서로 간에 날카로운 대립 각을 세우게 되는 것이다.

그리고 어떤 경우에 그런 대립은 대를 이어서, 그리고 자존심을 넘어 문파의 존망을 건 극한의 전쟁으로 치닫기도 한다.

검가(劍家)와 도막(刀幕)!

그들 두 가문 또한 바로 그런 경우라고 할 수 있었다.

그들은 이미 이백여 년 이전부터 첨예한 대립 각을 세워오고 있었다.

그러나 그들의 전통적 대립이 전(全) 무림에 알려지고 또한 유명해지게 된 것은 지금으로부터 약 일 갑자 전쯤이었다.

그때야말로 두 문파가 각기 검왕(劍王)과 도왕(刀王)이라는, 팔왕 중의 두 사람을 배출한 때인 것이다.

검왕과 도왕은 일생 동안 몇 차례의 비무를 가졌으나 결국 승부를 가리지 못했다.

그런 치열한 경쟁 속에서 끊임없는 자극과 발전의 동기를 부여받으며, 마침내는 두 사람이 모두 팔왕의 위(位)를 차지하는 무인으로서 최고의 성취를 이룰 수 있었을 것이기에 그들은 서로에게 다시없는 필생의 호적수라고 해도 좋을 것이다.

그러나 강자존의 강호 철칙에 대한 세상의 집요한 관심과 요구, 그리고 그들이 각기 소속된 문파의 꿈과 명예를 대표하고 있는 입장이라는 점에서, 더욱이 그 두 문파가 이미 오래 전부터 서로 대립해 오고 있었다는 점에서 두 사람은 결국 상극의 숙적이 될 수밖에 없는 운명이었다.

검왕과 도왕이 각기 팔왕 중의 일인으로 강호에 군림할 때만 해도 검가와 도막 또한 서로 팽팽한 호각지세의 균형을 유지하며 성세(盛勢)를 누렸다.

그러던 중 한때 두 문파에 대한 강호인들의 평가가 검가 쪽에 약간의 무게를 더 둔 적도 있었는데, 그것은 바로 도막이 대대로 이어오던 터전을 사천(四川)의 성도(成都)로 옮긴 일 때문이었다.

본래 검가와 도막은 같은 산동(山東) 땅에서 태산(泰山)을 사이에 두고 각기 제남(齊南)과 태안(泰安)에 그 터전을 잡고 있었다.

어쩌면 그들 두 문파의 오래된 대립의 시작은 한 산에 두 마리 호랑이가 공존할 수 없다는 이치에 의해 비롯되었는지도 몰랐다.

그러나 사실을 알고 보면, 도막이 그 터전을 옮기게 된 것은 자파의 백년대계를 위함이었다.

사천의 성도는 강호오대세가의 반열에서 빠지지 않던 명문세가인 당가(唐家)의 전통적 터전이었는데, 당시 그곳은 마침 무주공산(無主空山)으로 비어 있었던 것이다.

당시로부터 사십여 년 전, 그러니까 지금으로부터 백여 년 전에 급격한 쇠락의 길을 걷던 사천당가는 결국 패망하였고, 그런 이후에 그 터전에 욕심을 내는 문파는 많았으나 누구도 감히 아미(峨嵋)와 청성(靑城) 등 쟁쟁한 주변 문파들의 삼엄한 견제를 무시하고 그곳을 차지하겠다고 선뜻 나서지 못하고 있는 상황이었다.

그러던 터에 도막이 과감히 그 땅을 자신들의 새로운 터전으로 선언하고 들어앉아 버린 것이다.

도막의 그러한 과감한 행보는 역시 팔왕 중의 일인인 도왕의 웅명(雄名)과 위세가 있었기에 가능한 일이었다.

어쨌든 그럼으로써 도막은 사천 땅의 새로운 강자로서 기존의 사천당가를 능가하는 성세를 구가하게 되었다.

한편, 도막이 사천의 성도로 터전을 옮기고 난 뒤부터, 그리고 그럼으로써 세간의 평가가 검가 쪽의 상대적 우세를 점치기 시작한 다음부터 검가와 도막 간의 대립은 한층 더 첨예한 상황으로 치닫는 듯했다.

세상에 참기 어려운 일 중 하나가 바로 자존심과 명예를 다치는 일이 아니던가.

개인의 자존심과 명예도 그러하지만, 그것이 가문과 문파로 확대되었을 때는 더 말할 것이 없을 일이다.

그리고 자존심과 명예의 흔한 속성 중 하나는, 그 실상이 그렇지 않다고 하더라도 세상의 소문과 잣대가 임의로 만들어내는 바가 그렇다면, 또 어쩔 수 없이 그 소문과 잣대를 따라가 버리고 만다는 점일 것이다.

그리고 그 실상이 저절로 바로잡히는 데는 실로 오랜 시간을 필요로 하는 것이 일반적이다.

그리하여 사실과 다른 평가로 인해 자존심과 명예를 잃었다고 생각하는 사람들은 그 오랜 시간을 묵묵히 기다리는 대신에 결국은 스스로의 힘으로 잘못된 세간의 소문과 잣대를 바로잡으려고 하는 것이다.

그런데 검가와 도막 두 문파 간의 팽팽하던 힘의 균형은 그야말로 한순간에 허물어져 버리고 말았다.

바로 삼십여 년 전, 검왕의 갑작스러운 타계 때문이었다.

당시 여든의 나이였으나 이미 화경(化境)에 접어든 검왕의 무공을 보았을 때, 그가 그토록 갑자기 타계할 것이라고 생각한 사람은 아무도 없었다.

그리고 비록 당시에는 이미 검왕 자신이나 도왕을 포함한 팔왕의 대부분이 강호 활동을 접고 다만 보이지 않는 군림을 하고 있는 입장이긴 했지만, 그들 팔왕 중의 일인이 배후로 버티고 있는 문파와 그렇지 못한 문파의 차이는 엄청나다고 해야만 했다.

당장에 세상의 인심부터 냉정하게 돌아섰다.

검가의 명성은 급하게 기울었고, 도막의 명성은 상대적으로 빛이 났다.

게다가 후예들의 자질과 성취라는 관점에서도 검가의 운(運)은 도막의 운을 따르지 못했다.

검왕의 사후(死後), 검왕의 독자(獨子)이자 예령의 조부가 되는 예둔(芮芚)은 기울어가는 가문의 성세를 다시 일으키려고 절치부심했으나, 세간의 평가는 그의 성취에 대해 검왕의 경지에서 한참이나 퇴보했다는 것이다.

그리하여 예둔은 부친인 검왕의 명예로운 별호를 잇지 못하고, 다만 검군(劍君)의 별호로만 불리게 되었다.

그러니 당연히 검가의 성세 또한 날이 갈수록 속수무책으로 기울어가기만 했다.

도막의 사정은 검가와는 사뭇 대조적이었다.

도왕의 아들이자 당금 도막의 막주(幕主)인 모익(牟益)은 부친인 도왕에 이어 강호에서 이대도왕(二代刀王)의 별호를 인정받는 성취를 이루었다.

더욱이 모익의 아들인 모중(牟仲) 역시도 이제 막 불혹을 넘긴 나이에 벌써 가문 도법의 성취가 경지에 이른 것으로 알려져서, 향후에 능히 삼대도왕(三代刀王)의 별호를 이을 만하다는 평가를 받고 있는 중이었다.

뿐만 아니라, 다시 그 후대인 모중의 아들 모룡(牟龍) 역시 이제 약관을 갓 넘긴 나이에 이미 그 자질과 도재(刀才)를 뽐내고 있어 사천 땅 인근에서는 그의 이름을 모르는 사람이 없을 정도였다.

그런 만큼 도막의 성세는 나날이 그 융성의 정도를 더하고 있는 중이었다.

그렇게 성쇠가 서로 분명하게 엇갈리는 중에도 검가와 도막의 대립이 표면적으로, 혹은 은연중에 지속되고 있는 데는 지금으로부터 십오 년 전에 일어난 하나의 사건 때문이었다.

그 사건으로 인해 두 문파의 관계는 도저히 돌이킬 수 없는 파국에 이르렀고, 이윽고는 불공대천의 원수지간이 되고 만 것이었다.

십오 년 전 그때,

도왕의 손자인 모중은 장차 도막을 이을 후계자로서의 수련차 강호행도를 하던 중, 도막의 옛 터전인 태안을 둘러보고 나서 태산을 넘어 제남에 이르렀다.

그런데 제남이야말로 바로 검가가 있는 곳이 아니던가.

모중의 그러한 행로가 당시 이십대 중반이었던 그가 청년으로서의 호기, 그리고 도막의 후계자로서의 우월감을 앞세운 의도적인 것이었는지, 혹은 그저 우연한 것인지는 알 수 없었다.

그러나 어쨌든 그가 제남 땅에 발을 디딘 이상, 검왕의 손자이며 예령의 부친이기도 한 예활(芮闊)과의 대결은 어쩌면 필연적이었을 것이다.

또래의 두 청년은 가문의 명예를 대표한다는 의무감과, 또한 각자 검과 도를 연마하는 젊은 무인으로서의 호승심을 억누르지 못하고 생사결을 벌였고, 그 결과는 예활의 죽음으로 끝이 났다.

당시 승부가 끝난 뒤에야 그 사실을 접하게 된 예둔은 아들의 목숨을 거둔 모중을 응징하는 대신에 조용히 아들의 시신을 수습하였다.

아들인 예활과 모중의 대결이 무인끼리의 정당한 비무였음을 인정한 것이다.

그러나 아무리 정당한 비무였다고는 하지만 어찌 혈육을 잃은 비통과 원한이 없을 것인가?

예둔은 모중을 향해 언젠가 검가의 후예가 오늘의 패배를 피로써 되갚아줄 것임을 처절한 심정으로 선언하였다.

그 이후로 무가로서의 검가는 더 이상 강호에서 말석(末席)이라도 한자리를 차지하기 어렵게 되었고, 견디기 어려운 무시와 모멸을 감수하여야만 했다.

그리고 그때 겨우 네 살이었던 예령 또한 모진 시련을 겪어야만 했다.

졸지에 부군을 잃은 충격 때문이었는지 예령의 모친이 그해를 넘기지 못하고 병사(病死)하고 말았으므로, 예령은 조부인 예둔의 손에서 자라야만 했다.

다행히 예령은 최소한 예둔과 예활을 훨씬 능가하는 검사(劍士)로서의 타고난 자질을 보였다.

예둔은 손녀의 타고난 자질을 잘 계발시키고 발전시킬 수 있도록 뒷받침만 해준다면, 그녀가 능히 검왕의 경지에 오를 수 있을 것이라고 굳게 믿었다.

그랬기에 그때부터 예둔은 예령에게 자신과 가문의 모든 것을 다 걸었던 것이다.

나아가 예둔은 손녀가 다만 검왕의 경지에 오르는 것에 그치지 않고 검왕을 오히려 능가하는 일대의 검후(劍后)가 되기를 바랐다.

그렇다면 검왕지학(劍王之學)만으로는 충분치 못한 것이었고, 단 한 가지의 가능성이 있다면 검왕지학의 토대가 된 가문 전래의 고비급(古秘級), 즉 무상검결에서 아직까지 완전히 해석되지 않은 미지의 부분에 집착하지 않을 수가 없었다.

그리하여 지금에 이르러 예령이 그토록이나 무상검결에 애착을 가지게 된 것이었다.

"팔왕이 그렇게나 대단한 인물들입니까?"

"홋! 대단하지요. 무림 유사 이래 최강의 신화로 불리는 팔종(八宗)의 뒤를 이어 당금에 이르러서도 엄연한 강호의 실질적 지배자로 군림하고 있는 절대자들인걸요."

"아아! 그렇다면 팔왕의 위에 그들보다 더욱 대단한 팔종이란 존재가 또 있다는 말입니까?"

호기심으로 가득해지는 소산에 대해 예령은 잠시 생각을 정리한 후에 대답을 내놓았다.

"팔종에 대해서는 강호에 노래처럼 떠도는 몇 구절로 간단히 설명을 대신할 수 있겠군요."

그녀를 바라보는 소산의 눈빛은 더욱 진한 호기심으로 물들었다.

예령이 가만히 읊조리듯이 입을 열었다.

"팔종 중의 최고는 단연 천공(天公)인데, 그는 능히 고금제일을 다툴 만하다. 지백(地佰)과 인극(人克)이 나란히 그 아래에 있는데, 그들 둘 각자로는 천공을 당할 수 없되 그들 둘이 합치면 능히 천공을 감당할 정도이다. 독제(毒帝), 화혼(火魂), 검신(劍神), 금괴(金怪), 무영귀(無影鬼)의 다섯은 서로 우열을 논하기 어렵되, 그들 중 둘이 합치면 능히 지백과 인극 중의 하나를 감당할 정도이다."

읊조리기를 마치고 예령이 보니, 소산은 넋을 잃은 듯한 표정 중에도 가만히 중얼거리며 그녀의 말을 다시 되새기고 있는 모습이었다.

"팔종 중의 최고는 단연 천공(天公)인데, 그는 능히 고금제
일을 다툴 만하다."

"팔왕은 각기 무공의 한 분야에서 최고의 경지에 오른 팔
인을 지칭하는 것이죠."

"그 분야라는 것은 어떤 것입니까?"

"호호호! 사실은 저도 이때까지 그들 중의 단 한 사람도 만
나본 적이 없는걸요? 다만 그들 팔왕의 별호를 보자면, 각기
검도창비권암살투(劍刀槍匕拳暗殺鬪)의 글자가 포함되어 있
는데, 그것이 곧 그들의 분야를 나타내 주는 것이라고 하죠."

소산은 잠시 어떤 공상에라도 빠져 있는 듯하더니, 이내 퍼
뜩 깨어나는 기색으로 다시 물었다.

"만약 팔종과 팔왕을 굳이 비교한다면 어찌 되겠습니까?"

"글쎄요. 그것은 참으로 대답하기가 어려운 질문이군요."

그리고 예령은 정말로 어렵다는 듯이 잠시 동안 가만히 생
각을 정리하는 모습이다가 문득 말을 시작했다.

"굳이 비교하자면 여러 가지 측면으로 비교를 할 수 있겠
으나, 단적으로 요약하자면 이런 정도가 되겠네요. 팔종은 이
미 완성에 이른 인물들이고, 팔왕은 완성에 가까이 다가가 있
는 인물들이라고. 하지만 팔종이 길게는 이 갑자 이전부터 짧
게는 일 갑자 전에 이미 그 종적을 보았다는 사람이 없으니,
항간에서는 그들의 귀천(歸天)을 공공연히 말하기도 하죠. 그

렇다면 역시 강호를 떠나 은거하고 있기는 하지만, 대부분 각자의 기반을 가지고서 지금도 건재하고 있는 팔왕이야말로 당금 강호의 실질적인 절대자들임에 분명한 것이겠죠."

소산의 질문은 조금 엉뚱한 쪽으로 흐르고 있었다.

"팔종이나 팔왕 그들처럼 되면 무엇을 얻을 수 있습니까?"

예령은 눈가로 희미하게 웃음기를 떠올렸다.

그리고 사뭇 가벼운 투로 대답했다.

"무소불위(無所不爲)! 원하는 것은 무엇이든!"

소산이 다시 물었다.

"무공을 익히면 그들처럼 될 수 있습니까?"

예령이 이번에는 보다 표시나게 피식 실소하며 대답했다.

"훗! 그들은 무공의 길에 들어선 모든 사람들에게 목표이자 꿈이 되는 사람들이에요. 누구나 그들처럼 되기를 꿈에서도 소망하죠. 그러나 무작정 무공을 익힌다고 해서 누구나 그들처럼 될 수 있는 것은 아니에요. 우선은 최고의 자질을 갖추고 훌륭한 스승의 지도를 받아야 하며, 평생 동안 혼신을 다할 각오와 피나는 노력이 있어야겠죠. 그러나 그것만으로 충분한 것은 아니에요. 그런 것에 더하여 다시 천우신조(天佑神助), 즉 하늘과 신령의 도움이 있어야만 그들과 같은 성취에 이를 수 있죠."

예령은 가만히 웃고 있었다.

그녀의 시선이 머문 곳에는 몽롱한 눈빛의 소산이 마치 어떤 꿈을 그리고 있는 듯하였다.

아무리 허황되더라도 다만 꿈을 꾸는 것은 누구나 할 수 있는 일이다.

그러나 또한 아무리 허황되더라도 꿈을 꾼다는 것은, 꿈을 꿀 수 있다는 것은 그 자체만으로도 이미 좋은 일이 아니겠는가.

"꼭 항주를 경유해서 대운하를 타고 연경으로 가야 할 피치 못할 이유라도 있나요?"

예령은 이제야 행로를 바꾸는 것에 관해 말을 꺼내고 있었다.

그런데 소산은 별생각하는 기색도 없이 간단히 고개를 가로저었다.

그런 소산의 기색이 너무도 덤덤하여 예령은 차라리 맥이 빠지는 느낌마저 들었다.

'그럼 정말로 별다른 이유도 없이 그저 기분대로 그 먼 길을 돌아갈 작정이었다는 말인가?'

새삼 소산의 사고방식이 너무 제멋대로란 생각을 하면서도, 한편으로 예령은 한시름을 더는 심정이 되었다.

"그렇다면… 행로를 곧장 대파산맥을 넘어 섬서와 산서, 그리고 하북을 통해 연경으로 가는 것으로 바꾼다면, 우리는 오히려 일정을 단축할 수 있을 텐데… 공자의 생각은 어떠한지……?"

예령은 한순간 당혹스러운 표정이 되고 말았다.

소산이 언뜻 주저하는 기색으로 되더니, 돌연 안색을 불안정하게 변화시키고 있었기 때문이다.

"혹시 무슨 문제가 있나요?"

예령이 조심스러운 심정이 되어 물었다.

그러자 소산은 사뭇 굳은 안색으로 되어서는,

"아니오! 아니오! 아니오!"

하고 세 번씩이나 강조하여 대답을 하는 것이었다.

그 지나친 부정에 예령은 일시적으로 얼떨떨해지고 말았다.

그때 소산이 사뭇 힘겨워 보이는 기색으로 다시 덧붙이고 있었다.

"아아! 이것은 다만… 다만 내 마음의 어떤 고질병 때문이니 소저는 조금도 개의치 마시기 바랍니다."

예령이 어리둥절한 중에 놀라며 물었다.

"고질병이라고 하면… 어떤……?"

"아니오! 아니오! 음! 음! 이를테면… 한번 결정해 놓은 것을 다시 바꾸기 힘들어하는 그런 것입니다."

예령으로서는 소산이 지금 보이고 있는 모습에 대해 선뜻 이해하기가 쉽지 않았다.

마치 제풀에 심술이 난 어린아이가 괜한 트집을 잡는 듯하지 않은가.

그러면서도 소산은 스스로의 그런 모습에 대해 지레 괴로워하고 있는 듯이 보였다.

소산은 마치 주고받듯이 혼잣말을 중얼거리고 있는 중이
었다.

예령이 잠시 어찌할 바를 모르고 그저 망연히 지켜만 보고
있는데, 소산이 문득 본래의 기색으로 돌아오며 나직이 외치
는 것이었다.

"좋아!"

"예?"

놀란 얼굴로 묻는 예령에 대해 소산은 자신이 언제 이상한
모습을 보였느냐는 듯이 짐짓 쾌활하게 웃으며 말했다.

"하하하! 이제 결정을 바꾸었으니 소저가 말씀하신 대로
행로를 바꾸어도 좋다는 것입니다."

예령이 '예?' 하고 다시 반문하였다가, 이내 '예!' 하고 수
긍의 말을 내놓았다.

그때 예령은 문득 소산의 이마에 촉촉이 배어 올라온 습기
를 보았다.

땀이었다.

순간 예령은 자신도 모르게 내심으로 탄식을 흘리고 말았다.

'아아!'

그 자세한 전후 사정이야 예령으로서는 짐작을 할 수 없는
것이지만, 한 가지 분명한 것은 소산이 방금의 결정을 내리는
데 그만큼 힘이 들었다는 사실이다.

그리고 어쨌든 예령 자신으로 인해 그 원인 제공이 된 것이니, 그녀는 새삼 미안한 마음이 드는 것이었다.

여유있게 휴식을 취하고 있을 처지가 아니었기에 예령은 다시 길을 서둘렀다.

도막에서 사정을 파악하고 본격적으로 추격을 해오기 전에 그들의 영향 권역에서 조금이라도 더 벗어나야 할 것인데, 문제는 역시 무공이 없는 소산과 당고였다.

그렇다고 예령 그녀가 양손에 한 사람씩을 달고서 내쳐 신법을 펼쳐 달릴 만한 내공의 보유자는 아닌 것이다.

*   *   *

도막의 청천(靑川) 지부(支部).

대파산맥을 경계로 하여 감숙 지역과 섬서 지역으로 진출해 있는 도막의 조직과 인력에 대한 중간 연결고리 및 지원 역할을 하는 곳이다.

"알아보았느냐?"

지부장 방숙(邦宿)의 물음에 방금 바깥에서 돌아온 수하 하나가 대답했다.

"흉수들은 아마도 대파산맥을 넘으려는 것 같습니다."

방숙이 가만히 고개를 끄덕였다.

"역시 사천 땅을 통과하여 내륙으로 빠져나가기보다는 대파 산중의 험준한 산세에 의지하여 도망을 치겠다는 속셈이로군. 그래, 놈들의 행적에서 혹시 또 다른 방조자들과의 합류 흔적은 없더냐?"

"예! 몇 명의 목격자들을 확보할 수 있었는데, 그들은 여전히 계집 둘에 서생 하나라고 했습니다."

방숙이 옆에 서 있던 부지부장을 향해 물었다.

"상황을 보고한 후 본가(本家)에서 내려온 지시 사항은 없었는가?"

"즉시 흉수를 추격하여 생포하되, 지부장님의 상황 판단에 따라서 그들의 생사를 현장에서 결정해도 좋다고 하였습니다. 그리고 마침 모룡(牟龍) 소공자께서 인근 지역을 시찰 중이니 흉수들의 종적에 따라서는 추격에 합류를 시킬 수도 있다고 하였습니다."

"모룡 공자가……?"

방숙이 부지부장을 향해 설핏 이마를 찌푸렸다가 다시 펴며 말했다.

"흠! 어쩌면 나와 자네에게 문책의 정도를 낮출 기회가 될지도 모르겠군."

"예?"

"어쨌든 이번 사건은 우리 지부 소속의 제자가 하찮은 동네 파락호들과 어울려 일으킨 사고가 아닌가? 그렇다면 우선의 급한 상황이 정리된 다음에는 나와 자네에 대한 문책이 없을 수는 없는 일이 아니겠나? 기강 해이에다 지휘 감독 소홀에 대한 책임은 결코 가볍다고 할 수 없는 것이지."

"음!"

"한데 만약 모룡 공자가 흉수들을 추격하는 데 합류한다면 우리 입장에서는 그러한 상황이 다소간 완화될 수도 있을 것이란 말일세."

"어떤 측면에서 그렇다는 말씀이신지……?"

"허허허! 모룡 공자는 언젠가 본 막(本幕)을 물려받을 입장이 아닌가? 그렇다면 지금의 이런 경우는 그에게 쉽게 접하기 어려운 좋은 경험이 될 것이란 거지. 하니, 우리가 그와 함께 큰 탈 없이 흉수들을 추격하여 생포한다면 비록 선과(先過)가 있지만 어쨌든 새로운 공을 세우는 것이라고 할 수도 있지 않겠는가?"

부지부장이 그제야 알겠다는 듯이 나직이 탄식하며 고개를 끄덕였다.

"아!"

방숙이 그를 향해 빙그레 웃어 보인 다음에, 마당에 도열한 수하들을 향해 명했다.

"본가로 전서구를 날려 현재의 상황을 다시 보고하라! 그리고 우리는 곧바로 흉수들의 뒤를 추격한다!"

第八章
공자는 혹시 이전에 무공에 관해 접해본 적이 있나요?

지존
석산평전

　예령이 보기에 확실히 서생치고는, 아니, 무공이 없는 일반
인치고는 소산의 체력은 놀라운 데가 있었다.

　그들은 이제 본격적으로 대파 산중으로 접어들어 험준한
산길을 걷고 있었는데, 적의 추격을 염려하여 휴식없이 한 시
진 이상을, 그것도 제법 빠른 속도로 걷고 있었으니 역시 일
반인으로서는 강행군이라고 할 수밖에 없는 산행을 소화하고
있는 중이었던 것이다.

　하긴 소산의 체력만 놀랍다고 할 것은 아니었다.

　소산의 곁을 그저 무표정으로 묵묵히 따라붙고 있는 당고
에 대해서는 뭐라고 해야 할지 예령으로서도 마땅한 표현이

언뜻 떠오르지 않을 정도였다.

그래도 문제는 역시 속도였다.

제법 빨리 걷는다고는 하지만, 신법을 펼쳐 달리는 속도에 비하면 느리기 한정 없는 것이 아니던가.

결국 이대로라면 그들이 아무리 빨리 움직여도 결국은 적의 추격에 따라잡힐 수밖에 없는 일이었다.

하여 예령은 소산과 당고의 걸음을 독려하는 한편, 그녀 스스로는 그들이 지나가는 흔적을 숨기고 지우는 데 보다 많은 신경을 기울이고 있었다.

한편 쫓기는 중의 불안감과 다급함은 오히려 예령으로 하여금 그녀의 본래 목적을 새삼 계산해 보지 않을 수 없도록 만드는 데가 있었다.

바로 그녀가 이 다분히 이상한 여정에 끼어들 수밖에 없도록 만들었던 그 이유 말이다.

예령은 그녀가 가지고 있던 삼초 이십칠식의 무상검결 중, 일식의 비결을 적은 종이를 소산에게 건네주었다.

그것은 무상검결 전(全) 오초 사십오식의 기수식에 해당하는 것이었으므로 다른 초식에 비하면 가장 간단한 내용이었고, 글자 수로 봤을 때 이백여 자가 채 되지 않았다.

예령을 다시금 놀라게 하는 것은 소산의 놀라운 암기력이었다.

그는 처음에 잠시 비결을 본 뒤 곧바로 비결이 적힌 종이를 소매 속에 넣고는 다시 꺼내 보는 법이 없었다.

그러나 소산이 그 후로 내내 생각에 잠겨 있으며, 때로는 뜻 모를 소리를 중얼거리기 시작했다는 데서, 예령은 그가 그 일식의 검결을 이미 다 외워 버렸다는 것을 짐작할 수 있었다.

예령이 그것을 글자가 아닌 일종의 도형으로 인식할 수밖에 없어서 암기에 어려움을 겪었던 것에 비해, 소산의 경우는 그만이 알고 있는 어떤 문자로서 그 비결을 인식하였을 수도 있다는 점을 가정하더라도 무공에 대해, 더욱이 검에 대해서는 문외한인 그에게 그것은 전혀 어떤 의미도 통하지 않는 문장들일 것이기에, 여전히 그 비결을 그처럼 간단히 외운다는 것은 거의 불가능에 가까운 일일 것이다.

가히 독보적이라고 할 수밖에 없는 소산의 엄청난 암기력에 대해 예령은, 그녀가 이미 인정하고 있던 소산의 몇 가지 대단한 점, 혹은 그 특이한 점에 더하여 다시 새롭게 한 가지 분야의 대단함을 인정하지 않을 수 없다는 생각을 하였다.

소산에 대해 예령이 특별히 관심을 가지는 점이 한 가지 더 있었다.

그것은 바로 소산이, 어떻게 보자면 너무도 계산적이고 뻔한 의도인 그녀의 요구에 대해 어떠한 이의나 조금의 불만도 없이 곧바로 최선을 다하는 모습이라는 점이었다.

심지어 그는 걸을 때도 비결의 해독에 집중하는 모습이었다.

그러한 소산의 모습에서 예령은 그의 놀라운 집중력에 감탄하기보다는, 차라리 그가 자신에 대해 그럴 정도의 성의를 베푸는 이유가 과연 무엇일까 하는 의문을 가져보지 않을 수 없었다.

그러나 어쨌든 소산의 자신에 대한 그러한 성의가 진정이라는 것을 이제는 여실히 느낄 수 있었기에, 그러한 점에 대해서 그녀는 소산에 대해 미안함과 고마움을 함께 느껴야만 했다.

물론 한편으로 그녀는 소산의 그런 모습이 어쩌면 그가 평소에 관심있어하는 고문자와 새로운 종류의 학문에 대해 조건없이 몰입되어 버리는 서생으로서의 본분 내지는 고유한 특성 같은 것은 아닐까 하는 생각도 해보았다.

좀 전까지 서산마루에 턱걸이를 하고 있던 해는 모르는 사이에 완전히 넘어가고 말았다.

갈수록 길은 사냥꾼이나 겨우 다닐 법한 험준한 협로(狹路)로 변하고 있었지만, 산중의 어둠은 빨리 찾아오는 법이라 일행은 어둡기 전에 조금이라도 더 나아갈 요량으로 걸음을 서둘렀다.

그렇게 잠시를 더 가던 중에 문득 전방에 수직의 절벽을 이루는 거대한 암반 하나를 만났기에, 일행은 잠시 그 아래서 쉬어가기로 했다.

그 틈에 소산은 자신의 행장에서 주섬주섬 세필(細筆)과 먹물통을 챙기더니, 이어 소매 속에서 예령이 준 비결이 적힌 종이를 처음으로 꺼내 들었다.

그리고는 곧바로 붓을 놀리기 시작하는 것이었다.

예령이 궁금하지 않을 수 없는 노릇이라 얼른 가까이 다가가서 보니, 소산은 비결 원래의 이백여 자 아래로 빽빽이 뭔가를 써 넣고 있었다.

속필(速筆)임과 동시에 달필(達筆)이었다.

그리고 그 내용이란 굳이 읽어보지 않아도 바로 원문에 대한 주석(註釋)이었다.

소산이 휘갈기듯이 붓을 놀리는 터에 예령은 미처 다 따라 읽지도 못하였는데, 이미 붓을 거둔 소산은 불쑥 종이를 예령에게 내밀었다.

그에 예령은 고맙다거나 수고했다는 치레를 할 틈도 없이 얼른 종이를 받아 들고는 곧바로 그 내용에 몰입하였다.

잠시 후.

예령은 종이에 못 박아놓았던 시선을 들었는데, 그녀의 얼굴에는 실망의 기색이 역력했다.

"이게 다인가요?"

"그렇습니다."

"저로서는 도무지 이해하지 못할 내용이군요."

그랬다.

공자는 혹시 이전에 무공에 관해 접해본 적이 있나요? 239

소산이 주석을 달아놓은 내용은 너무도 추상적이었다.

굳이 그녀가 알고 있는 무공 지식으로 끼워 맞춘다면, 검을 잡은 사람의 마음가짐과 나아가 검(劍)과 기(氣)의 조화에 관한 기본적인 이론에 대해 잔뜩 묘사를 해놓은 것 같은데, 그 나마도 지나치게 추상적이어서 한마디로 뜬구름 잡는 얘기였다.

좀 더 솔직한 예령의 느낌을 말하자면, 건질 알갱이는 하나도 없는 원론적인 언급에 불과한 것이었다.

예령이 허탈한 심정을 간단히는 추스르지 못하고 있는 중에, 소산은 뜻밖의 얘기를 꺼내고 있었다.

"만약 한 가지가 전제된다면, 저는 어쩌면 이 내용을 보다 구체적으로 이해할 수 있을 듯도 합니다."

순간 예령은 묘한 반감을 느껴야만 했다.

그녀가 소산에게 기대했던 것은 다만 고문자를 해석하는 일이었다.

그런데 해석은 그냥 해석일 뿐이지 거기에 무슨 더 구체적이고, 혹은 덜 구체적이고 할 것이 있단 말인가?

차라리 그의 능력이 모자라 제대로 해석하지 못하는 부분이 있다면 모르겠지만 말이다.

더욱이 해석도 아니고 이해할 수 있을 듯도 하다니?

하면 그가 비결의 깊은 의미, 즉 무상검결의 검의(劍意)를 이해할 수도 있다는 말인가?

대체 무상검결이 어떤 것인가?

예령의 증조부인 검왕이 팔왕의 일좌(一座)에 오를 수 있었던 것은 바로 그가 검가의 절학인 검본이십사세(劍本二十四勢)를 대성한 덕분이다.

그 검본이십사세의 원형이 되는 것이 바로 무상검결이다.

예령이 듣기로 생전의 검왕은 자신 이후로 검가의 후예 중 누군가 만약 완전한 무상검결을 얻을 수만 있다면, 그는 자신을 뛰어넘어 능히 팔종의 반열에 들 것이며, 나아가 능히 쟁선(爭先)할 수 있을 것이라 탄식했다고 하였다.

그런데 소산은 지금 비록 기수식에 불과하지만 어쨌든 그 희대의 검결을 이해할 수도 있겠다는 소리를 하고 있는 것이다.

예령은 문득 피식 웃고 말았다.

만약 소산의 말이 사실이라면 그가 검본이십사세의 구결을 이해하는 것쯤은 문제도 아닐 것이라는 생각을 언뜻 떠올렸기 때문이다.

결국 모르면 용감해진다는 격이었다.

소산이 고문자의 해석 분야에 있어서는 나름대로 박식할지 몰라도 무공에 관한 한은 백지 상태이니, 그래서 결국은 뭘 몰라서 아무렇게나 하고 보는 소리에 불과한 뿐인데, 예령은 자신이 지금 너무 민감하게 반응하고 있다는 생각을 했다.

사실 소산에 대해 예령이 가졌던 것은, 처음부터 확신이 아니라 다만 기대일 뿐이었다.

그리고 아직까지 그 기대가 다 무산된 것은 아니었다.

같은 해석이라도 예령 자신이 보는 것과 다른 사람이 보는 것은 또 얼마든지 다를 수 있는 것이었다.

특히 검리(劍理)에 대해서만큼은 누구보다도 해박한 조부 예둔이 소산의 해석을 본다면, 혹시나 또 어떤 새로운 실마리를 발견할 수도 있는 일이 아니겠는가.

'그래, 그가 나를 대하는 진정성으로 보아 이 해석을 전혀 엉터리로 하지는 않았을 것이다. 그리고 설령 그의 해석에 상당한 오류가 있다고 하더라도 어쨌든 무상검결을 나름대로 해석했다는 것 자체만으로도 참으로 대단한 일이라고 해야 할 것이다.'

"분명 이 요결에 수반되는 별도의 부가적인 내용이 따로 있을 것입니다. 지금 제가 해석한 것은 아마도 전체 내용의 뼈대와 같은 요결(要訣)이라고 할 것인데, 그 수반되는 내용을 함께 알아야만 뼈대에다 살을 붙여볼 수가 있을 것입니다."

이어지는 소산의 말에 담담한 기색을 찾고 있던 예령의 눈빛으로 문득 반짝하고 희미한 빛이 스쳤다.

소산의 말을 듣고 보니 그녀에게 퍼뜩 떠오르는 바가 있었던 것이다.

소산이 말하는 대로 비급의 원본에는 분명 도해 부분이 따로 있었다.

그러나 말 그대로 문자 하나 없는 도해 그 자체였기에 예령은 그것이 해석에 필요할 것이라고는 전혀 생각을 하지 않았었다.

같은 이유에서 그녀는 도해를 지니고 있지도 않았다.

그러나 도해가 필요하다면 문제가 될 것은 조금도 없었다.

검가의 독문검법인 검본이십사세가 바로 무상검결의 도해를 기반으로 하여 수대를 걸쳐 체계화된 것이고, 그녀 또한 이미 십여 년 이상이나 언제나 머리 속에서 떠나지 않는 일생의 화두로 삼고 있는 바이기에, 필요하다면 언제라도 무상검결의 원본 도해 그대로를 그림이 아니라 생생하게 직접 시범으로 보일 수 있는 것이다.

"그 부가적인 내용이 다만 도해일 뿐이라도 소용이 될까요?"

다분한 기대감이 녹아 있는 예령의 물음에 소산은 빙그레 웃으며 답했다.

"제가 보기에 이 비결의 내용은 상당히 세밀하고도 정밀한 기(氣)의 교류에 관해 은유적으로 말하고 있는 것 같습니다. 하니 이 비결에 따르는 어떤 도해가 있다면, 그 도해와 이미 해석된 내용을 하나하나 맞추어가는 중에 분명 어떤 연결고리를 발견해 낼 수 있을 것입니다."

공자는 혹시 이전에 무공에 관해 접해본 적이 있나요? *243*

예령은 검본이십사세 중 제일세(第一勢)인 본검세(本劍勢)의 시범을 보이고 있었다.

사실은 본래의 초식에서 약간을 변형시켜 무상검결의 기수식 도해 본래대로에 충실하게 펼치는 것이었다.

예령의 시범은 소산이 그 세부적인 동작 하나하나를 잘 알아볼 수 있도록 아주 천천히, 그리고 정확한 자세로 이루어졌다.

소산은 유심히 지켜보고 있는 중이었다.

그런데 소산이 너무도 빤히(?) 주시하는 바람에 예령은 그가 자신의 시범에 몰입을 하고 있는 것이란 걸 모르지 않으면서도 괜스레 불편하고 민망한 마음이 들기도 했다.

"대강의 이치는 이해를 했습니다."

시범이 끝나고 난 뒤 꺼낸 소산의 첫마디는 그랬다.

이어 그는 곧바로 말을 덧붙였다.

"그러나 여전히 명쾌한 설명을 하기는 어렵습니다."

예령이 이번에는 실망의 기색을 내색하지 않고 담담히 물었다.

"이해는 했는데 설명하기는 어렵다? 그것은 또 왜 그런가요?"

"비록 대강의 이치를 이해는 했지만, 그러나 실제로 어떻게 적용해야 하는지에 대해서는 여전히 조금도 알 수 없습니다. 그러기에 제가 이해한 바를 다른 사람에게 설명하기가 또한 어려운 것입니다."

예령은 미미하게 아미를 찡그렸지만, 이내 가만히 고개를 끄덕였다.

딱히 동감은 되지 않지만 어쨌든 소산의 말이 아주 틀렸다고 할 수도 없는 것이기 때문이었다.

소산이 해석하고 또 나름으로 대강의 이해를 했다는 것이 다름 아닌 검결(劍訣)인 이상, 다만 일반의 학문에만 익숙한 소산에게는 낯설고 어색한 것이 당연할 것이다.

그때 소산이 지긋하게 눈을 내리감더니 혼잣말로 중얼거리기 시작했다.

"검심상수, 심도검도(劍心相隨, 心到劍到:검과 마음이 서로 따르고, 마음이 이르면 검이 이른다)! 심무신, 검무혼(心無神, 劍無魂:마음에 신이 없으면 검에 혼이 없다)……."

순간 예령의 미간이 한껏 좁혀졌다.

이전에 비해 그 의미가 보다 확연해졌다는 것은 아니지만 그래도 왠지 모르게 처음보다는 한결 다듬어졌다는 생각과 함께 어렴풋하게나마 검본이십사세의 요결과도 뭔가 통하는 바가 있다는 느낌마저 들었다.

나직하게 이어지는 소산의 중얼거림을 들으면서 예령은 문득 엉뚱한 고민 하나를 하게 되었다.

'가능한 방법은?

공자는 혹시 이전에 무공에 관해 접해본 적이 있나요? 245

예령의 고민은 바로 그것이었다.

나름대로 이해는 했으나 실제로 어떻게 적용해야 하는지를 알 수 없어서 자신이 이해한 바를 설명하기가 어렵다고 한 소산의 말에 대한 고민이었다.

물론 소산이 이해한 바는 다만 한낱 백면서생의 허황되고 가치없는 이해에 불과하다 할 가능성이 농후했다.

그러나 어쨌든 그것이 무상검결에 대한 이해라면 예령으로서는 최소한 그 이해가 어떤 것인지는 알아봐야 되겠다는 마음으로 되지 않을 수 없는 입장인 것이다.

그러다 예령은 다시금 문득 일련의 의문들을 떠올리게 되었다.

'비결의 내용이 상당히 세밀하고도 정밀한 기(氣)의 교류에 관한 것이라고? 다만 한 번의 시범을 보고 나서 대강의 이치를 이해했다고?'

일단 그 같은 의문들을 떠올리게 되자, 그 순간 그녀는 잠시도 더 참지 못하고서 곧바로 소산에게 물어볼 수밖에 없었다.

"공자는 혹시 이전에 무공에 관해 접해본 적이 있나요?"

의심은 생기는 그 순간에 없던 집도 순식간에 짓고 만다더니, 지금 예령의 경우가 꼭 그랬다.

그녀에게 갑작스럽게 떠오른 그 의문은 소산에 대해 그녀가 미처 자세히 생각하지 못하고 지나쳐 왔던 몇 가지의 특이한 일들을 다시금 되짚어보도록 만드는 것이었다.

객잔에서 소산이 보여준 모습만 해도 그랬다.

그때는 다만 호기심과 특이하다는 관점으로만 보았지만, 돌이켜 보니 그때 소산이 보여준 맷집은 보통 사람에게서는 도저히 나올 수 없는 정도였다.

비록 일개 파락호의 주먹에 불과하다 하나 그토록 무수히 매를 맞고도 다만 약간의 멍과 외상을 입는 외에는 끄떡없이 버티는 것은 이상한 일이 아닐 수 없는 것이다.

그리고 과정이야 어떻게 되었든 간에 결국은 상대를 때려 눕히고야 말았던 그 기대 밖의 투지와 지구력 등을 돌이켜 보면서 예령은 혹시나 소산이 기초적이라 하더라도 어떤 종류의 무공을 익히지 않았을까 하는 생각을 퍼뜩 떠올려 보게 된 것이었다.

물론 그녀의 안목이 그렇게 형편없는 것이 아닌 이상, 그럴 리 없다는 확신이 없는 바는 또 아니었다.

무공을 수련한 흔적이 전혀 없는 소산의 체형과, 또한 무공을 익혔다고 보기에는 지나치게 느리고 어눌한 몸의 움직임들만으로도 그런 확신의 근거는 충분했다.

그리고 만약에 만약을 가정하여 소산이 어떤 종류이건 무공을 수련하였다면, 그것이 아무리 초보적인 수준이건 혹은 반대로 겉으로 흔적이 나타나지 않는다는 반박귀진의 지고한 경지라고 해도 예령 그녀의 안목이라면 그래도 무언지 모르게 느껴지는 직감 같은 것이라도 있게 마련이었다.

그런데 그녀는 소산에게서 정말로 그 어떤 수련의 흔적도 찾아내지 못하였던 것이다.

"아니오!"

소산은 조금도 주저없이 곧바로 대답했다.

그에 예령의 어조가 다소간 예리하게 변했다.

"공자가 말한 기의 교류에 관한 문제는 무공을 익힌 사람이 아니라면, 그것도 어느 정도 높은 경지에 달한 사람이 아니라면 결코 말할 수 없는 부분이에요. 그런데 공자가 해석한 비결의 내용 중에서 기의 교류에 대한 언급은 공자가 이미 말한 바와 같이 지극히 은유적일 뿐, 구체적으로 나오는 부분이 전혀 없어요. 그런데도 불구하고 공자는 대뜸 기의 교류에 관한 얘기를 했어요."

소산의 표정이 일시 약간 당황한 듯, 한편으로는 다소간 억울해하는 듯한 것으로 변했다.

그러나 그는 이내 진중한 기색으로 되더니, 사뭇 단호하기까지 해 보이는 어조로 입을 열었다.

"소생은 무공을 익히지 않았지만 기의 교류와 조화에 관한 문제에 대해서라면 이미 십여 년 이상이나 전심전력으로 매달리고 있는 중입니다. 사실 그것은 제가 가지고 있는 하나의 개인적인 문제를 해결하기 위해 절대적으로 필요한 일이고,

또한 소저도 알고 있듯이 제가 외우고 있는 악보(樂譜) 하나를 해석하기 위해서도 그러한 부분이 필요했기 때문입니다. 하여 지금에 이르러서는 다른 것은 몰라도 기의 교류와 조화에 관한 이해에 대해서만큼은 천하의 그 어떤 이와 비교해도 결코 뒤지지 않는다고 자신하는 바입니다."

예령의 표정으로 한순간 허탈감이 스쳐 지나갔다.

소산의 그 같은 말은 한마디로 자존광대에 과대망상이다.

기의 교류와 조화라는 화두는 무인이라면 누구라도 일평생을 매진해야 할 명제이며, 또한 궁극의 완성을 위해서는 반드시 극복하여서 깨우쳐야만 하는 마지막 관문과 같은 것이었다.

한데 그러한 지고지심(至高至深)한 대명제에 대해 천하에 기인이사가 얼마며, 수십 년 나아가 백 년이 넘게 일평생을 그 분야에서만 매진한 고인들이 또 얼마인데, 이제 겨우 약관에 불과한 주제에 감히 천하의 그 누구보다 높은 이해의 경지에 달했음을 자신하다니……

그것도 일초반식의 무공도 익혀보지 않은 백면서생 주제에 말이다.

"미처 알지 못했는데 이제 보니 공자는 대단히 고명한 분이었군요."

예령이 못내는 다 절제하지 못하고서 말에 약간의 비아냥거림을 넣고 말았다.

공자는 혹시 이전에 무공에 관해 접해본 적이 있나요? 249

그러나 소산은 예령의 그러한 말에 대해 표현에 있는 그대로 자신을 인정 내지는 칭찬하는 것으로 받아들이기라도 한 모양이었다.

그가 자못 의기양양한 기색이 되며 말했다.

"사실을 말하자면, 제가 어릴 때에 아주 특별한 인연으로 얻게 된 하나의 비결 덕분입니다."

"비결이요?"

예령은 와중에도 약간의 호기심을 비쳤다.

하긴 무인 된 자치고 그 어떤 상황에서든 비결에 대해 관심을 가지지 않을 자 누가 있겠는가.

더욱이 만약에 지금까지 한 소산의 말이 어느 정도라도 사실에 가까운 것이라면, 무공에 대해서는 일초무학의 소산으로 하여금 단 한 번의 자세 시범만으로 심오난측(深奧難測)하기 이를 데 없는 무상검결을 곧바로 이해할 수 있도록 만든 비결일 것인데, 그것이야말로 가히 세상에 다시없을 절후(絕後)의 절대비결이 아니겠는가.

예령의 호기심과 관심에 고무되었는지 소산은 더욱 진지한 표정으로 말을 잇고 있었다.

"바로 조화결(造化訣)이란 것입니다."

"조화결?"

예령이 약간의 관심으로, 또한 그런 중에도 다분히 건성으로 그렇게 반문하면서, 또 한편으로는 부지런히 고금의 천하

절학들을 떠올리며 그 같은 이름이 있는지를 확인해 보았다.

그때 소산이 빙그레 웃으며 말했다.

"무위이화(無爲而化)! 어떻게 해서 그렇게 이루어지는 것인지는 알 수 없지만, 신통하게도 그저 저절로 되도록 만들어주는 비결이라는 의미로 제가 이름을 붙인 것입니다."

순간 예령은 허탈한 미소를 떠올리지 않을 수 없었다.

"그렇군요. 공자가 스스로 붙인 이름이군요."

이어 예령은 약간의 과장된 어조로 말을 덧붙였다.

"그런데 진정 그러한 의미로 명명한 조화결이라면, 분명 세상에 다시없을 심오한 이치일 터인데, 공자는 이제 약관의 나이에 어떻게 그처럼 심오한 이치에 대해 이미 완숙한 경지의 성취를 이루어서 고대의 난해하기 이를 데 없는 악보와, 또한 저희 가문에서는 역대로 어느 누구도 해석하지 못한 무상검결 중의 구결을 그처럼 간단히 해석하고, 나아가 이해까지 할 수 있는 정도가 될 수 있는지요?"

쏟아내듯이 빠르게 말을 뱉어내고 난 다음에야 예령은 문득 아차 하는 기색이 되고 말았다.

사실 그녀가 한 말이야 틀린 데 없이 다 맞는 말이라고 하겠지만, 너무 노골적으로 소산에 대한 불신과 무시의 뜻을 담아냈기 때문이다.

그러나 소산은 잠깐 정색을 하였을 뿐, 이내 다시 빙그레 미소를 떠올렸다.

공자는 혹시 이전에 무공에 관해 접해본 적이 있나요? 251

"하하하! 소저의 그 같은 의문은 아주 당연한 것입니다. 소저도 이미 짐작을 하고 계시겠지만, 사실상 저는 천재는커녕 수재 소리도 듣지 못할, 다만 평범한 범재일 뿐이고, 몇 가지의 점에서는 오히려 결점을 지닌 사람입니다. 그러니 조화결과 같이 난해한 이치에는 감히 근처에도 가지 못하여야 하는 것이 지극히 당연합니다. 그런데……."

마치 일부러 그러는 듯이 적당한 대목에서 말을 끊어 듣는 사람의 궁금증을 유발하는 소산의 화법에 예령은 다시금 호기심 어린 표정이 되고 말았다.

"사실 저는 조화결을 이해하지 못합니다."

소산이 느긋하니 말을 이었다.

"이해하지 못한다고요?"

예령은 자신도 모르게 반문했다.

"그렇습니다."

여전히 빙그레 웃는 얼굴로 대답하는 소산에게서는, 그러나 조금이라도 농을 하는 기색 같은 것은 보이지 않았다.

소산이 문득 웃음을 거두며 담담한 얼굴로 다시 말을 이었다.

"저는 다만 조화결이 그것을 처음 보던 그 순간에 어린 저의 심령에 각인이 되어버린 것으로 짐작하고 있습니다. 어떻게 그렇게 되었는지는 설명하기 어렵습니다. 그러나 어쨌든 제가 조화결을 이해하지 못하고 있다는 것은 사실이고, 그럼에도 불구하고 조화결이 온전히 저의 것이 되었다는 것 또한 어김없는 사실입니다."

"이해하지 못하고 있지만 온전히 공자의 것이 되었다고 요?"

"그렇습니다. 일상에서 제가 처하는 그때그때의 매순간과 상황마다 조화결 중의 연관된 부분들이 저절로 이해되고, 또한 저절로 깨달아진다는 의미입니다. 하하하! 딱 필요한 그만큼만 말입니다."

예령은 어느덧 소산에게 이런저런 것들을 묻고 있었다.

물론 그녀는 소산의 말에 대해서 일견 거창한 과장과 황당함까지를 느끼고 있었다.

그러나 그런 중에도 소산에게는 그녀에 대한 조금치의 악의도 없다는 것을 믿을 수 있었다.

그리고 그런 덕에 최소한 소산의 말에서 그녀가 소산에 대해 궁금해하던 몇 가지에 대한 해소와, 또한 적에게 쫓기고 있다는 전제하에서 자칫 단조롭고 불안하기만 할 수도 있는 현재의 상황에서 잠시간의 흥미와 재미를 찾을 수 있었던 것이다.

예령은 이미 여러 차례나 실소를 금치 못하였지만, 소산의 말은 내내 진지하기만 했다.

어떻게 조화결을 얻게 되었는지에 대한 물음에서 소산은

운명적인 인연이라고 대답했다.

그러나 그 운명적인 인연이 어떤 것이냐는 물음에 대해서는 빙그레 웃기만 하고 끝내 말을 해주지 않았다.

조화결에 대해 좀 더 자세히 말해달라는 주문에 대해서 소산은 역시나 말이나 글로는 도저히 무어라고 표현해 낼 수 없는 무궁무진한 마음의 이치라고 했다.

오후에 객잔에서 벌어진 일에 대해서 이전에도 누구와 싸움을 해본 적이 있는지, 그리고 어떻게 그런 용기를 낼 수 있었는지에 대해 묻자, 소산은 이전에는 한 번도 싸움을 해본 적도, 또 하려고 해본 적도 없다고 했다.

다만 당고에게 가해지는 모욕에 대해 분노를 참을 수 없어서 앞뒤 따져 볼 틈도 없이 무작정 대한에게 덤비게 된 것이라고 했다.

그리고 그렇게 순간적인 충동을 억제하지 못하는 것은 소산 자신이 지닌 일종의 천성적 장애와 같은 것인데, 그나마 조화결 덕분에 지금은 많이 좋아지긴 했으나 앞으로도 많은 노력을 기울여야 할 부분이라고 했다.

어느 정도 자신에 관한 말을 하고 난 뒤 소산은 예령이 묻지 않은 것에 대해서도 스스로 몇 가지의 얘기를 했다.

사실은 그 얘기들의 대부분이 뜬금없다 해야 할 것이지만, 그중에서도 한 가지의 얘기는 다시 한 번 여지없이 예령으로 하여금 실소를 금치 못하게 만드는 데가 있었다.

이번에도 역시 엄청난 이름이었다.

그런데 이번의 그 이름은 그가 임의로 붙인 것이 아닌, 본래부터 그렇게 붙여진 것이라고 했다.

그 이름은 절대삼음(絶對三音)이었고, 바로 소산이 지난 몇 년간 각고의 노력을 기울여 해석하고 있던 그 악보의 이름이었다.

사실 예령은 조금 곤혹스러웠다.

소산의 얘기가 다시 황당함으로 빠져들고 있었기 때문이다.

그러나 황당한 얘긴 줄을 알면서도 얘기를 하는 소산의 태도가 너무나 진지하였기에 그녀는 중간에 그의 얘기를 차마 자르지는 못하고 끝까지 듣고 있는 수밖에 없었다.

사실은 너무도 잘 꾸며진 얘기였기에 자못 듣는 사람의 흥미를 당기는 데가 있기도 했다.

절대삼음은 진기한 물건 수집을 취미로 하는 소산의 조부가 우연히 입수한 오래된 점토판에 새겨진 것으로, 지금껏 세상에 알려진 바가 단 한 번도 없는 까마득한 고대의 음보라고 했다.

소산이 원래 음보 같은 것에는 그다지 관심이 있었던 것은 아니었다.

그런데 우연한 기회에 음보 중의 일부를 해독할 수 있었고,

더욱이 그것이 그 근본 이치에서 조화결과 일맥상통한 점이 있다는 것을 알게 됨으로써 이후부터 본격적으로 심취하게 되었다고 했다.

그가 구산서고에까지 가게 된 것도 절대삼음의 음보가 여러 가지의 사문자와 고문자로 이루어진 탓에, 그것을 해독하는 데 구산서고에 소장된 고서들이 필요했기 때문이다.

어쨌든 소산은 이제 절대삼음에 대해 거의 완전한 해독을 하였는데, 그렇더라도 음보 그 자체가 천지간의 이치와 조화를 표방하고 있는지라, 막상 그 묘용을 실제로 적용해 보는 일은 참으로 난해하고도 요원하다는 것이었다.

그러나 그는 지금부터 본격적으로 그 음보를 익혀볼 생각이고, 스스로 재주없는 줄은 알지만 어쨌거나 조화결과 이치가 통하고 있는 만큼, 시간을 가지고 천천히 익히다 보면 점차로 음보의 이치에 통할 수도 있을 것이고, 또 그러다 보면 어쩌면 지극히 조화롭고도 훌륭한 소리들이 탄생할지도 모르는 일이라고 했다.

물론 예령은 소산의 말에 대체적으로 공감할 수가 없었다.

그러나 소산이 보이는 나름대로의 열정과 의지를 존중하는 의미에서 흔쾌히 고개를 끄덕여 주었다.

그러나 그녀는 이내 다시 입술을 비집고 나오려는 실소에 당혹스러움을 추스르기 어려워지고 말았다.

소산의 절대삼음에 대한 황당한, 그러나 사뭇 진지하기만

한 설명이 이어지고 있었기 때문이다.

"절대삼음의 제일음(第一音)은 춘추화음(春秋和音)입니다. 음보의 해석편에 따르면 상생상극의 이치를 극대화하여 천지만물의 희로애락을 지배할 수 있다고 합니다. 절대삼음의 제이음(第二音)은 파천무음(破天無音)입니다. 저도 믿지 못하고 있지만 어쨌든 음보의 해석편에서는, 이 파천무음을 일러 파괴의 음이라고 합니다. 파천무음은 다시 두 단계로 나뉘어지는데, 그 일단계는 파천음(破天音)입니다. 해석편에 따르면, 이것은 음의 초(超) 집중으로 그 대상이 되는 것은 무엇이든 단숨에 파괴해 버린다고 합니다. 파천무음의 이단계는 무음(無音)입니다. 해석편에서는 이것을 소리없는 공포라고 했습니다. 소리없이 대상체의 내부를 가루로 만들어 버릴 수 있다고 합니다. 마지막으로 절대삼음의 제삼음(第三音)은 조화음(造化音)입니다. 마음의 소리로 천지만물의 생사와 조화의 이치를 온전히 지배하는 음이라고 합니다."

예령은 잠시 소산의 눈을 똑바로 보고 있었다.
차분히 가라앉은 눈빛의 그녀는 새삼스럽게 다시금 소산의 말이 과연 얼마나 진정성을 지닌 것인지를 꿰뚫어 보려는 듯한 기색이었다.
그러다 그녀는 마침내 짧은 한숨을 내쉬고 말았다.

"하아!"

소산이 들려준 얘기들은 그녀로서는 도저히 납득할 수 없는 것들이었다.

사실은 그저 잠시간 호기심을 가질 정도의 관심거리에 불과했을 뿐, 굳이 납득을 해야 할 필요가 있는 것도 아니었다.

비록 몇 가지의 특이한 재주와 특징을 지니고 있긴 했지만, 그리고 지금은 잠시 서로의 필요에 의해 함께하고 있지만, 소산은 결국 무인인 그녀와는 다른 세상에서 사는, 그리고 앞으로도 그렇게 살아가야 할 백면서생에 불과한 것이다.

예령은 이윽고 소리 내어 웃고 말았다.

"호호호! 알고 보니 공자는 참으로 재미있는 분이시군요. 공자의 말씀을 듣고서 저는 오늘 크게 식견을 높일 수 있었습니다."

모르는 사이에 사방에는 이미 어둑어둑하니 엷은 어둠이 내려앉아 있었다.

第九章
기상천외(奇想天外) 무한중첩삼재심법(無限重疊三才心法)

지존
석산평전

   밤은 이미 깊어 희미한 달빛에 의지하는 것만으로는 더 이상 험한 산길을 걷기가 어렵게 되었다.

   그렇다고 횃불을 밝혀 들 수도 없는 입장이었다.

   예령은 그나마 흔적만 유지하고 있던 소로(小路)에서 벗어나 울창하니 자라 있는 소나무 숲과 사람 키 높이의 잡림(雜林)을 헤치고 골짜기 쪽으로 걸어 들어갔다.

   그리고 마침내 커다란 바위 아래에 천연적으로 생긴 틈새 공간을 발견하고는, 그곳을 그들의 하룻밤 쉬어갈 곳으로 택했다.

＊   ＊   ＊

"우리의 거래에서 한 가지의 조건을 추가하면 어떻겠습니까?"

그다지 넓지 않은 바위 아래 틈새 안쪽의 공간을 소산과 당고에게 내어주고 조금 떨어진 곳에 외따로 자라 있는 소나무 둥치에 몸을 기대고 있던 예령은, 소산의 갑작스러운 소리에 침잠되어 있던 생각에서 문득 깨어나야만 했다.

"무슨 말인가요?"

예령의 물음에 소산은 무슨 대단한 결정이라도 내린 듯 사뭇 의욕적인 기색으로 입을 열었다.

"우리의 기존 거래 내용에다 소저께서 제게 무공을 가르쳐주는 조건을 추가하자는 말씀입니다. 물론 그 수고의 대가에 대해서는 따로 충분한 대가를 지불하겠습니다."

예령이 잠시 얼떨떨해하다 문득 실소를 떠올리며 말했다.

"훗! 따로 충분한 대가를 지불하겠다는 그 말은 제가 요구하는 대로 얼마든지 지불할 용의가 있다는 것처럼 들리는군요?"

예령의 그 말에는 어쩔 수 없이 약간의 빈정거림이 내포되어 있었지만, 역시나 소산의 대답에는 추호의 계산이나 망설임도 없어 단호하기까지 했다.

"물론입니다."

예령이 살짝 눈을 치켜떴으나 이내 담담한 표정으로 돌아 갔다.

비록 허세나 허풍일지라도 소산의 그런 표현 방식이 결코 악의가 아님을 이제는 익히 알게 되었기 때문이리라.

"그런데 왜 갑자기 무공을 배우겠다는 생각을 하게 된 것 이지요?"

소산이 문득 장난이라도 걸 듯이 어깨를 으쓱해 보였다.

그러나 처음으로 해보는 듯한 소산의 그러한 몸짓이 그에 게는 조금도 어울리지 않는다는 생각을 예령은 언뜻 하였다.

소산이 역시 농을 하는 듯이 장난기 서린 표정으로 말했다.

"저도 한번 팔왕이나 팔종과 같이 되어보고 싶다는 생각이 들어서입니다."

"허!"

예령이 저도 모르게 헛바람 새는 소리를 내고 마는데, 소산 은 곧바로 말을 덧붙이고 있었다.

"소저께서 그러지 않았습니까? 그들처럼 된다면 무소불위 로 원하는 것은 무엇이든 얻을 수 있다고."

그 말에 예령이 다시금 기막히다는 표정이 되고 말았다.

하긴 얼마 전에 팔왕과 팔종처럼 되면 무엇을 얻을 수 있느 냐는 소산의 물음에 대해 그녀는 비록 가벼운 심정으로 한 것 이기는 했지만 분명히 그렇게 대답한 적이 있긴 했다.

"비록 희언(戱言)이라 할지라도 공자의 욕심은 지나친 데가 있군요?"

예령의 어조는 다시 원래의 담담함을 되찾고 있었다.

그러나 이어지는 소산의 질문에는 뜻밖의 반발 내지는 집착 같은 것이 녹아 있었다.

"무엇이 지나치다는 것인가요?"

예령의 표정이 좀 더 차분해졌다.

"공자는 혹시 제가 그들 팔종, 팔왕과 같이 되기 위한 몇 가지의 필요조건을 말한 것도 기억을 하고 있나요?"

"물론입니다."

그리고 소산은 마치 예령의 말투를 흉내라도 내듯이 표정과 목소리를 가다듬어 말했다.

"그들은 무공의 길에 들어선 모든 사람들에게 목표이자 꿈이 되는 사람들이에요. 누구나 그들처럼 되기를 꿈에서도 소망하죠. 그러나 무작정 무공을 익힌다고 해서 누구나 그들처럼 될 수 있는 것은 아니에요. 우선은 최고의 자질을 갖추고, 훌륭한 스승의 지도를 받아야 하며, 평생 동안 혼신을 다할 각오와 피나는 노력이 있어야겠죠. 그러나 그것만으로 충분한 것은 아니에요. 그런 것에 더하여 다시 천우신조, 즉 하늘과 신령의 도움이 있어야만 그들과 같은 성취에 이를 수 있죠."

순간 예령은 묘한 표정이 되고 말았다.

소산의 말은 그때 그녀가 했던 말 그대로였다. 단순히 내용

뿐만이 아니라 어조나 토씨 하나까지도 틀리지 않고 그대로.

예령은 스스로도 자신이 했던 말에 대해 그토록 정확하게는 기억할 수 없었지만, 소산이 흉내 낸 그 말이 한 치의 오차도 없이 정확하다는 것은 알 수 있었다.

그리고 다시 한 번 소산의 특별하기 짝이 없는 암기력에 대해 소름이 돋을 정도로 놀라고 말았다.

예령이 다시 담담한 표정으로 돌아가며 말했다.

"그래요. 공자는 아주 잘 기억하고 있군요. 그런데 그 몇 가지 조건 중에서 다른 건 다 가능하다고 하더라도 한 가지 조건에서 공자는 이미 기회를 잃었다고 해야만 해요."

"그것이 무엇입니까?"

"바로 자질이에요."

"음!"

"물론 공자의 자질이 훌륭하지 못하다는 의미는 아니에요. 다만 때를 놓쳤다는 의미이죠. 무공에 정식으로 입문하기 위해서는 내공과 외공의 기초를 균형있게 다져야 하는데, 공자의 경우에는 이미 근골과 혈맥이 다 굳어버렸으니, 특히 내공의 공부에 있어서 그 입문의 시기를 놓쳤다고 하는 것이에요. 물론 아주 안 되는 것은 아니지만, 기울이는 노력에 비해서 그 성취가 많이 더딜 것이고, 자칫 욕심이라도 부리는 날에는 심각하게 몸을 망치는 위험까지도 있게 되죠. 다만 욕심을 버리고 기초적인 단계에서만 꾸준히 노력한다면 평생 잔병치레

없이 건강하게 살 수는 있을 것이에요."

예령이 그처럼 찬찬한 어조로 자세한 설명을 하고 있는 것은 소산이 지나치게 실망을 하거나, 혹은 스스로에 대해 열등감이라도 느낄 것을 걱정하는 마음에서였다.

그러나 소산은 좀 전에 의외의 집착을 보이던 모습과는 또 다르게 이번에는 제법 대범한 면모를 보이는 것이었다.

"하하하! 그렇게 자세히 말씀하지 않으셔도 제가 결코 뛰어난 재목이 되지는 못한다는 것은 이미 잘 알고 있습니다."

"아니에요. 제 말은 그런 뜻에서 한 것이 아니라……."

예령이 가만히 고개를 저으며 말을 꺼내다가는 문득 말끝을 흐리고 말았다.

언뜻 소산의 눈이 유난히도 반짝인다고 느껴진 때문이었다.

소산 특유의 막무가내의 고집이 동한 것은 아닌 것 같았다.

단순한 고집과는 다른 어떤 분명한 의지 같은 것이 느껴지는 그런 모습이었다.

어쨌든 예령으로서는 사뭇 다르게 느껴지는 소산의 새로운 일면이었다.

"사실 정식으로 무인이 되고자 하는 생각은 없습니다. 더욱이 소저의 말씀처럼 무공을 익히기가 그처럼 어렵고 힘든 것이라면 저는 차라리 필요할 때마다 대가를 지불하고 무인들을 고용하는 쪽을 택할 것입니다. 만금(萬金)을 들인다면 팔종이나 팔왕이라 한들 사지 못할 이유는 없다고 생각합니다."

"음!"

예령이 못마땅하다는 의미의 침음성을 흘렸다.

그러나 굳이 꼬집어낼 필요까지는 없다고 생각한 모양인지 계속되는 소산의 말을 자르지는 않았다.

그때 소산의 목소리에는 한결 힘이 실려가고 있는 중이었다.

"하지만 오늘처럼 내가 보호하에 있는 사람을 농락하려는 파락호 따위를 응징하는 일에조차 힘이 부친다면 그것은 제가 서생이고 상인이고, 혹은 무인이고 하는 본분의 구분을 떠나 한 사람의 사내로서 부끄러움이 있다고 해야 할 것입니다."

소산이 잠시 말을 멈추었다가 진지한 눈빛을 예령에게 주며 다시 말을 이었다.

"내공이든 외공이든 그런 것은 잘 알지도 못하고 또 상관하지도 않겠습니다. 다만 소저가 판단하기에 제가 배우기에 적당하다 싶을 정도의 수준으로만 가르침을 주시면 됩니다. 다만 소저와의 원래의 거래를 원활히 수행하자면 아무래도 기(氣)의 실체와 그 운용에 관한 아주 기초적인 경험이라도 직접 해보는 것이 좋을 것 같으니 비록 성취와 진전의 가능성이 희박하다고 하더라도 기왕이면 그런 분야 쪽으로 입문을 해보는 게 좋을 것 같습니다."

예령의 아미가 지그시 찌푸려졌다.

듣고 있자니 소산의 말은 너무 제멋대로였다.

특히 그녀더러 판단해서 적당히 가르쳐 주십사 해놓고는 한편으로는 또 이유를 들어서 기공(氣功) 분야, 즉 내공 쪽으로 입문을 하겠다는 것이 아닌가.

무공을 배우는 것이 어디 시장에서 물건을 고르는 것처럼, 배우려는 자가 제멋대로 배울 것을 고를 수 있는 성격의 것이던가?

그러다 예령은 다시 슬며시 엷은 미소를 떠올리고 말았다.

그녀가 이미 소산의 자질을 언급한 바 있거니와, 소산이 막상 내공이든 외공이든 무공을 익히고자 한다면 그 첫 번째 과정부터의 고생스러움과, 더욱이 어느 정도까지 고생을 견딘다고 해도 도무지 진전이 없는 그 답답함에 결국은 얼마 견디지 못하고 지레 그만둘 것이 확실할 것이니, 지금의 이런 말들에 대해 일일이 그 옳고 그름을 따지는 것이 다 무슨 소용이겠는가.

'훗!'

예령은 문득 속으로 가만한 실소를 흘리고 말았다.

참으로 소산다운 방법이라는 생각이 문득 들어서였다.

거래의 조건으로 추가하자는 그 접근 방식이 말이다.

문득 예령은 소산이 가끔씩 보이는 그런 특별한 종류의 의외로움을 그저 소산다움으로 인정할 수 있겠다는 심정으로 되었다.

다분히 별스러우나 바로 소산이기에 그럴 수 있다는 정도로.

그것은 소산의 그 특별함을, 혹은 다른 사람들이 보기에는 다분히 모자람, 혹은 결함으로 볼 수도 있을 그 특성들을 그녀가 이제 어느 정도까지는 자연스러운 것으로 받아들일 수 있게 되었다는 것을 의미하는 것일 터이다.

예령은 가만히 고개를 끄덕였다. 자기 자신에게, 그리고 소산에게.

지금까지 은근히 그를 무시했던 것에 대한 미안하다는 의미와, 소산이 제기한 조건을 그들의 거래 내용에 추가하는 데 동의를 한다는 의미를 담고서.

그러나 그녀는 그러한 거래 조건의 추가에서 굳이 어떤 이해득실을 따져 볼 생각 같은 것을 하지는 않았다.

다만 이번의 그녀의 동의는 소산이 그 나름의 방식으로 그녀에게 보이고 있는 특별한 배려와 진정성에 대한 그녀의 응답 같은 것이라고 생각하였다.

예령이 표정에 한가닥 온화한 기운을 떠올리며 말했다.

"지금 우리의 상황은 무공을 가르치고 배우기에는 결코 적당하다고 할 수 없어요. 그러니 앞으로 여건이 되면 그때 기초적인 무공 몇 가지를 가르쳐 드리도록 하죠. 다만 그것에 대해 따로 보수는 받을 수 없어요. 공자께서 검결을 해독해 주는 것만으로도 그 대가는 충분하고도 넘친다고 할 것이며, 또한 비록 이번에 사정이 그리되어 공자와 거래라는 형식을 취하게 되었지만, 본래 저희 검가의 무인들은 결코 보수를 바라고 어떤 일을 하지는 않아요.”

“아!”

소산이 나직이 탄성을 흘렸다.

그러나 예령은 곧바로 정색을 했다.

“사전에 미리 말해놓을 것이 있어요. 어차피 공자에게 체계적인 무공의 수련이 필요치 않다면, 그리고 솔직히 힘든 것이라면 현실적으로 공자에게 가장 알맞은 방향을 선택하는 것이 최선일 거예요. 사실 무공을 분야별로 구분한다는 자체가 바람직한 것은 아니고, 또한 그 구분에 따라 우열을 두기는 어려워요. 예를 들어, 외공에 비해 내공이 그 위력 면에서 반드시 우월하다는 법은 없다는 것이죠. 천하에는 내공보다 신묘한 외공이 존재하고, 또한 그것을 위해 평생을 바치는 사람도 있어요. 제가 이런 예를 드는 이유는, 공자께서 굳이 내공을 배우겠다고 고집할 필요는 없다는 것을 말하기 위함이에요.”

예령은 잠시 말을 멈추고 소산을 바라보았다.

그때 소산은 사뭇 진지하게 그녀의 말을 경청하고 있는 모습이었기에, 그녀는 만족한 표정으로 다시 말을 이었다.

"사실은 앞으로 공자께서 무엇을 배우든, 혹은 그 성취하는 정도가 얼마가 되든 일개 파락호를 반드시 응징할 수 있다고 보장할 수는 없어요. 천하는 넓으니 파락호 중에도 무공을 수련한 자들이 얼마든지 있을 수 있고, 또한 강호에는 오늘 겪은 파락호들 따위는 비교도 안 될 만큼 사악하고 악독한 악인들이 무수히 많기 때문이에요. 솔직히 공자께 최선은 오늘과 같은 무모한 행동을 앞으로는 절대로 하지 않는 것이에요."

소산은 조급증을 내고 있었다.

예령이 보기에 소산의 지금 모습은 약관의 나이가 무색하기만 하였다.

그는 지금 특유의 은근한 고집을 피우고 있는 중이었다.

기왕에 무공을 배우기로 했으니 당장에 무엇이라도 시작해야만 하겠다는 것이었다.

소산의 그런 재촉은 어찌 보자니 마치 어린아이가 떼를 쓰는 것 같기도 하였지만, 예령이 그에 대해 마냥 성가신 마음으로 되는 것은 또 아니었다.

그녀 또한 처음으로 무공에 입문할 때의 그 미묘한 설렘을 겪어본 바가 있기에 소산의 지금 심정에 대해 아주 이해를 하지 못하는 것은 아니었다.

물론 그렇다고 하더라도 지금 소산이 부리고 있는 고집은 역시 약관 나이의 청년의 모습으로는 결코 일반적이지 않다고 해야만 했다.

그러나 어쨌든 예령은 짐짓 못 이기는 체 소산의 고집을 받아주기로 했다.

"좋아요. 공자의 열의가 이토록 대단하니 우선은 아주 기초적인 내공심법(內功心法) 하나를 전수하도록 하죠."

사방은 이미 완전한 어둠에 덮여 있었다.

그러니 어둠 속에서 무엇을 가르치고 무엇을 배우겠는가.

그럼에도 예령이 쉽게 소산의 고집을 받아들인 것에는 그녀 나름의 궁색한 계산이 있기도 했다.

비록 채 하루가 되지 않는 짧은 시간에 불과하지만, 지금까지 그녀가 겪어본 바에 의하면 소산의 그 같은 고집은 은근히 질기고 집요한 데가 있었다.

게다가 상식적으로는 잘 통하지 않는 충동적이며 무작정인 측면까지도 다분히 있는 것이었다.

그러니 이미 발동이 된 소산의 고집을 설득하여 거두게 하기 위해서는 달갑지 않은 말품을 제법 팔아야만 할 것은 분명했다.

그러나 지금 예령에게는 예측할 수 없는 내일의 상황에 대처할 의지력과 힘을 비축하기 위해서라도 휴식과 안정이 절대적으로 필요했다.

하여 그녀는 아주 약간의 시간과 성의만을 투자하고서도 길게는 하룻밤 정도 소산의 조급함과 재촉을 잠재울 수 있는, 다분히 얄팍한 임시방편 하나를 생각해 낸 것이었다.

그녀의 생각은 소산에게 하나의 내공심법의 구결을 들려주고, 소산의 수준에서 이해가 될 정도로만 적당히 해석을 해준 다음에, 그 이후의 일은 전적으로 소산에게 맡겨놓을 작정이었다.

그 내공심법은 천하에 존재하는 내공심법 중에서 그야말로 가장 기초적이고 초보적이라고 할 수 있는 것이었다.

바로 삼재심법(三才心法)이었다.

삼재심법이야말로 천하에서 가장 기초적이면서, 또한 가장 원론적인 이치를 담고 있는 내공심법이었다.

그 얘기는 곧 가장 안전하다는 의미가 되기도 하였다.

또한 그럼으로써 보통의 내공 수련의 입문 과정에서 취해야 할 엄격하고도 진중한 조심과 주의를 굳이 따를 필요가 없는 것이었다.

삼재심법을 가지고 소산 혼자서 구워 먹든 삶아 먹든, 혹은 그 외의 무슨 짓을 하더라도 조금도 우려할 일이 없을 정도로.

사실은 그 혼자서 할 수 있는 무슨 짓이나, 혹은 벌어질 어떤 특별한 상황도 없겠지만 말이다.

다만 그런 중에도 예령은 무공을 전수하는 입장에서 한마디의 훈계를 잊지는 않았다.

"기왕에 시작한 이상, 최선을 다해야만 해요. 우리가 이제
부터 투자할 시간과 노력을 조금이라도 가치있게 만들지, 혹
은 아주 헛된 것으로 만들어 버릴지는 전적으로 공자가 얼마
나 진지하게 집중하고 노력하느냐에 달려 있다고 할 것이에
요."

"삼재(三才)란 우주의 세 가지 근원을 뜻하는 것으로, 곧
천(天), 지(地), 인(人)을 이르는 것이죠."

예령은 구결을 먼저 말한 후, 이제 그 이치에 대해 해석을
해주고 있는 중이었다.

어차피 어떤 성과가 있기를 바라고 하는 것은 아니었다.

다만 내공을 배우기를 바라는 소산의 기대를 충족시키면
서, 그가 적당히 이해하여 흥미와 의욕을 느낄 정도로만 강론
을 해주면 되는 일이었다.

그런데 그때였다.

소산이 마치 책을 읽듯이 그녀의 말에 이어서 나직이 읊조
리는 것이 아닌가.

"천지인 삼재는 양을 대표하는 하늘[天], 음을 대표하는
땅[地], 그리고 그 사이의 중간적 주재자로서 사람[人]을 지칭
합니다. 한편 좀 더 광의적으로 천도(天道)는 음양(陰陽)의
보이지 않는 기운의 흐름이요, 지도(地道)는 기운의 흐름이

실체로 강유(剛柔)로써 나타난 음양의 형체를 이름이고, 인도(人道)는 곧 인의(仁義)로 천도와 지도 사이에 존재하며 천과 지를 이어주는 생명의 성정(性情)을 말합니다. 삼재에서 재(才)는 무엇을 할 수 있는 능력을 말합니다. 삼재는 그 각각에 차별이 있는 것이 아니어서, 사람[人]은 깨달음을 통해 천지공간과 일월의 음양을 초월하여 근본의 자리에 도달함으로써 이윽고는 천지(天地)와 더불어 대등한 관계를 가질 수 있습니다."

예령은 일시 말문이 막히고 마는 기색이었다.

그러나 그녀는 이내 빙그레한 미소를 떠올렸다.

사실 삼재심법의 바탕이 되는 학문적 이론에 대해서는 학문을 하는 서생인 소산이 오히려 그녀보다 더 해박한 지식을 가지는 것은 지극히 당연한 일이 아니던가.

물론 그녀 또한 학문에 대한 공부를 게을리 했다는 것은 아니지만, 그것이야 소산이 서생 중에서도 다른 이들보다 좀 더 뛰어난 학식을 가진 서생이라고 치면 될 일이었다.

그러나 이제부터 실제적인 심법의 실용법문으로 들어가게 되면 그도 자신이 무공에 대해 얼마나 쉽게 생각하였는지를 저절로 실감하게 될 것이다.

"좋아요. 삼재이론에 대해서는 제가 굳이 설명을 더할 필요가 없겠군요. 그럼 이제부터 실용법문에 대해 말할 테니 공자는 새겨들으세요."

그러나 그녀는 미처 알지 못했다,

적당한 선에서 빠지려던 그녀의 처음 계산이 벌써부터 조금씩 어긋나기 시작하고 있다는 것을 말이다.

"그다지 어렵지 않군요."

삼재심법의 실용법문에 대한 설명을 다 듣고 난 후 소산이 불쑥 뱉는 말에 예령은 그저 어이가 없을 뿐이었다.

어렵지 않다?

그럼 쉽다는 얘기인가?

그런데 삼재심법이 아무리 기초적이고 원론적인 심법이라고는 하지만, 내가무학(內家武學)의 시발점이라고 불리는 정통의 심법인데 내공에 처음으로 입문하는 사람에게 쉬울 리 없는 일이고, 더구나 무공 자체를 이제 처음으로 접하는 사람이 할 소리는 더더구나 아닐 것이다.

뭘 몰라도 단단히 모르고 하는 소리라면 모를까.

예령은 가볍게 실소를 떠올리는 것으로써 이내 평정을 되찾았다.

그녀가 소산에 대해 보이는 그런 웃음은 이제 마치 습관적이 된 듯도 하였다.

예령은 한 단계를 더 나아가 보자 하는 생각을 하였다.

그 단계는 그녀의 처음 예정에는 전혀 고려되지 않은 단계였다.

소산의 학문이 그녀가 짐작하고 있던 것보다 훨씬 더 고명하여서 예상외로 쉽게 삼재심법의 구결이 가지는 이치와 논리를 이해했을 뿐만 아니라, 놀랍게도 그 실용법문까지도 단숨에 이해했다는 것을 일단은 인정해 보기로 한 것이다.

물론 그녀는 소산의 이해가 정말로 그런 데까지 도달했다고는 믿지 않았다.

그러나 소산의 '어렵지 않다'는 그 말에 문제가 있다는 것을, 그 말이 다분히 잘못된 착각이라는 사실을 굳이 그에게 밝혀주는 노력을 그녀는 애써 할 생각이 없었다.

다만 그의 착각을 그대로 인정해 주고 곧바로 그다음의 단계로 나아감으로써 그에게 스스로 자신의 착각을 확연히 깨닫도록 하는 편이 훨씬 더 간단명료하겠다는 생각을 한 것이다.

내공을 익히는 실질적인 첫걸음은 바로 기감(氣感)이다.

즉, 기의 존재와 실체를 느끼는 단계이다.

그리고 그 단계는 사실 학식이나 오성(悟性)과는 관계가 없다고 할 수 있었다.

심법을 이해하는 것과 실제로 익히는 것은 또 완전히 다른 문제이기 때문이다.

요컨대 학식과 오성만 뛰어나다고 해서 내공을 익히기 위한 필요조건이 다 충족되었다고는 말할 수 없었다.

중요한 것은 내공에 대한 자질인 것이다.

그리고 설혹 내공에 대한 자질이 뛰어난 경우라고 해도, 기감의 단계를 제대로 통과하는 데는 보통 반년 이상이 걸렸다.

그러나 일반적인 경우라면 수년의 시간이 필요하였고, 경우에 따라서는 고된 수련으로도 기감의 단계를 아예 넘어서지 못하는 경우도 아주 드물지는 않았다.

'곧바로 기감을 익히는 단계로 들어갈 것이다. 그런 연후에 그가 과연 무슨 말을 할 것인지가 궁금하군. 그때도 그는 여전히 어렵지 않다는 말을 할 수 있을까?'

예령은 소산을 가부좌의 자세로 앉게 한 다음 그의 등 뒤로 다가앉으며 오른쪽 장심을 그의 등에다 밀착시켰다.

순간 소산의 몸이 가늘게 흠칫하고 떨리는 게 느껴졌다.

예령은 소산이 자신과의 신체 접촉에 대해 당황하고 부끄러워한다는 것을 충분히 짐작할 수 있었지만, 나직하면서도 단호한 어조로 주의를 주었다.

"저는 지금 공자의 체질을 확인할 겸, 나아가 진기의 실체에 대해 공자가 직접 느껴볼 수 있도록 하고, 더하여 이미 설명한 소주천(小周天)과 대주천(大周天)의 경로가 되는 주요 혈맥들을 공자가 스스로 인지할 수 있도록 하려는 것이에요. 비록 이러한 과정은 내공 수련의 일반적인 과정을 많이 생략한 것이기는 하지만, 공자와 제가 신중을 기하여 하나하나 수행해 나간다면 향후 공자의 내공 진전에 상당한 도움이 될 것입니다. 다만 반드시 지켜야 할 것은, 이 과정 중에는 절대로 몸을 움직여서는 안 되며, 또한 진기의 움직임에 집중하는 외에 다른 잡념이나 사념을 떠올려서는 안 된다는 것입니다. 만약 그것을 어긴다면 공자와 저 두 사람 모두가 심각한 위해를 입을 수 있다는 것을 명심하세요."

지금 예령이 시도하려는 것은 그야말로 편법이었고, 상식을 무시한 급행(急行)이었다.

그녀 스스로도 언급하였듯이, 기감 수련의 일반적인 제반 단계들을 무시하고 곧바로 그녀 자신의 진기(眞氣)를 소산의 몸으로 불어넣으려는 시도인 것이다.

그런데 소산이 내공을 처음으로 접하는 것인만큼, 그의 혈맥은 전혀 닦여지지 않은 미지(未知)의 미로라고 해야만 할 것이다.

통상의 경우라면 그런 소산에게 아무리 미량의 진기라고 하더라도, 그리고 아무리 신중한 시도라고 하더라도 체내 혈맥으로 진기를 흘리려는 예령의 시도는 심각한 위험이 전제될 수밖에 없는 일이었다.

그럼에도 불구하고 예령이 이런 시도를 강행하게 된 데는, 먼저 그녀의 시도가 바로 삼재심법에 따르는 것이기 때문이었다.

다른 고급의 심법들과 달리 삼재심법의 운기 경로에는 세

맥(細脈)을 거치는 복잡함이 전혀 없었다.

다만 대맥으로만 주천(周天)의 경로를 이루는, 그야말로 단순명료한 심법이기에 가능한 편법인 것이다.

그러하기에 만약의 어떤 돌발적인 상황이 발생한다고 하더라도 그녀의 내공 경지 정도라면 그 즉시 진기를 거두는 것이 가능하다는 자신이 있기 때문이었다.

굳이 또 하나의 이유를 든다면 그것은 물론 무공에 대한 소산의 쓸데없는 오만과 건방진 태도가 불러온 응분의 대가라고 할 것이다.

예령은 삼재심법의 대, 소주천의 순서에 따라 소산의 대맥들에 차례대로 진기를 불어넣고 있었다.

최대한 가늘게 뽑은 진기였고, 또한 최대한 신중을 기하며 천천히 천천히, 그리고 부드럽게 부드럽게 가져가는 운기(運氣)였기에 별문제나 특기할 만한 사항은 일어나지 않고 있었다.

다만 한 가지 언뜻 이해되지 않는 가벼운 현상이 있기는 하였다.

그녀는 매번 한 가닥씩의 진기를 소산의 해당 대맥으로 흘려 넣고 난 다음, 다시 그 진기를 그의 외부로 이끌어내곤 하였다.

이미 그녀의 몸을 떠난 진기이니 다시 회수하기란 어려운 노릇이었고, 또한 비록 지극히 미미한 진기이기는 하지만 그의 몸속에 잔류하여 득이 될 것은 조금도 없을 것이기에 외부로 배출시켜서 자연스럽게 소멸되도록 하려는 것이었다.

그러나 첫 시도에서 그녀가 그 한 가닥의 진기를 소산의 체외로 도인하려고 했을 때, 그녀가 전혀 의도하지 않은 현상이 일어났다.

한순간 그녀의 그 한 가닥 진기는 마치 바닷가의 모래성이 파도에 쓸려가듯이 돌연 흩어지더니, 그대로 흔적도 없이 소산의 몸속에서 사라져 버린 것이었다.

예령은 가볍게나마 우려하지 않을 수 없었다.

아무리 미약한 진기라고 하지만 그래도 내내 그녀 자신의 통제하에 있던 진기였음에도 불구하고 한순간 이유도 알 수 없이, 또 미처 어떤 조치를 취해볼 틈도 없이 사라져 버렸다는 점 때문이었고, 더욱이 그러한 현상이 혹시 소산의 내부에서 어떤 부작용이 생기려는 징조가 아닌가 하는 생각 때문이었다.

그러나 그녀의 잠깐의 우려와는 달리, 그 한 가닥의 진기가 사라진 이후 소산에게서는 후속되는 그 어떤 조짐도 징조도 발견되지 않았다.

오히려 완전한 무반응을 보이는 소산에 대해 예령은 어쩌면 그가 자신의 내부 대맥에까지 불어넣어진 그 한 가닥 진기의 존재조차 실감하지 못하고 있는 것이 아닌가 하는 생각까지 하게 되었다.

'이 정도로 기감이 둔하다는 말인가?'

어쨌든 우려할 만한 조짐이 전혀 없었기에 그녀는 다음 차례를 계속했고, 그 같은 현상은 매번 동일하게 일어났기에 이윽고 그녀는 그러한 현상 자체를 아주 가벼운 것으로 치부해버릴 수 있었다.

"공자의 체질은 보통 사람과는 다소 다른 것 같군요."

대소 주천의 순서에 따라 해당되는 대맥들에 진기를 불어넣기를 각각 두 차례 반복한 다음 소산의 등에 밀착시켰던 우수(右手)를 거두며 예령이 하는 말이었다.

물론 그 말의 의미는 소산의 자질이 썩 좋은 편은 아니라는 것이었고, 좀 더 솔직히는 나쁜 편에 속한다는 말을 돌려서 한 것이었다.

그러나 소산은 그런 평가에 대해 별 감흥이 없는 듯 무덤덤하기만 했다.

그는 여전히 가부좌를 풀지 않고서 짐짓 몰입해 있다는 듯한 기색으로 버티고 앉아 있는 것이었다.

예령은 그런 소산의 고집스러운 등을 보며 실소하지 않을 수 없었다.

지금 그는 내공을 익히겠다는 자신의 고집을 끝까지 꺾지 않겠다는 표현을 그렇게 하고 있는 것이리라.

예령은 문득 입매를 굳혔다.

이참에 소산의 쓸데없는 고집에 대해, 그리고 그가 부렸던 오만과 착각에 대해서도 좀 더 명확하게 짚고 넘어가야겠다는 생각을 한 것이었다.

"공자의 형편으로 내공을 익히기에는 역시 무리인 것 같아요. 그러니 내공에 대해서는 그것이 어떤 것인가를 체험했다는 정도로 만족하고, 이제부터는 틈틈이 공자에게 적당한 권장법 몇 가지를 익히기로 해요."

그러나 소산의 등은 여전히 꼿꼿하기만 했다.

잠시 소산의 뒷모습을 지켜보고 있다가 예령이 이윽고는 두어 번 가만히 고개를 저었다.

그리고 그녀는 자신이 원래 있던 소나무 아래쪽으로 자리를 옮겼다.

예령이 소나무 둥치에 가볍게 기댄 채 다시 한동안을 지켜보는 중에도 소산은 여전히 미동도 하지 않고 있었다.

그 유치하기까지 한 고집스러움에 예령은 다시 한 번 고개를 젓고 말았다.

그러나 그녀는 곧 가부좌의 자세를 취하고는 운공에 들어갔다.

내일을 위해 이제는 그녀도 재충전과 휴식을 취해야 할 때인 것이다.

그러나 가부좌를 튼 자세 그대로 미동도 하지 않고 있는 소산에게 지금 어떤 상상을 초월하는 기사(奇事)가 벌어지고 있는지, 그리고 그 일로 인해 앞으로 또 어떤 황당하고도 엄청난 일들이 일어날 것인지에 대해 그녀는 감히 짐작조차도 하지 못하였다.

소산은 마치 당연한 것처럼 기감의 단계에 이르렀다.
그리고 그는 이제 예령이 자신의 진기로 일일이 체감시켜 준 대맥들의 경로를 따라 운기를 시도하고 있었다.
소주천!
그리고 대주천!
소산에게 그것들은 너무도 수월하게 진행되었다.
그것은 하나의 불가사의라고 할 일이었지만, 다만 소산의 입장에서 그것은 별로 특이할 것도, 그리고 어려울 것도 없는 일이었다.
그저 자연스럽게 그렇게 되고 있는 것일 뿐이었다.
지금 소산의 체내에서 대맥들을 따라 유유히 운행되고 있는 진기는 당연히 예령의 것이었다.
대맥들의 위치를 체감시켜 준다며 그녀가 불어넣어 주었던 그 진기 말이다.
불어넣을 때마다 매번 사라졌던 그 진기는 사실 딱히 어디라고 지목할 수는 없지만 여하간 소산의 체내로 흡수가 되었던 것이다.

그리고 그 진기의 각각은 미미하기 이를 데 없는 소량이었
지만, 수십여 차례나 주입된 그것들이 하나도 손실없이 그대
로 쌓이다 보니 지금 소산이 아주 천천히 대주천의 대맥 경로
를 따라 진기를 일주천시킬 정도는 빠듯하게 되었던 것이다.

소산은 문득 답답함을 느끼고 있었다.

예령은 내공의 발전 단계에 대해 강론할 때, 일단 운기를
할 수 있게 된 뒤로는 열심히 하는 만큼 점점 더 많은 양의 내
기(內氣)가 단전에 쌓이게 될 것이라고 했다.

그런데 그가 지금 대주천을 세 번째나 거듭하고 있는데도
단전에서는 그 어떤 조그마한 조짐도 없다는 데서 그의 답답
함은 시작되었다.

단전에서 출발하여 대주천의 경로를 거쳐 다시 단전으로
돌아가는 진기의 양은 예령이 불어넣어 주었던 처음에서 조
금도 늘어나지 않고 있었다.

더욱 소산을 허탈하게 만드는 것은, 그나마도 그가 잠시 정
신을 흩뜨리기라도 할라 치면 그 진기는 금세 어디론가 사라
져 버려서 그 존재감조차 느낄 수가 없게 된다는 것이었다.

물론 사라졌던 진기는 소산이 정신을 집중하기만 하면 어
디선가에서 다시 불쑥 나타나긴 하였지만, 어쨌든 사정이 그
렇다 보니 소산은 지금 자신이 하고 있는 노력이 다 헛수고인
것만 같은 생각마저 들고 마는 것이었다.

'뭐가 잘못되었나? 왜 조금의 진전도 없는 것인가?'

만약 지금 소산이 이런 고민을 하고 있는 것을 예령이 알았다면 그녀는 경악하기보다는 차라리 기막혀 했을 것이다.

삼재심법이 무림의 역사가 시작된 이래로 존재해 온 숱한 내공심법 중에서도 가장 정통적이며 기본 원리에 충실하여 안정적이라는 데 대해서는 무림천하의 어느 누구도 부인하지 못할 것이다.

그러나 그럼에도 불구하고 막상 삼재심법은 무림인들에게 외면받고 있는 게 현실이고, 심지어는 무용지물로써 천대까지 받고 있는 실정이었다.

그 이유는 무림인들 누구나 그 구결과 실용법문을 쉽게 접할 수 있기 때문이기도 하겠지만, 그것보다는 한마디로 심법이 지니는 효율성의 문제 때문이라고 해야만 했다.

삼재심법이야말로 천하에서 가장 비효율적인 내공심법인 것이다.

즉, 가장 정통적이며 안정적인 반면에, 심법에 투자하는 시간과 노력에 대비하여 얻어지는 결과는 가장 형편없다는 의미이다.

딱히 산술적으로 따질 수 있는 사항은 아니지만, 통상적인 평가를 인용하여 본다면 그러한 문제는 더욱 극명해진다.

통상적인 조건들을 가정했을 때, 삼재심법으로 십 년을 연공에 매진하면 일 년의 내공을 쌓을 수 있다고 한다.

즉, 삼십 년을 꾸준히 수련에 매진하면 겨우 삼 년의 내공을 얻는다는 얘기가 되는 것이다.

흔히 무공의 위력에 있어서 내공을 수련하는 자가 외공을 수련하는 자를 능가하기 시작하는 기준치를 반 갑자의 내공으로 잡는다.

즉, 내공이 실질적인 위력을 발휘하자면 적어도 삼십 년의 내공은 되어야 한다는 것이다.

그런데 삼재심법으로 삼십 년의 내공을 닦자면 무려 삼백 년을 연공에만 매진해야 한다는 계산이 나온다.

천하의 모든 무인이 삼재심법을 무용지물로 여기는 이유가 바로 그런 데에 있었다.

보통 비결(秘訣)로 분류되는 내공심법의 경우에는, 우선은 익히는 자의 자질과 훌륭한 스승의 엄격한 지도 같은 필수조건들이 따라붙어야 하므로 객관적인 방식으로의 비교는 어렵다고 해야 할 것이다.

그러나 역시 무림의 통상적인 평가를 인용하여 단순하게 비교를 해본다면, 흔히 절학(絶學)의 범주에 드는 내공심법의 경우 십 년 연공에 오 년 내공을 쌓을 수 있고, 나아가 구대문파의 진산절학급의 내공심법이라면 십 년 연공에 십 년 내공을 쌓을 수 있다고 한다.

그러기에 구대문파에서는 그들의 전통과 고명(高名)이 세상에 잊혀지지 않을 만큼 간간이 꿈의 경지라는 이 갑자 내공의 화경급 절세고수를 배출할 수 있는 것일 터이다.

그리고 극히 드물게는 소위 천고절세의 전설적 내공심법의 경우라면, 십 년 연공에 이십 년 이상의 내공을 쌓는 기연을 얻을 수도 있어서, 평생을 참오하면 이윽고는 삼 갑자 이상의 절대내공을 얻어 가히 반선지경(半仙之境)의 절대경지에 달할 수 있다고 하였다.

그러나 지금 소산이 답답증과 불만을 느끼고 있는 것은 전혀 다른 차원의 문제였다.

그렇지 아니한가?

극 저효율의 삼재심법이 아니라 아무리 절세천고의 절대신공(絶對神功)이라고 하더라도 지금 소산의 경우처럼 이제 막 내공에 처음 입문하는 주제에, 더욱이 겨우 몇 차례의 운공으로 곧바로 어떤 진전을 기대한다는 것은 말 그대로 어불성설이라고 해야만 할 것이다.

그런데 더욱 기막힌 것은, 그 어불성설의 불가능한 일이 지금 소산에게서 막 이루어지고 있다는 사실이었다.

소산이 한 번만 더 해보자 하는 심정으로 다시 한차례의 대주천을 시행하자, 이윽고 단전 어림에서 겨우 느낄 만큼이지만 한가닥의 따뜻한 온기가 발생하면서 무언가 미약한 조짐 같은 것이 느껴지는 것이었다.

'오라! 이게 바로 축기(蓄氣)의 느낌이라는 것이구나!'

소산이 내심으로 고개를 끄덕였으나, 사실 그것은 그의 섣부른 오해였다.

그가 느낀 단전의 조짐은 다만 몇 차례나 거듭되는 대주천으로 단전이 다소간 활성화되면서 나는 느낌 이외의 다른 의미는 전혀 없는 것이었다.

그러나 오해는 또 다른 오해를 부르는 법.

소산은 자신이 축기의 느낌이라고 믿는 그 조짐의 미미함에 다시금 불만을 느끼게 되었고, 나아가 무리한 욕심을 부리게 되는데, 그로 인해 그는 마침내 기상천외의 황당한 상황을 만들게 되는 것이다.

'너무 늦다. 한 번 주천에 거의 일다경이나 넘게 걸리니 이렇게 해서야 언제나 쓸 만한 내공을 얻겠는가? 시간을 단축할 방법을 강구해야만 한다.'

그런 불만에서 출발하여 소산은 마침내 하나의 방법을 고안해 내게 되었다.

'그렇군. 일주천이 끝날 때까지 기다릴 필요가 무에 있겠는가? 진기를 둘로 나누어 각각 일주천을 시도해 보는 거다. 각각의 일주천에 약간의 시차를 둔다면 두 번의 일주천을 한꺼번에 진행시키지 못하란 법이 없지 않겠는가?'

그렇게 천하에서 가장 원론적이며 단순한 삼재심법은 소산에 의해 가히 괴물적인 변형을 맞게 되었다.

소산은 간단히 이름까지 붙였다.

이른바 중첩삼재심법(重疊三才心法)이었다.

만약 탈없이 소산의 기대대로 가능하기만 하다면 축기의 효율 측면에서는 기존 삼재심법의 두 배가 될 것이니, 나름대로 놀라운 결과가 될 것이다.

물론 그 시작부터가 결코 가능하지 않은, 다만 상상의 소치에 불과하였지만 말이다.

운공삼매경(運功三昧境)이라는 말도 있듯이 운공 시에는 그야말로 무상무념 몰아(沒我)의 집중력이 필요하다는 것은 내가무학(內家武學)의 철칙이자 상식이다.

그런 점에서 각기 다른 두 번의 운기를 한꺼번에 주관하는 것이 불가능하다는 것은 두말할 나위가 없는 일일 것이다.

다른 것들은 다 제쳐 놓고라도 우선은 정신을 완전히 둘로 나누는 것이 불가능하기 때문이다.

그러나 어찌할 것인가.

그러한 지극히 당연한 불가능이 이번에도 소산에 의해 하나씩 가능해지고 있는 것을.

소산이 지금까지와는 사뭇 다르게 신중에 신중을 기하는 모습이 뚜렷한 가운데, 이윽고는 약간의 시차를 두고 한꺼번에 시작한 두 번의 대주천을 무사히 끝내는 데 성공하고 만 것이다.

그런 일이 어떻게 가능한지는 소산 스스로도 알 수가 없었다.

다만 조화결의 어떤 공능(功能)이 그런 일을 가능하게 만들었을 것이라는 점은 짐작할 수 있었다.

일전에 예령에게도 말한 바 있듯이, 그에게 있어 조화결은 무위이화(無爲而化), 어떻게 해서 그렇게 이루어지는 것인지는 알 수 없지만, 신통하게도 그저 저절로 그렇게 되도록 만들어주는 비결이기 때문이다.

사실 어쩌면 소산에게는 그러한 일이 왜 불가능한지에 대한 생각조차가 애초부터 없었는지도 모를 일이다.

소산은 자신이 고안해 낸 방법이 결국 옳았다는 것을 확신하게 되었다.

뿐만 아니라 그의 독특한 사고방식은 이윽고 자신의 방법을 좀 더 확대하여 적용하는 것도 가능할 것이라는 자신감을 바탕으로, 마침내는 끝 간 데 없는 상상의 세계로까지 마구 치달아 나가고 있었다.

'약간의 시차를 두고 두 번의 대주천을 중첩하여 운공할 수 있었으니, 나중에 언젠가 나의 진기가 보다 충실해지고 또 내가 이러한 중첩 운공에 익숙해진다면 그때는 세 번, 네 번도 가능할 것이 아닌가? 아니지! 열 번, 스무 번, 백 번, 이백 번, 나아가 무한대로 중첩하여 운공하는 것도 불가능할 까닭이 없지를 않겠는가?

무림 사상 전무후무한 기상천외의 무한중첩삼재심법(無限重疊三才心法)은 그렇게 탄생이 되었다.

*　　　　*　　　　*

이른 새벽.

숲 속에는 아직 어둠의 기운이 그대로 머물러 있는데, 예령은 일찌감치 눈을 떴다.

밤새의 운공과 새벽녘 잠깐의 수면으로 기력은 충만해졌지만, 그녀의 신경은 더욱 예리하게 날이 서 있었다.

그것은 단순한 불안감 때문이 아니라 그들을 쫓는 적들과의 시간적, 공간적 거리가 더욱 좁혀져 이제 조우의 시점이 얼마 남지 않았다는 것을 그녀의 본능이 예감하고 있기 때문일 것이다.

소산은 바위틈 한쪽 구석에서 새우처럼 몸을 모로 웅크려 자고 있었다.

그 머리맡에는 당고가 바위에 등을 기대고서 다소곳이 앉아 있었다.

아마도 당고는 지난밤 내내 그렇게 앉아 있었을 것이다.

예령은 가볍게 고개를 갸웃거렸다.

당고가 백치라는 점에 대해서는 더 이상 고려의 여지가 없었다.

그러나 한 가지 여전히 이해할 수 없는 것은, 백치이기에 모든 것에 무관심하기만 한 당고가 오로지 소산에 대해서만큼은 그 일거수일투족에까지 어떤 특별한 관심을 늘 유지하고 있는 듯하다는 점이었다.

그리고 소산이 당고에게 보이는 태도 역시 단순한 보살핌이나 동정심이라고만 보기에는 지나치다 할 만큼의 어떤 특별한 점이 있었다.

그리고 보면 그들 두 사람은 각기 결코 일반적이지 않은 특별한 점들을 가지고 있다 해야 할 것인데, 바로 그런 특별한 점들로 인해 그들 두 사람 서로 간에만 통하는 어떤 끈끈하기 이를 데 없는 유대감 같은 것이 있는지도 모를 일이었다.

몇 번이나 일어나라고 성화를 부린 다음에야 겨우 부스스 눈을 뜨는 소산을 보면서 예령은 쓴웃음을 짓고 말았다.

'그러면 그렇지!'

어젯밤 보였던 무공에 대한 그의 고집 내지는 넘치는 의욕은 결국 작심삼일도 아닌 단 하룻밤 만에 끝이 나고 만 셈이었다.

하긴 그가 부유한 처지로 분명 별 어려움 없이 살아온 인물일 텐데, 학문에는 어떻게 제법 깊이를 쌓았는지 모르겠으나 무공에서까지 그럴 수 있다는 것은 결코 아닐 것이다.

무공과 학문이 그 추구하는 궁극에서는 결국 맥이 통한다고 하지만, 궁극에 이르는 과정에서 무공은 육체적으로도 상당한 고행을 감수해야만 한다는 점에서 학문과는 확연히 다른 분야라고 할 것이다.

그리고 사실은 무공을 익히겠다며 어젯밤 소산이 보였던 고집의 한계가 결국은 이런 정도에 그치고 말 것이라는 것은 예령이 처음부터 미리 예견을 하고 있었던 일이기도 했다.

일어나긴 했으되 잠시를 더 졸린 모습으로 앉아 있던 소산은 말없이 행장을 챙기며 출발을 서두르는 예령에게 미안했던지 몸을 일으켜 세우며 괜한 너스레를 떨었다.

"과연 내공의 도리는 오묘한 것 같습니다."

그 뜬금없는 소리에 예령이 눈길조차 주지 않았지만, 소산은 혼자 환한 표정이 되어 말을 계속했다.

"소저께 배운 삼재심법을 지난밤 내내 열심히 운공했더니 과연 다른 어느 때보다도 한결 몸이 가볍고 기력도 충만해진 것 같은 느낌이 듭니다."

예령이 여전히 돌아보지 않은 채 바쁘게 행장을 챙기면서도 표정으로는 어쩔 수 없이 한가닥 피식 웃음을 떠올리고 말았다.

소산의 너스레가 비록 실없고 엉뚱하기는 하였지만, 그다지 밉지는 않은 모양이었다.

소산이 예령에게 했던 '내공의 도리가 오묘하다', '한결 몸이 가볍고 기력도 충만해진 것 같다'는 등의 말은 사실 예령이 그렇게 간단히 흘려버릴 만큼 아주 터무니없는 빈말은 결코 아니었다.

물론 소산이 삼재심법을 두 번 중첩시켜 운행하는 기상천외의 방법을 성공적으로 적용할 수 있게 되었다고는 하나, 그리고 밤새 열심히 그런 방식으로 운공을 계속했다고는 하나 기본적으로 더디기 이를 데 없는 삼재심법의 축기(蓄氣) 효율로야 하룻밤 사이에 진기가 축적되었다고 해봐야 그것이 얼마나 되겠는가?

그러나 앞으로의 일은 누구도 감히 짐작하기 힘들었다.

앞으로 소산의 진기가 조금씩이라도 늘어나고, 또한 그렇게 해서 무한중첩삼재심법의 의미 그대로 중첩의 횟수를 점차로 늘려 나가는 데 성공할 경우, 그의 체내에 축적되는 진기의 양은 시간이 갈수록 그야말로 기하급수적으로 폭발적인 증가를 보이지 않겠는가?

게다가 축기 효율이 더디다는 치명적 결점만 제외하고 본다면 삼재심법이야말로 천하제일, 아니, 고금제일의 심법이라고 할 만하였다.

내공의 정순함만으로 따질 때에는 고금 천하의 그 어떤 절세심법도 삼재심법의 공능을 따를 수 없었다.

삼재심법으로 쌓은 내공의 정순함이란 것은, 실제의 내공

운용에 있어서 일어날 수 있는 부작용과 위험을 최소화하여 그 어떤 다른 종류의 무공과의 융화에도 큰 문제가 없다는 것을 의미한다.

즉, 고급의 내공심법일수록 그 내공심법에 최적화하여 최고의 위력을 발휘할 수 있도록 특화된 무공을 사용하도록 소위 독문심법(獨門心法)의 개념으로 되는 것이 보통인데, 삼재심법의 경우는 그 어떤 무공과도 제한없이 조화를 이루어낼 수 있는 것이다.

그런데 만약 앞으로 소산이 기대하고 있는 대로 무한중첩 삼재심법이 정말로 계속 성공해 나간다면, 삼재심법의 그런 장점들을 고스란히 살리면서 치명적이던 축기 효율에서의 결점을 오히려 무한대의 효율로 바꾸어놓는 셈이니, 그 효용이 어떨 것인지에 대해서는 굳이 일부러 짐작해 볼 필요가 없는 일이었다.

소산이 만들어가고 있는 변칙은 또 있었다.

자신이 변칙적으로 창안(?)해 낸 무한중첩삼재심법에 밤새 푹 빠져 있던 소산은 새벽녘 즈음에 깜빡하고 잠이 들었었다.

그러다 예령이 일어나라고 몇 번이나 재촉을 하는 통에 설핏 잠에서 깨어났는데, 그 순간 그는 문득 자신의 내부에서 여전히 삼재심법이 운행되고 있다는 것을 깨닫게 되었다.

놀랍게도 그 스스로도 의식하지 못하고 있는 무의식의 상태에서 말이다.

더욱이 비정상적인 것은, 그가 가부좌를 틀지 않고 누워 있는 상태임에도 불구하고 지극히 정상적으로, 그리고 순조롭게 심법이 운행되고 있다는 사실이었다.

가부좌라 함은 가장 안정적인 자세이기에 한 치의 흔들림도 없이 무상무념에 들기 위한 운공의 기본자세인 것이다.

간혹 드물게 와공(臥功)이나 물구나무서기와 같은 편법과 역행의 특이한 운공 자세가 없지는 않다고 하나, 그것이 다 그 나름의 독특한 운기 요결에 맞추어 결국은 보다 용이하게 무상무념의 상태에 이르기 위함이었다.

결국 지금 소산이 편한 대로 아무렇게나 자세를 취하고, 더욱이 다른 생각까지 해가면서도 운공을 계속하고 있는 것과는 판이하게 다른 얘기인 것이다.

그런데 그것이 또한 다가 아니었다.

이어 소산이 예령에게 말을 건네고 또 일어나서 움직이는 중에도, 그런 행위들과는 전혀 별개라도 되는 듯이 그의 내부에서 심법의 운행은 계속되고 있는 중이었다.

물론 소산 자신은 그런 기상천외한 현상들에 대해 조금도 놀랍다거나, 혹은 비정상적이라고 여기지 않았다.

또한 역시나 어떻게 해서 자신에게 그런 일들이 가능한지에 대해서 알지 못했다.

하긴 이미 무한중첩삼재심법이라는 개념 자체가 불가사의

기상천외(奇想天外)
무한중첩삼재심법(無限重疊三才心法) *297*

인 것을 소산에게 있어 더 이상 무엇이 놀라울 것이며 궁금할 것이 있겠는가?

다만 지금 이 순간 소산은 사뭇 흐뭇한 마음으로 그가 스스로 이름 붙인 무한중첩삼재심법이라는 이름에 의미 하나를 더 붙여놓고 있었다.

무한히 중첩하여 운공할 수 있다는 무한중첩(無限重疊)의 의미에 더해 굳이 의도하지 않아도 심법이 저 홀로 무한운행(無限運行)을 계속한다는 의미를.

무한중첩삼재심법이야 제멋대로 돌아가거나 말거나 지금 자신에게 급한 일은 벌써 출발을 할 태세인 예령에 맞추어 행장을 꾸리는 일이라는 것처럼 소산의 움직임이 갑자기 분주했다.

第十章
산중혈투(山中血鬪)

지존
석산평전

　모룡(牟龍)은 이제 스물둘의 혈기방장한 청년으로, 아직까지는 한 번도 가문의 본 터인 사천 땅을 벗어나 본 적이 없었다.

　그러나 흔히 강호의 유망 후기지수를 거론할 때면 대개는 빠지지 않고 포함이 될 정도로 그의 이름은 이미 몇 해 전부터 사천 땅의 경계를 넘어서고 있었다.

　그런 데에는 물론 모룡이 타고난 자질과 도재(刀才)를 훌륭히 발휘하고 있는 때문도 있겠지만, 그보다는 가문의 후광에 의한 바가 보다 크게 작용하고 있다고 해야만 했다.

　그는 바로 도왕의 증손자이자 당금 도막의 막주로 강호에서 당당히 이대도왕(二代刀王)으로 불리고 있는 모익(牟益)의 손자이며, 또한 이제 막 불혹을 넘긴 나이에 벌써 가문도법의 정화를 대부분 성취하여 능히 도왕의 명성을 이을 만하다는 평가를 받고 있는 모중의 아들인 것이다.

그토록 대단한 명망을 지닌 그의 증조부에서부터 부친까지가 모두 현세에 건재하고 있으니, 도막의 성세는 이미 사천 땅의 패주 정도로는 만족할 수 없는 정도에 이르러 있었다.

그리고 언젠가는 그 도막의 주인 자리를 물려받게 될 것이니, 비록 어린 나이라 할지라도 모룡의 이름이 벌써부터 사천 땅을 넘어 강호 천하에 알려진 것은 자연스럽고도 당연하다고 해야 했다.

우뚝한 콧날과 갸름한 턱 선, 그리고 약간은 얄팍해 보이는 입술.

미남의 면모와 무인으로서의 날카로움을 함께 지닌 모룡의 얼굴에는 약간은 오만해 보인다 싶을 정도로 당당한 자신감이 감돌고 있었다.

그는 지금 일종의 사냥을 즐기고 있는 기분이었다.

다만 그 사냥감이 짐승이 아닌 사람이라는 점에서, 그리고 그로서는 처음으로 분명한 살의를 가지고 적을 쫓고 있다는 점에서 지금의 상황은 그를 자못 흥분하게 만드는 데가 있었다.

그에게도 이전에 몇 차례 사람을 벨 기회가 있기는 했다.

그러나 그때마다의 상대는 객관적으로 그의 적수가 되지 못하는 자들이었고, 더욱이 그 죄목 또한 사소하다고 할 수 있는 것들이었다.

그런 정황에서야 도막의 위명을 생각해서라도, 그리고 그 스스로의 자존심 때문에라도 함부로 사람을 벨 수는 없는 일이었다.

그래서 모룡은 아직까지 한 번도 사람을 베어보지 못했다.

그런데 이번에 그는 아주 적당한 기회를 잡게 되었다.

다른 곳도 아닌 사천 땅에서 문파의 제자가 셋씩이나 살해당하는 중대한 사건이 발생했는데, 그 흉수가 이전 한때 그의 가문과 검도쌍벽(劍刀雙壁)을 이루던 검가의 제자라는 것이다.

더욱이 흉수는 검을 제법 능숙하게 쓸 줄 아는 여인이라고 했고, 비록 소읍의 무지렁이들이 묘사한 것이니 당연히 과장이 있겠지만 어쨌든 절세의 자태라고 하니 또한 그의 흥미를 배가시키는 데가 있었다.

비록 애써 흔적을 지운 정황이 있긴 했지만, 적들 중에 무공이 없는 자가 포함되어 있는 이상, 종적을 찾아 쫓는 데에는 크게 어려움이 없었다.

그리고 얼마 전부터 그 흔적들은 사냥감들이 바로 가까이에 있다는 것을 뚜렷하게 나타내고 있는 중이었다.

그에 따라 모룡의 흥미 또한 한껏 고조되고 있었다.

　도막의 청천지부장 방숙은 한가닥 여유있는 웃음기를 머금었다.

　그와 나란히 걷고 있는 모룡의 흥분을 짐작하고도 남음이 있었던 것이다.

　이번에 그는 지부 인력의 삼분의 일에 달하는 열 명의 수하를 동원했다.

　기껏 세 명, 그것도 그중 무공을 익힌 것은 어린 계집 하나에 불과한 적을 추격하는 규모로는 분명 과하다고 해야 했지만, 그로서는 그럴 만한 충분한 이유가 있었다.

　바로 모룡 때문이었다.

　모룡이 비록 지금은 애송이에 불과하지만, 언젠가는 도막의 주인이 될 신분이었다.

　그런 모룡에게 일생 동안 기억될 경험을 함께 나누게 되었다는 것은 향후를 위해 결코 나쁘지 않은 인연이 될 것이다.

　서두를 필요는 조금도 없었다.

　여유있게, 그러나 확실하게 일을 처리함으로써 모룡에게 보다 더 훌륭한 경험과 뚜렷한 추억이 될 수 있는 상황을 만들어주면 되는 것이었다.

＊　　　＊　　　＊

예령의 분위기가 갑자기 달라지고 있었다.

부드러운 느낌이 일순 사라지고, 대신 온몸이 온통 칼끝 같은 긴장으로 팽팽히 곤두서는 모습이었다.

갑자기 그녀의 걸음이 빨라지더니 금세 저 만치 앞서 나가고 있었다.

소산은 거의 뛰다시피 그 뒤를 따르면서도, 감히 불평을 할 생각은 하지 못하였다.

다시 그 뒤를 당고가 여전히 서두르지 않는 사뿐한(?) 걸음걸이로 따르고 있었다.

그때 예령의 오감은 최대한으로 열려 있었다.

본능처럼 어떤 위험스러운 조짐이 가까워지고 있다는 것을 느끼고 있었기 때문이다.

'적이다!'

예령은 다시 걷는 속도를 늦추었다.

지금의 상황에서 무작정의 도주가 사실은 의미가 없다는 생각을 문득 떠올렸기 때문이다.

그녀 혼자서 도주를 할 것이라면 몰라도 소산과 당고가 있는 이상 어차피 따라잡히게 되어 있었다.

그렇다면 헛되이 체력을 낭비하는 것보다는 조금이라도 유리한 지형을 확보한 상태에서 적을 기다리는 것이 차라리 나을 것이다.

숲이 이어지던 중에 갑자기 작은 공간을 이루며 나타난 곳
은, 사방이 오 장여 되는 넓이로 크고 작은 바위들이 군집을
이루고 있는 곳이었다.

그곳에서 예령은 멈추어 섰다.

원래는 물이 흘렀음 직한 작은 계곡이었다.

다만 지금은 오랫동안 가물었던 때문인지 바닥이 바짝 말
라 있었고, 바위들이 군집된 조금 위쪽부터는 계곡의 형상이
잘 드러나지 않을 정도로 울창한 잡초와 중키의 잡림이 잔뜩
우거져 있었다.

주변의 지형을 대충 살피고 난 뒤 뒤쪽을 돌아본 예령은 그
제야 소산이 온통 땀으로 젖어 있다는 것을 발견했다.

순간 예령은 미안하고 안쓰러운 마음이 되고 말았다.

그녀 스스로가 지나치게 긴장한 나머지 소산의 처지에 대
해서는 전혀 신경을 쓰지 못한 것이었다.

그런 안쓰러움 때문이었는지 그녀는 한 가지 사실을 간과
하고 말았다.

소산이 비록 땀에 흠뻑 젖어 있기는 하지만, 그렇게 호흡이
거칠어졌다거나, 혹은 지친 기색은 없어 보인다는 점에 대해
서였다.

어쩌면 그녀가 소산에 대해 잠시 안쓰러운 마음을 가지는

중에도 여전히 극도의 긴장을 늦추지 못하고 있는 중인 때문
도 있었으리라.

"저 위쪽 계곡을 타고 중턱쯤에 보이는 커다란 바위 있는
데까지 곧장 올라가요. 그리고 몸을 숨겨요. 고개를 내밀어서
도 안 되고 소리를 내서도 안 돼요. 그냥 죽은 듯이 엎드려 있
어요."

수풀로 우거져 그 초입부터 안이 잘 보이지도 않는 계곡의
위쪽을 가리키며 예령이 말했다.

그녀가 단호한 기색으로 이어 말했다.

"이 밑에서 어떤 일이 벌어지더라도 제가 부르지 않는 이
상에는 절대 꼼짝도 해서는 안 돼요. 만일 지금부터 한 시진
이 지나도 제가 부르지 않으면 더 이상 저를 기다리지 말고
계곡에서 내려와 동북향을 향해 곧장 가요. 반드시 명심해요.
대파산맥을 완전히 넘어서 인가(人家)를 만날 때까지 저쪽 동
북향으로만 계속 걷는 거예요? 인가에 도착해서는 사람들의
도움을 청하세요. 공자는 충분한 돈을 가지고 있으니 필요한
도움을 받는 데는 별 어려움이 없을 거예요."

예령이 사뭇 빠르게 말하는 동안 차마 끼어들지 못하고 애매
한 표정으로 듣고만 있던 소산이 틈을 보아서 재빨리 물었다.

"그럼 소저는 어떻게 하실 작정입니까?"

예령이 표정에 떠올려 놓았던 단호함을 조금도 누그러뜨
리지 않은 채 대답했다.

"전 이곳에서 적들을 맞을 작정이에요."

"하지만 어떻게 소저 혼자서……?"

"걱정할 필요 없어요. 전 누구에게도 쉽게 당하지 않을 만큼의 무공을 지니고 있어요. 그리고 일단 적과 부딪쳐 본 다음에 사정이 여의치 않다면, 그때는 또 나름대로 몸을 피할 방도도 있어요. 공자와 당고 소저가 짐이 되지만 않는다면 말이에요."

예령의 말에서 냉정한 일면을 느낀 때문인지 소산의 얼굴에 언뜻 섭섭한 기색이 서렸다.

그러나 예령은 개의치 않고 더욱 냉정한 표정과 손짓으로 소산을 재촉했다.

소산이 잠시 망설이는 기색이다가 예령이 재촉하는 서슬에 억지로 따른다는 듯이 털레털레 내키지 않는 걸음을 뗐다.

그의 뒤를 무표정한 얼굴의 당고가 천천히 따랐다.

소산과 당고의 모습이 계곡 초입의 수풀 속으로 사라져 보이지 않게 되자, 예령은 미리 보아두었던 하나의 커다란 바위 위로 훌쩍 뛰어올랐다.

반 장 정도의 높이에 사방이 일 장 반 정도나 되는 제법 넓은 편평한 윗면을 가진 바위였다.

예령은 바위 윗면의 정중앙에 앉은 다음, 행장에서 검을 꺼내 가만히 무릎 위에 올려놓았다.

그리고 그녀는 지그시 눈을 감았다.

그녀의 귀에 굳이 숨길 의사가 없는 듯한 적의 기척이 이미 십여 장 근처에까지 다가와 있었다.

*　　　　*　　　　*

하나의 커다란 바위 위에 다소곳이 앉아 있는 묘령의 아리따운 여인을 보고 방숙은 입가에다 느긋한 미소를 떠올렸다.

그녀의 무릎에 놓인 검과 그 검의 손잡이에 달린 것이 홍청백의 삼색검수라는 것을 확인하는 것으로 방숙은 그녀가 바로 자신들이 쫓고 있던 목표물이라는 것을 다시 한 번 확신할 수 있었다.

함께 목표가 되었던 나머지 둘이 보이지 않았지만, 그 둘이 무공을 지니지 않았다는 사실을 알고 있는 이상, 그리고 바로 직전까지 세 명의 목표물이 함께 움직인 흔적들을 확인하면서 이곳까지 온 터이므로 그는 조금도 조급한 마음을 가질 필요가 없었다.

모룡은 잠시 혼란스러움을 느껴야만 했다.

지그시 눈을 감은 채 바위 위에 앉아 있는 예령의 미모와 자태, 그리고 서늘한 기품은 그가 앞서 흘려들었던 절세의 미인이라는 묘사가 오히려 부족할 정도였기 때문이다.

그러나 그는 이내 예령을 살피는 눈빛에다 힘을 주었다.

모룡의 그 눈빛에는 스스로에 대한 자부심과 약간의 거만함이 녹아 있었다.

　모룡이 잠시간 보인 그러한 기색의 변화는 아마도 자신과 예령의 관계가 바로 사냥꾼과 사냥감이라는 논리를 다시 한번 단정함으로써 나온 것이리라.

　만약 그런 단정이 없었다면, 모룡이 이제 스물둘의 열혈 청년으로서 예령과 같은 절세가인을 처음 대하면서 대뜸 무례를 범해볼 생각까지는 감히 하지 못하였을 것이다.

　대뜸 환도의 손잡이를 틀어잡으며 앞으로 나서려는 모룡을 방숙이 슬쩍 소매를 당겨 만류했다.

　그러나 다음 순간 방숙은 모룡의 표정으로 언뜻 불쾌한 기색이 스쳐 가는 것을 보았고, 내심 흠칫하는 심정이 되고 말았다.

　그 같은 모룡의 날카로운 반응은 이 년 전 그가 지부로 발령받기 전에 본가에 있을 때 매일이다시피 마주쳤던 모룡에게서는 보지 못한 모습이었다.

　'음! 이미 새끼호랑이의 태는 다 벗었다는 것인가?'

　그러나 방숙이 그런 모룡의 반응에 대해 마주 불쾌감을 가지는 것은 아니었고, 다만 아주 잠깐의 괜한 자조 정도를 가져보는 것뿐이었다.

　어차피 모룡은 언젠가 그의 주군이 될 신분을 타고난 것이고, 또한 방숙 자신은 일찌감치 그러한 사실을 인정하고 있는 바쳤기 때문이다.

"잠시만 기다려 보시게. 우선 몇 가지를 알아본 다음에 손을 써도 늦지는 않을 것일세."

방숙이 모룡에게 말하고 나서 이어 바위 위의 예령을 향해 차갑게 물었다.

"너는 검가의 제자냐?"

그러나 그 말에 답하여 돌아온 것은 차갑기 이를 데 없는 코웃음 소리였다.

"흥!"

순간 방숙의 미간이 찡긋하고 좁혀졌다.

예령의 코웃음에서 단순한 차가움 이상의 어떤 지독한 독심(毒心) 같은 것이 언뜻 느껴졌기 때문이다.

사실 이십여 년 전에 벌어졌던 도막과 검가의 젊은 후예들끼리의 대결에서 검가의 후예가 목숨을 잃는 참사가 있고 난 이후, 검가는 겨우 명맥만 유지하고 있을 뿐 강호에서의 활동을 끊다시피 한 터라 방숙 또한 최근의 검가의 사정에 대해서는 별로 아는 바가 없었다.

방숙이 지금 다소간이나마 조심스러워지는 것은, 의외의 일은 늘 미리 알지 못하는 것에서 생긴다는 강호의 불문율 때문이었다.

방숙이 무거운 목소리로 다시 말했다.

"비록 본 막과 검가가 서로 추구하는 바가 달라 오랫동안 대립을 해온 것은 사실이나, 그렇다고 이유없이 서로를 살상한 예는 없었다. 그런데 너는 감히 사천 땅에까지 와서 본 막의 제자를 셋씩이나 죽였다. 목숨의 빚은 목숨으로 갚아야 하는 법! 지금 당장에 너의 목숨을 취한다고 해도 우리의 처사가 지나치다고 말할 사람은 없을 것이다. 그러나 본 막은 명분과 절차를 중시하는지라, 네게 입장 표명을 할 수 있도록 최소한의 기회를 주고자 한다. 하니 너는 먼저 신분을 밝힌 연후에 어제의 끔찍한 살인에 대한 경위와 전후 사정을 말해보거라."

그러나 이번에 예령은 아예 무시하기로 한 듯 아무런 반응도 보이지 않고서 묵묵부답으로 일관하고 있었다.

"방 숙부, 보아하니 말로 해서는 통하지 않을 계집이니 일단 잡고 난 다음에 엄히 문초를 하도록 합시다."

진작부터 나서고 싶은 것을 억지로 참고 있는 얼굴이던 모룡이 마침내 분노를 터뜨려 냈다.

그런데 모룡의 그 말에는 지금 상황의 지휘권이 누구에게 있는지를 분명히 하자는 듯한 은근한 지시의 느낌이 들어 있었다.

방숙이 내심 쓰게 웃었으나 곧 담담한 기색으로 대답했다.

"아무래도 그래야 할 것 같네. 그러나 그전에 저 여인이 과연 정말로 검가의 제자인지, 그리고 검가의 제자라면 또 어떤 신분에 있는지를 미리 파악해 볼 필요가 있으니 우선은 수하들로 하여금 실력을 보이도록 해놓고 나서 그다음에 소공자가 나서도 괜찮을 것이네."

방숙이 아직 말을 다 맺기도 전에 모룡의 얼굴에 벌써 반발의 기색이 떠오르고 있었으므로 방숙이 서둘러 말을 이었다.

"이는 만약에 저 여인이 기껏 한 마리 볼품없는 닭에 불과한데도 우리가 굳이 소 잡는 큰 칼을 써서 잡는다면 혹시 나중에라도 강호 호사가들의 입방아에 오르내리는 번거로움을 겪을 수도 있겠기에 하는 말일세."

그제야 모룡이 기세를 추스르며 짐짓 잠시만 더 참겠다는 기색으로 되었다.

물론 방숙의 진의는 수하들로 하여금 먼저 여인을 상대하게 함으로써 여인이 예상외의 뛰어난 실력을 가지고 있을 만약의 경우를 대비하자는 것이었다.

그렇지 않고 모룡이 젊은 혈기로 함부로 나섰다가 다치기라도 하면 그로서는 좋은 기회가 오히려 돌이키기 어려운 악수(惡手)로 돌변해 버릴 수도 있는 것이다.

그때 예령은 천천히 자리에서 일어서더니 뒤로 몇 걸음을 물러서고 있었다.

그리고는 바위의 한쪽 끝 면에 자리를 잡고 서는 것이었다.

그것은 방숙 등과 더 이상 말을 주고받을 의사가 없다는 뜻이었고, 동시에 자신과 칼을 나눌 자는 바위 위로 올라서라는 도전의 의미였다.

방숙은 바로 뒤쪽에 있는 수하 둘을 향해 슬쩍 눈짓을 했다.

찡긋거리는 그의 눈짓에 담긴 의미는 곧 둘로 하여금 예령의 실력을 적당히 가늠해 보라는 의미였다.

그들 두 명은 방숙이 예전 본가에서 사범으로 있을 당시 직접 지도를 한 바 있는 제자나 마찬가지인 수하들이었다.

그런 만큼 그의 의도를 충분히 짐작할 것이고, 또한 그들 둘이면 웬만한 일류고수급이라고 해도 단시간에 당하지는 않을 정도가 되니, 그의 의도를 충분히 만족시킬 수 있을 것이다.

팟!

예령의 몸이 아무런 예고도 없이 튕기듯 쏘아지며 번개처럼 검을 뻗어낸 것은 그들 두 명의 무사가 허공으로 뛰어올랐다가 막 바위 위에 발을 붙이려는 순간이었다.

추릿!

그녀의 검은 눈에 보이지 않을 속도로 좌측 무사의 목을 찌르고 나와 허공에서 급격하게 짧은 회전을 이뤄내더니, 이어 곧바로 우측 무사의 심장을 찔렀다.

"큭!"

"와아악!"

짧고 긴 두 마디의 비명이 터져 나올 때, 예령은 이미 검을 거두고 다시 미끄러지듯이 뒤로 물러나 원래의 자리로 돌아가 있었다.

돌발적이고 찰나지간에 이루어진 상황이었다.

그랬기에 두 무사의 몸이 바위 아래로 떨어지기까지의 짧은 순간 동안 그들의 목과 가슴에서 각각 한줄기의 세찬 핏줄기가 통렬히 뿜어져 나와 허공을 수놓는 광경은 그야말로 한 장면의 환상을 보는 듯했다.

그러나 처절한 비명 소리 속에서 피를 흩뿌리며 사람이 죽어가는 장면을 어찌 환상이라고 하겠는가.

털썩!

이내 바위 아래 땅바닥으로 나동그라져 두어 번 고통스럽게 몸을 꿈틀대다가는 금세 축 늘어져 시신으로 화하고 마는 두 무사의 모습은 그대로 참상(慘狀)이었다.

방숙은 아연실색하고 말았다.

결국에는 피를 볼 것이라고 그 또한 미리 작정을 해둔 바이긴 했다.

그러나 그의 편이 아닌 상대 쪽에서, 그것도 이처럼 앞뒤 가리지 않고 곧바로 기습적인 살수를 펼치리라고는 미처 생각하지 못한 일이었다.

상대는 절대적인 궁지에 몰려 있는 상황이었다.

그렇다면 그녀가 어느 정도 실력에 자신이 있다고 하더라도 곧바로 최악의 상황으로 가지는 않을 것이라고 생각했다.

그러나 상대는 처음부터 살의를 단단히 품고 있었던 것이다.

일부러 바위의 끝단으로 물러서 자리를 내어주면서 자못 승부의 격식을 갖추려는 듯하다가, 수하들이 바위 위로 올라서는 찰나의 틈을 노려 기습적으로 치명적인 살수를 펼쳐 낸 것이었다.

결국 방숙은 잠시의 방심으로 이미 자신의 수하를 세 명이나 죽인 흉수가, 자신이 지켜보고 있는 바로 눈앞에서 다시 두 명의 수하를 더 죽이는 광경을 멀거니 바라보고만 있었던 꼴이 되고 말았다.

한편 그런 중에도 방숙은 상대의 검초를 놓치지 않았다.

극한의 빠름 중에서도 조금의 군더더기도 없이 깔끔하게 두 번의 변화를 일으켜 낸 쾌검일초(快劍一招)!

그것은 바로 예전 검왕의 명성을 천하에 떨치게 만들었던 검가절학 검본이십사세 중의 검초임에 분명했다.

바로 눈앞에서 방금까지 생생하게 살아 있던 사람들의 육신에 구멍이 나고, 그곳으로부터 뜨거운 선혈이 분출되어 나오는 참혹한 광경에 모룡은 일시 멍한 모습이 되어 있었다.

어떤 상황에서도 일개인(一個人)이 아니라 도막의 일원이자 나아가 도막을 대표한다는 마음가짐으로 행동하라는 후계자 수업을 받아온 모룡이었다.

그러나 지금 바로 자신의 눈앞에서 수하의 무사들이 피를 뿌리며 처참히 죽어나가는 모습을 보고는 이내 순간적으로 솟구치는 흥분과 적개심을 통제하기가 어려운 지경에 처하고 말았다.

물론 그 역시도 오늘은 피를 볼 수도 있겠다는 작정 내지는 각오를 하고 이곳까지 온 입장이긴 하지만, 막상 이처럼 사람의 생사가 순간적으로 갈리어 버리는 비정 냉혹과 잔인 처절한 광경을 직접 목도하기는 그의 생애에서 처음이었다.

그때 예령이 나직이 외치는 차가운 한마디는 그대로 모룡의 격동에 기름을 끼얹고 말았다.

"자신있는 자는 오라! 얼마든지 상대해 주겠다!"

그것은 모룡의 자존심을 건드리는 말이었다.

스스로를 이곳 상황의 주재자이자 책임자라고 여기고 있는 그에게 더 이상 수하들을 내세우는 것은 바로 체면과 자존심을 상하는 일이 되는 것이었다.

"공자! 잠깐만 기다리시게!"

방숙이 급하게 제지하려 했지만, 모룡은 무시하고 그대로 허공으로 신형을 뽑아 올렸다.

"이런!"

방숙이 뒤늦게 초조한 탄식을 뱉었다.

그러나 그는 곧 어쩔 수 없다는 듯 즉시 수하들로 하여금 바위 근처를 포위하게 하고, 자신 또한 만약의 경우에 곧바로 손을 쓸 수 있는 위치를 택해 몸을 날렸다.

상황이 이렇게 급진전된 이상, 이제는 죽고 죽이는 싸움만 남았을 뿐 그 어떤 절차와 여유도, 그리고 수단 방법도 가릴 필요가 없게 된 것이다.

차라라랑!

거의 이 장이나 높이 솟구쳐서 허공의 정점을 찍고 양팔을 활짝 펼쳐 활강하듯이 천천히 바위 위로 내려서는 모룡의 몸에서 맑은 금속성이 울렸다.

그가 허리에 찬 환도의 도수 끝 부분에 달린 세 개의 둥근 철환(鐵環)이 서로 부딪쳐 내는 소리였다.

이윽고 바위 위로 내려서면서 모룡이 우렁차게 외쳤다.

"나는 도왕의 후예 모룡이다!"

이어 모룡의 신형은 바닥을 차는 탄력을 빌어 곧장 앞으로 쏘아져 나갔다.

마침 예령도 기다리지 않고 마주 앞으로 쏘아 나왔기에 두 사람은 바위 위 한가운데쯤에서 정면으로 격돌했다.

그리고,

챙!

변식(變式) 없는 일합의 거센 부딪침으로 두 사람의 격렬한 승부가 시작되었다.

호각지세였다.

모룡이 거친 힘과 호쾌한 기세를 앞세워 주로 베고 치며 강렬한 도세(刀勢)를 떨치고 있는 반면에, 예령은 부드럽고도 세밀한 정교함으로 그때그때 생기는 상대의 작은 허점을 베

고 찌름으로써 두 사람의 공방은 막상막하의 균형을 이루고
있었다.

챙!

채앵!

도검이 부딪치면서 내는 날카로운 금속성은, 두 젊은 남녀
가 펼치는 공방의 격렬함에 비하면 오히려 드물게 터져 나오
고 있었다.

스스로 자랑스럽게 외친 바대로 도왕의 후예답게 모룡은
예령이 예상했던 것보다도 훨씬 더 강했다.

최소한 단시간에 승부의 향방을 결정짓지는 못할 상대라
는 것은 분명했다.

만약 지금이 승부에만 집중할 수 있는 상황이었다면 예령
은 승패에 상관없이, 설령 부친이 그랬던 것처럼 목숨을 잃는
한이 있더라도 끝까지 상대와의 승부를 결정짓고야 말았을
것이다.

그동안 무공을 수련하면서 그녀에게 목표이자 가상의 적
수가 되어왔던 도왕의 후예들이 아니었던가.

그러나 지금은 아니었다.

모룡을 제외하고라도 바위 아래서 언제라도 개입할 태세
를 갖추고 있는 중년인은 모룡보다도 오히려 강했으면 강했
지 결코 약해 보이지 않았다.

게다가 적의 편에는 아직도 여덟 명의 무사들까지 남아 있었다.

비록 처음에 허를 찔러 둘을 죽이는 데 성공하긴 했지만, 만약 정식으로 검을 맞대고 또 합공까지 당한다면 그들만으로도 충분히 위협적이었다.

'이대로 가다가 지치게 되면 그때는 허무하게 당하는 수밖에 없다.'

챙!

서로 비껴 나가고 미끄러지며 되도록 정면 격돌을 피하던 도와 검이 한순간 격렬한 충돌을 일으켰다.

그 순간 희미한 신음이 흘렀다.

"음!"

이어 예령의 허리가 잠시 휘청거렸다.

비록 찰나적이고 또 아주 미미한 정도였지만, 한 치의 틈도 없이 맞물려 돌아가던 두 사람의 공방에서 그것은 분명한 허점이 아닐 수 없었다.

파앗!

곧바로 모룡의 칼끝이 두 개의 변화를 일으켜 내며 예령의 검을 든 오른쪽 어깨와 목을 동시에 노렸다.

예령의 눈빛은 다급한 중에도 냉정을 잃지는 않고 있었다.

'두 개의 변화에 다 진력이 실려 있지 않다. 곧 허초(虛招)다. 실초(實招)는 아직 감추어져 있다.'

바로 그때 모룡의 칼끝은 이미 만들고 있던 두 개의 변화를 갑자기 소멸시키면서 급격하게 또 하나의 새로운 변화를 만들고 있었다.

핏!

그런데 그 제삼의 변화에 대해서까지는 미처 예측조차 하지 못한 모양으로, 예령의 검극은 순간적으로 흔들리는 태가 뚜렷했다.

그 찰나의 기회를 놓치지 않고 모룡의 도는 다시 순간적으로 짧은 회전을 일으키면서 그대로 방향을 틀어 예령의 왼 어깨를 찔러가는 것이었다.

예측 불허의 절묘한 변화였고, 전광석화와도 같은 빠르기였다.

"헛!"

예령의 입에서 짤막하게 헛바람 들이켜는 소리가 났다.

상대의 그런 반응에서 모룡은 만약을 위해 남겨두었던 한 줌의 진력까지 마저 다 칼끝에 담았다.

도가 어깨를 베고 지나가는 그 순간, 예령은 다만 입술을 악다물었을 뿐, 신음 소리를 내지는 않았다.

동시에 그저 당황스럽게 무의미한 공간에 머물러 있던 그녀의 검이 번개처럼 움직였다.

마치 낭창거리는 회초리처럼 급격하게 꺾이며 회전을 일으킨 그녀의 검은 곧바로 모룡의 왼쪽 가슴을 향해 찔러갔다.

순간 모룡은 소스라치게 놀라며 그제야 퍼뜩 상대가 숨기고 있던 진의를 간파할 수 있었다.

이대도강(李代桃畺)!

내 살을 주고 적의 뼈를 취한다!

그러나 그때 이미 예령의 검이 뿜는 예기는 그의 왼 가슴 살갗을 파고들 정도로 가까이 다가와 있었다.

"좋지 않다! 서둘지 말게!"

방숙이 신중한 목소리로 외친 것은 팽팽하던 모룡과 예령의 균형이 일시 허물어지면서, 모룡이 예령의 드러난 허점을 놓치지 않고 몰아쳐 가는 바로 그 순간이었다.

방숙의 노련한 직감이 뭔가 잘못되고 있다는 경고를 울리고 있었기 때문이다.

그런데 방숙이 외침과 동시에 바위 위로 신형을 날리려 하는 바로 그 순간, 뒤통수를 향해 무엇인가 맹렬한 기세로 날아온다는 느낌에 방숙은 반사적으로 몸을 낮추었다.

모룡의 상황이 아무리 위급하더라도 일단은 자신에게 덮쳐 오는 위험부터 피하고 봐야 하는 것은 본능이라고 할 것이다.

휙 하니 머리 위로 날아간 것이 다름 아닌 하나의 돌덩이라는 것을 확인한 다음, 홱 몸을 돌린 방숙의 표정으로 언뜻 어이없다는 기색이 떠올랐다.

사 장여 떨어진 수풀 속에서 누군가가 불쑥 뛰쳐나오더니 곧장 그를 향해 돌진해 왔다.

그런데 그자의 기세는 마치 상처 입은 산돼지와도 같이 앞뒤 가리지 않는 맹렬한 것이었다.

언뜻 보기에도 전혀 다듬어지지 않은 무작정의 움직임이란 것을 알 수 있었지만, 그러나 무시하기에는 그 기세가 너무도 저돌적인 데가 있었다.

그런데 잠깐 살펴보는 사이에 일 장여 앞까지 달려온 그자는 달리던 탄력을 빌어 그대로 온몸을 던져 그를 덮쳐 오는 것이었다.

순간 방숙의 입매가 확 비틀어졌다.

공중에 떠 있는 상대에게서 언뜻 한가닥 내력(內力)의 기미를 읽었기 때문이다.

방숙의 입에서 나직한 냉갈이 터져 나왔다.

"교활한 놈!"

그리고 그 순간에도 이어지고 있는 모룡의 급박함 때문에라도 감히 여유를 부릴 상황은 아니었기에 방숙은 급하게 내력을 끌어올려 쌍장을 쳐냈다.

쾅!

묵직한 내력의 폭발음이 일어나는 순간, 방숙은 일시 허탈하면서도 찜찜한 표정이 되고 말았다.

상대는 아무런 방비나 대응도 하지 않고 그저 어깨를 앞으로 내밀어 그의 강력한 쌍장을 맞고는 그대로 뒤로 튕겨 나가 처음 그가 뛰어나왔던 숲 쪽으로 날아가 버렸던 것이다.

마치 죽기로 작정을 한 자 같았다.

다음 순간, 방숙은 조금도 더 지체하지 못하고 곧바로 모룡 쪽을 향해 몸을 돌렸다.

그러나 그때 바위 위에서는 이미 그가 우려했던 일이 벌어져 있었다.

가슴을 움켜잡은 모룡이 비틀거리고 있었다.

당장에 쓰러지지는 않은 것으로 보아 심장을 관통당하는 치명상은 피한 것 같았지만, 가슴을 움켜쥔 그의 손바닥과 손가락 사이로는 감당하기 어려울 정도의 선혈이 뭉클거리며 솟구치고 있는 중이었다.

보다 다급한 것은 지금 막 예령의 검이 다시금 모룡을 향해 겨누어지고 있다는 것이었다.

급한 김에 방숙은 허리의 도를 뽑는 탄력 그대로 전력을 실어 앞으로 던져 냈다.

부아아앙!

그 한 자루의 도는 터질 듯이 주입된 내력으로 인해 무섭게 진동하면서 예령을 향해 날아갔다.

예령은 최후의 일검으로 막 모룡의 숨통을 끊어놓으려던 찰나에, 갑자기 엄청난 기세로 자신을 향해 허공을 단축해 오는 한 자루의 도를 발견하였다.

순간 예령은 아주 짧은 갈등을 보였으나, 결국 그 한 자루 뇌전 같은 도의 맹렬한 기세를 감히 무시하지 못하고 급히 옆으로 몸을 비켜서고 말았다.

그 찰나의 틈을 빌어 모룡은 비틀거리는 중에도 바닥으로 몸을 굴러서 스스로 바위 아래로 떨어지고 있었다.

"공자를 보호하라!"

방숙의 다급한 명령에 바위 주변을 포위하고 있던 여덟 명의 무사들이 일제히 모룡이 추락한 곳을 향해 신형을 날렸다.

'일단 몸을 피하여 다음 기회를 엿볼 것인가, 아니면 소산 공자의 생사 여부부터 확인해 볼 것인가?'

아주 잠깐 예령이 가져보는 망설임이었다.

사실은 전혀 예기치 않았던 소산의 출현이 있지 않았고, 또한 그가 방숙의 일장에 치명적인 타격을 입고 숲 속으로 튕겨져 날아가는 모습을 보고 그녀의 검이 순간적으로 멈칫거리지 않았더라면 그녀의 검은 정확하게 모룡의 가슴을 꿰뚫었을 것이다.

그리고 그리되었다면 지금의 상황은 조금이라도 더 그녀에게 더 유리한 것으로 되었을 것이다.

결과적으로 소산은 그녀가 사전에 엄중히 당부해 놓은 말을 따르지 않고 제멋대로 뛰어듦으로써 그녀를 더욱 곤란한 지경에 빠뜨리고 만 셈이었다.

조금만 냉철하게 따져 본다면, 그녀의 지금 망설임은 사실상 그럴 만한 가치가 없는 것이었다.

왜냐하면 그녀 스스로도 이미 방숙의 심후한 내력이 담긴 일장을 무방비로 맞은 소산이 치명적인 타격을 받았을 것이라고 판단하고 있었기 때문이다.

그리고 만약 소산이 기적적으로 무사하다고 하더라도, 지금 그녀가 그로 인해 더 이상 지체한다면 결국은 그녀와 그가 적에게 함께 당하고 마는 공멸(共滅)의 결과를 가져올 것이 자명하였다.

그럼에도 불구하고 그녀가 일시 망설이지 않을 수 없는 것은 비록 어리석지만 소산이 보인 만용이 결국은 그녀를 위하는 진정에서 나온 것이라는 것을 익히 짐작하기에 차마 그의 생사 여부조차 확인하지 않고 혼자서 몸을 피하기 어려워하는 안타까운 심정인 것이었다.

그러나 예령의 그런 망설임은 결코 길게 가져갈 수는 없었다.

비록 사전에 치밀하게 계산한 덕에 근육까지 손상되지는 않았다고 하나, 깊숙이 살을 베인 그녀의 상처는 결코 가볍지 않았다.

더욱이 베인 즉시 혈도를 봉쇄하지 못한 상태에서 계속적으로 내력을 사용한 탓에 이미 상당량의 출혈이 이루어진 상태였다.

지그시 입술을 한 번 깨문 예령이 이윽고 몸을 날리려 할 때였다.

"멈춰라, 계집!"

어느 틈엔가 허공을 날아온 방숙이 그녀의 앞을 가로막고 있었다.

예령의 그 잠깐의 망설임이 결국은 그녀의 발목을 붙잡은 결과가 되고 만 것이다.

사실 방숙은 모룡의 상태를 확인하기보다는 예령에게 주목을 하고 있었던 터이다.

지금 그에게 보다 중요한 것은 모룡의 상처가 얼마나 위중하냐는 것보다는 그 모든 일의 원인이 되는 예령을 잡는 것이 보다 현실적인 이해타산일 것이기 때문이리라.

방숙은 예령에게서 시선을 떼지 않은 채 천천히 몸을 숙여 바닥에서 도(刀) 한 자루를 집어 들었다.

앞서 모룡이 떨어뜨렸던 환도였다.

그런데 단지 도를 들어 앞으로 겨누는 그 단순한 행위만으로도 방숙에게서는 대번에 무거운 기세가 뿜어져 나와 주변을 압도하는 데가 있었다.

남은 마지막 한 줌의 내력까지 모조리 끌어올려 검을 잡은 우수(右手)로 돌리면서 예령은 새롭게 각오를 다졌다.

'도왕의 후예에게 깊은 상처를 입혔으니 이대로 죽어도 억울한 것만은 아니라고 할 것이다. 좋다! 기왕에 이렇게 된 것,

힘이 다할 때까지 끝까지 싸우다 죽으리라!

*   *   *

예령과 방숙의 살벌한 대치에 주목하느라 장내에 또 하나
의 변화가 일어나고 있다는 것은 아무도 알지 못했다.

그 변화는 바로 좀 전 소산이 뛰어나왔던 수풀 속에서 뒤따
라 나와 있던 당고의 눈에서 일어나고 있었다.

언제부터였는지 그녀의 눈빛은 짙은 녹색으로 이글거리고
있었다.

"치이잇!"

어느 순간 당고의 입에서 묘한 소리가 흘러나왔다.

어린아이가 투정을 부리는 듯이도 들리는 그 소리는 기이
하게도 마치 최면처럼 한순간에 모든 사람의 이목을 끌어당
기기에 충분했다.

바로 그 소리에 담겨 있는 본능적 분노와 실감하지 못하는
사이에 스멀거리며 듣는 사람의 등골을 시리게 만드는 정체
모를 공포 때문이었다.

『지존석산평전』 1권 끝

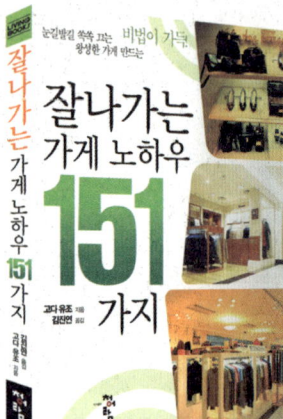